读
行
者

从 阅 读 走 进 现 实

knowledge-power

knowledge-power

读 行 者

凌志军 著

插图
修订本

一个癌症患者的
康复之路

重生手记

CS 湖南文艺出版社
HUNAN LITERATURE AND ART PUBLISHING HOUSE
博集天卷
CS-BOOKY

生命礼赞
2008 年 5 月 31 日，肺癌切除手术前
一天摄于北京

2008 年 6 月，肺癌切除手术后在医院
（赵晓东摄）

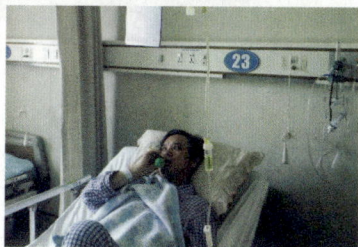

重返雪山（手术后 8 个月）
2009 年 2 月 3 日摄于崇礼万龙滑雪场
（安东摄）

游泳（手术后 11 个月）
2009 年 5 月摄于深圳
（赵晓东摄）

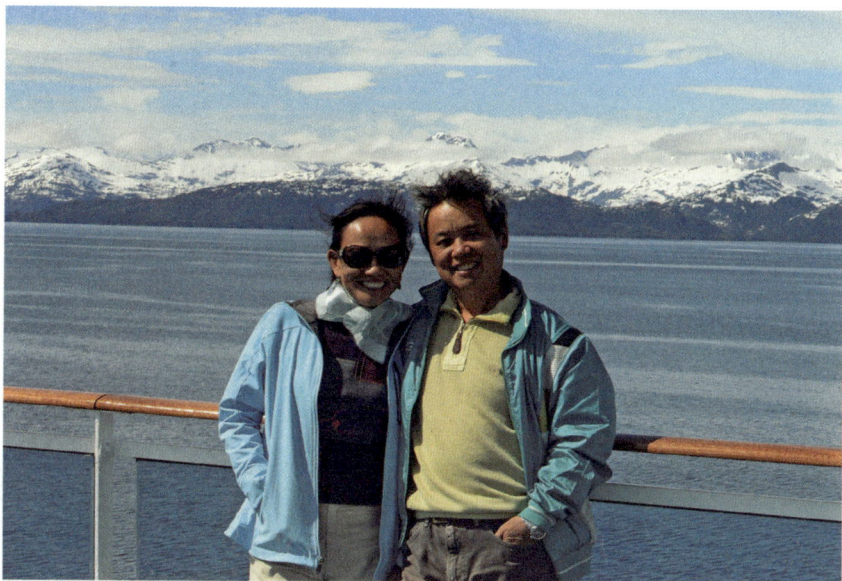

旅行途中
2012 年 6 月摄于美国阿拉斯加州

我的 " 饮食四足够 "

　　不少病友看了我书里说的"饮食四足够"，还想知道我的食谱，冒昧晒今日四餐。

早 温开水、咖啡、豆浆（黄豆为主、绿豆燕麦芡实）、白薯、芋头、鸡蛋、全麦面包、西红柿、橙；

午 香菇花生鸡翅汤、红梅大枣杂米饭（糙米为主、红米黑米紫米）、青椒豆芽、菜心、黄鱼；

> 下午茶后半小时加餐：苹果、核桃、杏仁。

晚 小米棒渣粥、素什锦（豌豆、胡萝卜、松茸、豆干）、西葫芦、芸豆。

部分引自 2012 年 12 月 20 日凌志军微博

旅行途中
2015 年 4 月 23 日摄于美国亚利桑那州
（赵晓东摄）

滑雪
2016 年 2 月摄于崇礼
万龙滑雪场
（赵晓东摄）

天堂的旋律
2013 年 8 月摄于挪威峡湾

鹰之歌
2013 年 7 月摄于德国古堡之路

X：未知的世界
2015 年 4 月摄于加拿大路易丝湖

残红一抹冰如火
2012 年 6 月摄于美国阿拉斯加州

南半球的火山口

2014 年 5 月摄于新西兰北岛鲁阿佩胡火山

天堂的旋律
2011 年 5 月摄于俄罗斯伏
尔加河

秋之恋
2009 年 10 月摄于北京

晨光晓色

2015 年 10 月摄于意大利

冰河深处的黑色精灵
2013 年 8 月摄于冰岛

目 录

c o n t e n t s

重生
手记

修订本前言 _001
前言 _003

第一章

别让
医生
吓死你

_ 在每一个人必须面对的所有恐惧中，没有什么比预知死期将至更加恐怖了。我可以选择去医院切开脑袋，也可以选择待在家里。这可真应了癌症患者圈子里流传的一句话：治，是找死；不治，是等死。

死到临头的感觉 /002

危险的陷阱 /007

中国式的"专家门诊" /012

恐惧的由来 /017

中外医生之对比 /024

医生怎样对待不懂的东西 /030

希望在我们自己手里 /034

西医好还是中医好 /041

开胃汤和牛筋汤 /049

预知死期的一个好处 /055

向读者告别 /059

选择治疗方向比选择治疗方法更重要 /064

第二章
癌症
不是
绝症

_ 如果我们不能确定自己应当做什么，那么至少
应当确定自己不做什么。"不做什么"的意思，
就是不要让自己做一些错误的事。这是因为，
在相当多的情况下，不是你的疾病让你一步步
走向死亡，而是你在疾病面前的一个又一个错
误让你走向死亡。

最好的灵丹妙药 /074

倾听自己的身体 /081

改变了对癌症的看法 /086

水静心闲 /092

路上的风景 /097

* 最想做的 10 件事 /101

医疗领地上的"割据"与"门户" /102

医生也会犯错误 /108

用我们的脑子救命，而不是用我们的腰包救命 /112

少犯错误的 10 条原则 /122

* 少犯错误的 10 条原则 /125

前三个月里最容易犯的错误 /126

我的生活回到正常轨道 /131

第三章

做一个聪明的患者

_"积极治疗"不等于"过度治疗"。对于我们这些癌症患者来说，仅仅凭借"坚强"是不够的。我们应当是一个坚强的患者，同时也应当是一个聪明的患者。在很多情况下，智慧比坚强更重要。

新的威胁悄然降临 /138

感觉不到的"敌人"才是最危险的 /144

我们相信什么样的医生 /150

"不要被那些表面的光环蒙蔽了" /156

走上手术台的前夜 /160

假如这是我的"最后一天" /165

癌症病房 /171

家人和友人 /176

我为什么不化疗 /183

别让医生治死你 /192

最好的武器是自己的身体 /201

第四章

康复
九策

_ 我看到一种新的可能性，所以决定把对"治疗"的理解前所未有地扩展开来，去尝试这种可能性。这些办法，不用你鞍马劳顿倾家荡产地求医问药，只需拥有足够的信念、理智、毅力和耐心，以及亲人和朋友的关爱。

非医学意义的治疗 /210

＊康复九策 /213

三项基本原则 /215

＊导致治疗失败的思维模式 /221

改变自己的生活方式 /222

做好五件事：吃、喝、拉、撒、睡 /229

每天步行五公里 /238

日光浴 /243

深呼吸 /251

身心合一 /258

重返雪山 /264

后记 _268

爱的力量 _270

读者评论及微博互动 _279

前言

　　本书初版发行于 2012 年，以后又经 6 次重印。它在读者、癌症患者和医生中持续地引起那么大的反响，是我当初没想到的。

　　现在编者希望将此书再版，问我是否需要修订增删。我对原书的叙述、观察与议论，均无更动。现在只想再说一句话：我还活着。

　　我这样说，是因为近两年不少癌症患者和他们的亲属总在询问，"凌志军还活着吗？"很多病友把我当作他们的"榜样"。他们说，只要我还活着，他们就会看到自己的希望。

　　我并不愿意被病友当作"榜样"——从医学的立场说，任何一个癌症患者的病例都不应该不加辨别地被其他患者仿效。但我觉得还是有义务给读者一个交代：自本书出版以来，我一如既往地走在康复之路上。即将结束的这一年里，我有大约 130 天在外旅行，另外还有 30 多天是在滑雪场度过的。剩下的几周，我还将登上雪山。就像我在这本书的结尾一节所说，能够从雪山之巅飞身而下，对我来说既有实际价值也有象征意义。它让我相信，疾病正在离我远去！

　　为所有癌症患者和他们的家人祈福！

凌志军

2015 年 12 月 8 日

前言

　　癌症患者中有很多人并不是死于自己的疾病，而是死于自己的恐惧和错误的治疗。

　　我这样说，很多人一定不信。事实上我过去也不会这样想，直到自己也成了一个癌症病人，有了一些切身体验，又有很多癌症患者的经验教训做参照，才得出这样的结论。

　　2007年2月，我病倒了。医生在我的颅内发现两处病灶，疑为"脑瘤"。两天后又在我的左肺发现肿瘤，由此诊断"肺癌、脑转移"的概率为98%，也可以说是"肺癌晚期"。医生当时认为，我已经活不过三个月了。

　　这场突如其来的变故让我和我的家人都蒙了。有生以来我第一次与死亡如此接近，真切地感受到一个癌症患者的恐惧和绝望。

　　我一向敬仰视死如归的人。那些勇敢从容地走向死亡的癌症患者，曾深深打动了我。有一段时间，我努力说服自己，像他们那样平静地迎接死神的降临。可是说老实话，我当时想得最多的不是死，而是生。因为死毕竟不是我们的追求。

　　我不断地追问自己：

　　难道癌症真的就是绝症？

　　难道癌症病人真的就没有生路？

　　于是我开始为自己寻找康复之路。我在一次手术中切除了左肺的恶性肿瘤，但是我一直没有接受手术切除脑瘤的治疗方案。我拒绝了一些"抗癌特效药"，也拒绝了化疗和放疗。术后出院时，我甚至连一片药也没带回家。当我意识到肿瘤治疗领域存在一些致命的弊端后，我开始尝试用一些纯自然的方法恢复自己的体能，而不是急于用药物围剿自己体内残存的癌细胞。这些方法也许在医生看来什么都不是，至少算不上医学意义上的治疗，却寄托着我生的希望。

令人惊讶的是，我并没有像医生预见的那样迅速走向死亡。事实上，我能感觉到死神离我越来越远。如今已经五年过去了，我仍然活着，而且越来越像个健康人。我甚至有余力去关注癌症治疗领域里的是非成败，结果竟发现了一些惊人的事实。这些事实完全不符合我们大多数人对于癌症的了解，却能印证我个人的体验。

尽管大多数人都相信只有早期癌症患者才有可能治愈，我却始终期待有一种途径能给所有癌症患者带来希望。

有一段时间，我对自己的治疗前景感到很绝望，因为我了解到一些令人沮丧的情况。过去 30 年，癌症患者的数量以每年 3%~5% 的速度增加着。"癌症就是绝症""确诊癌症等于宣判死刑"，已是民众中普遍的看法。专家们不断地警告我们，"癌症成为人类第一位的致死原因"。2012 年，全世界死于癌症的人有可能超过 1000 万。而且，在可以预见的未来，癌症的发病人数和死亡人数还将大幅度增加。

这局面对于我的信心是个相当大的打击。但也就在我最绝望的日子里，我认识的一些美国人不约而同地告诉我，癌症不是绝症，而只是一种慢性病。他们说，在美国，大多数人都是这样来看待癌症的。

我对这种说法将信将疑，于是试图考证它是否有根据。结果发现，美国的癌症发病率和死亡率在最近 10 年里第一次被遏制，转而呈现下降趋势。癌症患者的"五年存活率"，即医学上所谓"治愈率"，提高到 81%。如今美国癌症患者的平均存活时间已经达到 11 年，并不比一些慢性病患者的更短。换一种方式来设想，癌症患者的感觉，可能真的类似于得了心脏病或者是糖尿病。

也许正是因为这样的结果，世界卫生组织才能公开宣布，三分之一的癌症可以预防，三分之一可以根治，三分之一经过治疗可以长期生存。

一些研究机构还进一步证明，癌症患者中有一部分人能够不治而愈。

即便我们对"不治而愈"的观点持有最谨慎的态度，仅仅按照世界卫生组织的定义，也可以认为，几乎所有癌症患者都是有希望的。

我们要么根本就不会患上癌症，要么可以治愈，要么可以长时间地与癌共处。

我第一次知道这些事实的时候，感到非常意外，因为这与我自己对癌症的认识是如此不同，与我们国家的癌症治疗现状也是大相径庭。我似乎看到大洋彼岸出现的一线曙光，然而它距离我们那么遥远，就像在一条又长又黑的隧道尽头的一盏灯烛。

在我们的国家，癌症患者面临的情况相当糟糕。他们中的大部分人在三年内死去，能够活过五年的只有20%左右（根据不同的报告，我国肿瘤病人的"五年存活率"在10%~30%）。这不仅大大低于美国，也低于世界平均水平。

我明白癌症治疗仍是一个世界性的难题，对自己的求生机会不敢有更多奢望，但我还是忍不住想象，有没有可能让我们国家癌症患者的"五年存活率"达到世界平均水平呢？如果能，那么，在那些死去的癌症患者中间，每五人中就会有一人不至于死去。进而设想，如果我们的"五年存活率"达到美国的平均水平，那么每五个死去的人中间，就会有三人活下来。

用已经公布的"世界平均水平"和"美国平均水平"做参照，我可以大致推算出，在我们国家每年死去的大约200万癌症患者中，有30万~100万人本来不至于死去，至少能活得更长些。

可惜他们最终没能做到！

这是一个惊人的事实，它深深地震撼了我，也给我带来困惑。我仔细揣摩这种情形，不断地问自己：为什么我们国家的癌症患者会更少地存活、更多更快地死去？是我们这些癌症患者讳疾忌医吗？或者是特别舍不得花钱？是我们国家癌症治疗技术特别落后吗？是我们缺少好医生吗？是我们没有特效药吗？是我们独有的中西医结合彻底失败，因而让患者更短命吗？是种族遗传基因让我们中国人特别禁不起癌细胞的折腾吗？

我在困惑中仔细询问身边的病友，也悉心体会自己病情的变化。我无数次地置身于医院的拥挤、混乱和繁忙中，观察病人，观察医生，也观察医院的环境和设施。一些现象很快展现在我面前。我看到来自全国各地的病人，他们每天在同一时间拥进挂着"肿瘤门诊"招牌的那些大楼，带着满脸的焦虑和绝望；我看到那些身着白衣个个拥有一大堆头衔的专家，他们在收取病人几百元的挂号费之后只不过付出几分钟时间；我看到锃光瓦亮的医疗设备摆满楼上楼下，还被告知这都是全世界最先进也最昂贵的；我看到所谓"最新最好的特效药"几乎每周都在问世，还有所谓"中西医结合"的独一无二的优势。事实上，形形色色的好消息相当多，总是宣布又有了什么伟大的"新发现"，给癌症患者带来"福音"。为了这些"福音"能够降临在自己身上，病人们排着长队往医院的收费窗口里塞钱。他们每年花在治疗上的钱以两位数的速度增长着，其中有很多人甚至为此倾家荡产。癌症患者用自己的希望和金钱催生了当今中国最繁荣最赚钱的一个医疗部门，可他们的发病率和死亡率每年都在增加，中晚期患者的"五年存活率"在过去30年几乎没有提高。

我的困惑在继续，因为我找不到理由来解释，为什么我们国家癌症患者康复的机会更少，死亡的人数更多。

2007年从夏到秋的一段时间，我惊讶地发现我脑瘤的症状减轻了。这一段时间进行的复查表明，颅内病灶正在缓慢地缩小。看来那个迫不及待的手术计划完全没有必要，医生的"死亡预言"也被证明是一个错误。想到当初被医生的话吓得手忙脚乱的样子，我和家人都觉得有点好笑，同时庆幸自己没有听从医生的建议把脑袋锯开。

这种体验比其他任何尝试都更明显地暴露出一些不寻常的因素：癌症治疗体系有可能存在致命的弊端，而我们对癌症的认识存在致命的偏差。这两个"致命"加在一起，让我们生的希望变得格外渺茫。

不过这些想法在当时还是模模糊糊，更因为我对医学的无知而显得不那么可靠。

　　接下来的几年里，我开始搜集有关癌症治疗的资料，并且把这些信息与癌症患者的高死亡率联系起来加以思考。有一天，我看到一些资料，在所有死亡的癌症患者中，三分之一是被吓死的，三分之一是治死的，只有三分之一是真正因病而死。有不少人用这一组数字来概括当今中国的情形，包括一些长期致力于癌症治疗的医学专家。这表明它不是圈里人的信口开河，更不是外行们的以讹传讹。

　　我最初看到这消息时，认为它只是一个大致估计，并非严谨的临床检验统计。尽管如此，我还是把更多注意力集中到所谓"治死"之说，于是我看到了更加让人难以置信的事实。一些医学专家相当精确地指出，"用药不当"大范围地存在着。其中一位认定，"目前癌症病人符合规范用药者仅为20%"。另外一位则指出，"有90%以上的癌症患者没有得到良好的治疗方案"。

　　这些数字令我震惊，癌症患者中竟有如此多的人不是死于自己的疾病，而是死于自己的恐惧和不正确的治疗。

　　看起来，我们最大的不幸不在于遭遇癌细胞的侵袭，而在于我们被中国式的癌症观念包围着，同时还接受着中国式的癌症治疗。这种医疗环境正在造就一个悖论：医学越是发达，越是剥夺患者的主动性和判断力，越是造成病人的恐惧和错误。

　　我们恐惧，是因为我们无知。我们不了解癌症，不知道癌症其实并非绝症，只不过是一种慢性病。我们不了解自己的肌体，很容易过低地估计自己身体的自我修复能力，却过高估计药物的能力，不知道那些所谓"特效药"有可能正是致命的杀手。

　　我们会犯错误，除了因为我们恐惧，还因为我们过分相信医生，不知道即使是最权威最有经验的医生也会犯错误。事实上，医生不仅会犯专业性的错误，还经常会犯常识性的错误。然而他们最大的错误，是从来不会把自己的错误告诉患者，只一味地对患者讲述自己的成功病例。

　　现在回过头来，再看看中国专家说的"三个三分之一"，还有世界卫生组织说的"三个三分之一"。它们符合我个人的体验，也解释了我对周围那些癌症患者的观察结果。

　　让我和家人吃惊的是，原来癌症患者求生的玄机如此简单：只要我们不恐惧，不盲从，不走上错误的治疗之路，我们就已经有 66％ 的机会远离死神。即使我们的肿瘤已经到了中晚期，也可以长期与癌共存。

　　2009 年春季的一天，我遇到社区卫生站的老护士长。说起我的病，她不禁大惊："你现在还活着，真不容易。好好珍惜吧！"

　　分手时她看着我，意味深长地说："别人像你这样的，早死好几回了。"

　　于是我想到那些和我同样命运的癌症患者，还有他们被焦虑和绝望情绪包围着的家人。我开始设想把我的体验告诉他们。那个晚上我打开电脑，惊喜地发现自己的手指依然灵活。

　　这本书和我以往的写作不同。此前我的所有写作，都只是作为一个旁观者，这一回是我的亲历。如果说过去我在写作中倾注的是心血，那么这一次就是我生命的诉说。书里大部分文字是我在每天散步时偶然得之，或者来自我在湖畔的冥想，零零星星，不成系统。我还引用了一些媒体上公开的资料，并且尽可能地注明出处。我的妻子赵晓东伴随我度过了那段最艰难的时光，还在日记里记下其间的点点滴滴。这帮助我校正了自己的记忆，进而成为这本书的事实基础。

　　2012 年春天这本书接近完成时，我忽然意识到自己不仅活过来了，而且重新成为一个健康正常的人。这对我是个巨大的鼓舞。过去五年，我在治疗方面做对了一些事情，也犯过错误，我都如实写在这里，希望能够成为读者的参照。但是有一件事应当交代，我不是医生，只是一个病人，我的感受并未经过科学验证。我无力像过去写作前做的那样，把自己的想法拿去请教业内的行家，即使是我觉得对自己有益的那些方法，也不能肯定会对别人有益。更何况肿瘤这种疾病的性质千差万别，病人的肌体也是形形色色。同样一种方法，在不同人身上会产生完全不同的效果，所以我们只能根据自己的情况来选择，千万不要盲目仿效我的方法，就像我从来不会盲目仿效任何一个成功者一样。

　　如果你一定要问我，有没有一些可以让癌症患者共同遵循的东西，那么我会说，有。

的确有一些事对所有病人都是相通的——

我们必须有足够的坚强，去接受那些应当接受的治疗。

我们必须有足够的勇气，去拒绝那些不应当接受的治疗。

我们必须有足够的智慧，去分清楚哪些是应当接受的、哪些是不应当接受的。

我们都需要知道，什么时候该从容地迎接死神降临，什么时候该坚定地寻找康复之路。视死如归固然可敬可佩，叩开康复之门却更困难也更可贵。这不仅需要勇气，更需要智慧。

因此，做一个聪明的病人，远比做一个听话的病人更重要。

如今回想起来，五年前那种死到临头的感觉依然清晰，只不过对于死我已不再恐惧。死，是我们的归宿。生，只不过是我们走向死亡的路途。我们都不会忘记自己来到这个世界的日子，可是也请记住，我们明天将要离去。在经历了与死神的对话之后，我对死亡的理解变得达观和通透，我的生命也变得更加丰富和从容。

我想这就是所谓"向死而生"吧！

凌志军

2012 年 7 月

第一章

别让
医生
吓死你

_在每一个人必须面对的所有恐惧中，
没有什么比预知死期将至更加恐怖了。
我可以选择去医院切开脑袋，也可以选
择待在家里。这可真应了癌症患者圈子
里流传的一句话：治，是找死；不治，
是等死。

死到临头的感觉

当医生宣布在我的颅脑、肺叶和肝脏上都发现恶性肿瘤的时候，我平生第一次感觉到与死亡如此接近！

灾难是突然降临的，就像晴天霹雳，让我和家人措手不及。我对自己的身体一向自信。这不仅因为每年一次的体检指标都正常，还因为我没有什么不良嗜好，比如从不抽烟、酗酒。而且我还是个喜欢运动的人，每天至少有一小时的体育锻炼。所以，当医生宣布在我的颅脑、肺叶和肝脏上都发现恶性肿瘤的时候，我平生第一次感觉到与死亡如此接近！

那一天是 2007 年 2 月 12 日。当时我站在北京医院脑神经外科的医生办公室里，看着我的颅脑和胸部胶片悬挂在一个巨大的灯箱上。荧光灯的光线从胶片背面透过来，苍白凄厉，有点刺眼。确切地说，胶片上还显示出腹部造影。

"这里有，这里有，啊——肝上也有。"医生一边在胶片上面指指点点，一边说，"已经不能手术了，只能全身化疗。"

"是吗？"我下意识地追问一句。

停了一下，他又补充道："不说百分之百吧，也差不多了。"

他转过脸看我一眼，好像突然意识到什么："啊！你还不知道啊？那……那……请你在外面等一会儿，我要和家属谈一谈。"

我走出房间，站在走廊上。四围的墙壁好像是刚刚粉刷过的，一片惨淡的光向我挤压过来。

马晓先在我身后跟着，寸步不离。因为职业的敏感，她显然已经明白了一切，所以特别紧张地看着我，嘴巴动一动，却什么也没说，只是伸手碰碰我的胳膊。这个 60 多岁、瘦小精干的女人，是这一代人中最富有人生经历的人之一。她曾是北京医院护士，因了一种意外机缘成为中南海高层领导人的贴身护士。她为人忠直，勤勉细腻，富有同情心。在刚刚过去的两天里，她一直陪着我，还与我的妻子赵晓东在医院里跑前跑后，寻找她认为最有经验的医生。

"他是什么意思？"我问，期待她给我一个更确切的解释，"情况不妙吧？"

"是不好。"她回答。显然是因为了解我的个性，她不打算对我隐瞒任何实情，所以直截了当地确认了这个坏消息，"他说……肝上也有。"

先是颅内，然后是左肺，现在又是肝……我知道这一切意味着什么：脑癌、肺癌，再加上肝癌。这不就是恶性肿瘤、全身转移吗！

"你进去吧。"我对马晓先说，"去看看晓东。"

我担心晓东会受不了，转过身，透过虚掩的门缝去搜索屋内的情形。

我可以看到晓东的背影。她坐在窗前，独自面对着那位医生。还有一群医生的目光在前后左右包围着她。窗外灰蒙蒙的天空衬托着她僵直的身影，我极力想看到她的脸，可惜看不到。

我等在门外，过了几分钟，也许是十几分钟，终于看到医生做出结束谈话的表情，可晓东还是僵直地坐着，一动不动。我走进房间，站在晓东身后，轻轻拍拍她的肩膀。她站起来，犹豫了一下，然后像是鼓足了勇气，转过身来面对我。我看到了她的脸。

她的脸色大变，嘴角微微抖动，眼里一片哀伤。在和她共同生活的 25 年里，我从没见过她的脸色如此暗淡阴沉。她后来告诉我："我当时脑子里一片空白，唯一的想法就是不能在他们面前哭出来。"

她把我扶到医院走廊的椅子上。两人并肩而坐，沉默，还是沉默。有很长时间，我们之间一句话也没有，全身心沉浸在绝望沉闷的空气中，彼此想要回味眼前的事情到底意味着什么，可是没有办法把思想集中起来。

周围人来人往，行色匆匆。有一会儿，晓东似乎回到现实中来，蓦然抬起头来，把眼睛直对着我说："如果是最坏的情况，你愿意知道吗？"

我俩早就有过一个约定：无论谁得了不治之症，都不该彼此隐瞒。现在，她既有此一问，一定是想起了这个约定。

"我已经知道了。"我对她说。

晓东被击垮了。她躲在我看不到的地方偷偷哭泣。马晓先陪着她默默掉泪。我的眼睛无法睁开，但我能够感受到她正在用一种悲恸欲绝的眼光看着我。

那天回家的路上，车里气氛低沉。晓东紧紧拉着我的手，似乎担心我突然消失，却又一言不发。她本来是个喋喋不休的人，可现在，所有生机灵动的声音全都消失了，她整个人沉浸在巨大的惊骇中，剩下的只有沉默。

而我，第一次明白什么叫"绝望"。

我想让内心静下来，恢复思考的能力，却发现无法让自己集中精力，于是索性让思想信马由缰，或者什么也不想，只是细细体会身体内部那些被医生指证的岌岌可危的部位。头痛目眩，这一定是"脑瘤"的征兆了！

可是肺癌呢？肝癌呢？我怎么一点感觉也没有啊？如果肝上长了那么大的一个异物——就像医生所说，那应该是能够感觉到的，比如说疼痛感甚至凸起来的硬块。我下意识地伸手去摸索，渐渐地，还真的在腹部感觉到一种异样。更准确地说，是健康人的"异样"。

我饿了，而且激起了一种旺盛的食欲。

于是我和晓东来到金丰华饭馆，拣了个靠窗的位置，相对而坐。晓东点了一份清蒸鲈鱼、一碟蚕豆和一样青菜。这些都是我们家饭桌上最常见的菜肴。我接着给自己要了一大盆疙瘩汤，这是我每次在这里吃饭时必有的节目。它总能勾起一些有趣的回忆：不是和朋友们滑雪归来开怀畅谈，就是二人相对而坐娓娓叙说。

正是午饭时间，周围食客渐多，人声鼎沸。讲究品位的人总喜欢说："吃饭不是吃饭，是吃环境，吃心情。"刚刚经历过的打击让我们两人都还没有回过神来，在这样一种心情中吃饭真是平生第一遭。

我很快回过神来，决心好好表现一下，于是开始向桌上的食物发起进攻。也许是为了安慰晓东，也许是为了鼓舞自己，也许是想要证明医生在危言耸听，其实我什么毛病也没有，我尽量让自己表现出如饥似渴和津津有味，同时也没有忘记从塞满食物的嘴里挤出一句话来："肝癌？真是肝癌，我还能这么吃吗？"我渐渐感到自己就像一个视生死如草芥的英雄，这种感觉一直持续到我喝完六碗疙瘩汤，又风卷残云般地横扫了桌上所有的菜之后，才忽然消失。因为我意识到，在我埋头吃喝时，晓东几乎没动筷子。她只是安安静静地看着我，面色苍白，眼睛里充满了哀伤和怜惜。

隔着巨大的玻璃窗，我们沐浴在冬日正午的阳光中，尽管我最终也没能制造出一点轻松快意，却能够感到周身都是暖融融的。我站起身，依然步履蹒跚，靠着晓东的搀扶走回家里，倒在床上，感到心里稍微平静了一点。肚子里面装满了刚吃下去的美食，全身一会儿涌起饱食之后的舒适懒散，一会儿又涌起死到临头的惶惑和恐惧。想到这个世界上有几千万癌症患者身处和我一样的境地，不禁有点同病相怜，惺惺相惜。这总不至于真是人生最后的一顿午餐吧？

我不由自主地再次回想医生的话，带着满腹狐疑，沉沉睡去，根本不知道在隔壁房间里晓东已是悲恸欲绝。她想到现在该做的事是向亲友们通告，同时帮助我取消几个重要约会，于是拿起电话，先是拨通美国，然后拨通欧洲，向远在异国他乡的兄妹报告这个坏消息，还没开口已经痛哭失声。

危险的陷阱

有一会儿，我开始怨天尤人，还埋怨自己。我沉浸在一连串的"为什么"中，情绪低沉。好几个月后我才明白，原来这种怨天尤人自责自悔的情绪非常有害。它和恐惧、急躁并列，可以算作癌症患者最糟糕的三大心理特征，也是我们康复之路上危险的陷阱。

醒来的时候天光已暗，足足睡了一觉，精神好了很多，想到医生的诊断，好像只是一个噩梦。

事情是从五天前开始的。

那天深夜我完成了《中国的新革命》这本书，然后昏昏睡去。如果不出意外，应当至少有 24 小时在睡梦中度过，可是我很快就在一阵眩晕中醒来。我看到天花板在旋转，四围的墙壁也在旋转，接着就感到了头痛和恶心，胃里有什么东西在恣意翻滚，还有一种要呕吐出来的感觉。我站起来，觉得脚下不稳，周围的一切都在移动，同时有点奇怪地发现，墙上的画框显出双重影像。

天刚破晓。淡淡的晨光从窗口挤进来，把房间染成一片灰白色。我觉得自己忽然变得虚弱萎靡，与一天前那个生机勃勃的我简直判若两人。我对自己说，有这样的感觉再正常不过了。这些年里每完成一本书，总是意味着从肉体到精神的极度疲劳。对我来说，这不是什么可怕的事，而是一种充满愉悦和满足感的心灵体验。我喜欢这种疲惫的感觉，喜欢全身心地享受那种随之而来的放松与懈怠。因此，那个早上我想的只不过是要好好慰劳一下自己。毕竟这是我最艰苦、最熬人的一次写作，我已经没有休息日地工作了 12 个月。我一定是累坏了。该让自己好好歇歇，把准备了多日的休闲计划付诸实施。

我摇摇晃晃地登上飞机，回到北京的家中，身上还背着全套摄影器材。因为长期在上海工作，所以我对每次的回家总是分外珍惜。这一回打算和朋友相约同去万龙国际滑雪场小住几日，享受一番畅快淋漓的高山滑雪，拍些北国风光照片，然后和家人一同过个轻松快乐的春节。我对这个计划充满期待，即使头晕眼花、步履蹒跚，也没有动摇。当时我以为，只要让自己彻底地懒散几天，身体就会恢复如常。

但是我在北京的老同学林荣强并不这么乐观。"别废话，"他在电话里对我说，"赶快去医院检查。"也许是担心电话里的警告被我扔到一边，他索性把自己的汽车开到我家门口，不由分说催我出发。我深知这位老同学有着相当出色的判断力，对于风险和机会的敏感程度远在我之上，他的话也常被证明是先见之明，于是赶紧收起滑雪的念头，坐上他的车直奔北京医院。

医生听了我的叙述之后立刻满脸凝重，在排除了颈椎或者其他方面可能发生的问题之后，立即把我送进核磁共振室去做颅内扫描。这时候我已知道，她是神经内科的主任医师，名叫李金。她起身离开自己的诊室，尾随我走进扫描室，坐在显示屏前。

"你的颅内有个东西。"她望着我说，"不能确定是不是肿瘤。也许是个囊肿。"

她的语气从容慈爱，可晓东已是满脸紧张，我也隐约感到情况不妙。

不然，她为什么那么急切地跑到扫描室里来，而不是按照通常的做法等待影像胶片和诊断报告？！

　　情况的确不妙。两天后制作出来的胶片清晰地显示出，我的后脑有个 2.5 厘米 ×2.3 厘米的病灶，圆圆的像个乒乓球漂浮在那里，紧挨着大脑中枢神经，清晰突兀，还有点神秘，就算我这个纯粹的外行，也能很容易地分辨出来。

　　在北京医院出具的检查报告单上写着：

左侧桥臂异常信号，占位？

左侧桥臂占位及脑膜增厚和右额后部脑膜结节。

考虑转移瘤可能。

　　以我浅薄的医学常识，也能明白，在医生用语里，"占位"就是"肿瘤"。更糟的是，增强扫描的胶片进一步显示，不仅是"占位"，而且是多处"占位"。很显然，我所表现出来的症状，以及核磁共振胶片上显示出来的影像，都是"脑瘤"不容置疑的证据。

　　"我一看见你，就觉得是脑子里面出了问题。"李金主任缓慢地、轻轻地说。看来，这就是让我头晕目眩、恶心呕吐的罪魁祸首！

　　眼见她如此迅速地找到了我的病灶，我不禁心生敬佩。但是她没有为我采取任何治疗措施，而是建议我去看神经外科。一个内科医生给出这样的建议，就意味着她把我的病排除在"内科"之外，归由"外科"治疗。

　　这让我们感觉到一种强烈的不祥之兆：外科是干什么的呀？不就是把脑壳锯开，还要把脑仁给切掉一块吗！

　　检查报告结论中的"转移瘤"三个字让我们更加紧张：这意味着我脑子里的肿物不是"独有"，那么它是从哪里转移过来的呢？那原发的肿瘤藏在我体内的什么地方？还有，既然已经到了"转移"的地步，那就更有可能是个"恶性肿瘤",而且已是"晚期"?

整整一个晚上,我和晓东都深陷在这个恐惧的疑问中。

第二天我们再去医院。按照医生安排,在全身上下到处搜寻肿瘤的原发部位。根据通常经验,他们认定肺部的嫌疑最大,因为肺癌有个常见的发展趋势,就是往脑袋里跑。可是,在一次 X 光透视显示我的肺部没有任何异常之后,医生一下子没了目标,不知从何下手。

我在电话里把检查结果告诉报社的医生金晓虹。为了证明肺部"清白无辜",我还再三强调,单位每年安排的例行体检中,我的胸部 X 光透视都没有任何问题。金医生对这一切一清二楚,而且还知道我最近一次体检不过是在两个月前。尽管如此,她还是将信将疑。对她的看法,我是从来不敢忽略的。这位中年女性虽然不是名满天下的医学专家,在任何一门医学专科上也涉猎不深,却拥有异常丰富的临床经验,处事干练又头脑清晰。过去十几年里,我无数次地请她看病,无论身体有任何不适,她总能利用她的经验让我满意而回。现在,她提醒我们,X 光透视看不到问题,并不能说明我的肺真没问题。"肿瘤有时候会非常聪明地躲藏在锁骨后面。"她说,"这是一般 X 光透视看不到的死角。"

她还告诉我们,有一种新技术可以把周身上下扫描一遍,其英文的缩写名称叫 PET(正电子发射断层扫描)。她在远隔千里的上海,在电话的那一头,给我们详细讲解这种技术的功能和原理,耐心地把那些专业理论说得可以适应我们的理解能力。原来恶性肿瘤细胞的代谢水平和正常细胞有着明显区别,PET 正是利用这个规律来观察你身上的异常细胞。这一技术在临床上没有任何副作用,其敏锐程度甚至不会遗漏小于一厘米的恶性肿瘤。不过,医生很少主动要求病人做这种检查,因为它的价格高昂,做一次全身扫描要上万元。

晓东听了这一番话,立刻催促我去做 PET。我却有一种本能的抵触,想想自己活了 50 多岁,看病吃药的钱加在一起也没有这么多啊!

不管怎样，我们再次去了医院，结果居然很不幸地让金医生说中了。全身 PET 扫描暴露出左肺上叶的病变。接着，CT（计算机层析成像）再次证实它确凿无疑地存在，而且正是隐藏在我的锁骨后面。更糟的是，胸部扫描不知怎么竟弄到肚子上，扫出我的肝脏也有肿物。

现在，我躺在床上，一会儿昏沉一会儿清醒，想让自己静下来却怎么也做不到。我开始相信，这不是噩梦，是真的。我正面临最坏的结果。

我禁不住在脑子里搜寻关于癌症的知识，可惜当时我对这个领域的了解少得可怜，所有的知识其实只不过是一句话：癌症就是绝症，癌症确诊报告就等于死亡判决书。我的亲友中有好几位身患癌症，他们临终前的羸弱之躯和绝望目光给我留下了深刻记忆：人是如此渺小，癌的力量又是如此强大。此外，我还有一些模糊不清的印象：癌症的发病率在迅速增加，越来越逼近我们每一个人，我们的生活方式和生存环境似乎也在助长这种势头。可是我从来没有想过，它有一天竟会落在自己头上。

有一会儿，我开始怨天尤人，还埋怨自己：为什么是我呢？我上辈子做了什么伤天害理的事？老天爷为何要下如此狠手？为什么我就没有好好养护身体？为什么我就没有好好享受人生？我沉浸在这一连串的"为什么"中，情绪低沉。好几个月后我才明白，原来这种怨天尤人自责自悔的情绪非常有害。它和恐惧、急躁并列，可以算作癌症患者最糟糕的三大心理特征，也是我们康复之路上危险的陷阱。

接下来的两天，我的影像胶片在北京医院的好几个科室里会诊。肝部肿瘤很快被排除了，看来还不到"全身转移"的地步，不过，结论依然很坏。脑部病灶和肺部病灶是确定无疑的，医生们也有充分理由把两者联系在一起：肿瘤原发部位在左肺，脑袋里的是转移瘤。

"如果是这样，就是肺癌四期。"胸内科的一位专家这样说。

中国式的"专家门诊"

医生下班了，病人也散了，刚才拥挤不堪的医院走廊现在空荡荡的。我倚着晓东，两人并肩，蹒跚而行，感觉又冷又无助。在经过令人难以承受的路上颠簸、漫长等候和期待之后，我们沮丧地发现还是在原来的起点上踏步，不知道该怎么办。

周围的朋友纷纷建议我们去北京天坛医院，大家都说，对付我这种病，这家医院是最好的。我们所能得到的全部资料——新闻、研究报告和网上信息，也都显示它的神经外科是"全国排名第一"。有位"主任"，拥有一大堆耀眼的头衔。还有人告诉我们，他是我们国家最好的神经外科专家、手术台上操刀开颅的高手，既迅速又可靠。

靠着晓东的搀扶，我摇摇晃晃走出家门，就像所有癌症患者一样，开始了慕名投医的漫漫路程。马晓先早已闻风而动，千方百计去联络这位权威，可惜不能如愿。她告诉我，"主任"不在北京。就算在，想要见到他也是难上加难。幸运的是，她找到天坛医院神经外科的另外一位医生，也是一位"主任"，也是大权威，也拥有很高的专业水准和丰富的临床经验。

于是我们打定主意，无论如何要见到他，来一回最权威、最专业、最有临床经验的诊断。

忍耐了两个小时的路上颠簸和头晕目眩，又花了 300 元挂上专家号，我们终于获得机会面见这位专家。尽管是个"特需门诊"，却没有谁来给我们约定一个准确时间，所以还要经过一番漫长的等待。四周全是等候就诊的病人，绕着专家诊疗室外面的门廊坐了一圈又一圈，每一张脸都带着混沌不清的绝望和希望。这也显示出此人的确享有盛名，肩负着如此众多的期待。我好不容易找个座位坐下了。由于眩晕和畏光，几天来我一直半闭着双眼，还戴着一副墨镜用来遮光，即使在屋里也不敢摘下。

我们在昏暗之中耐心等了三个小时，终于在下班前的最后几分钟见到"主任"。我不知道这位"主任"和那位"主任"究竟哪个才是神经外科主任，反正听到别人都叫他"主任"，我们进门也就忙着叫"主任"。他不动声色，只微微点一下头算是作答。

我的内心充满敬畏，意识到这是一个关键时刻，赶忙摘下墨镜，努力睁开双眼，尽力传递我的尊敬，同时想要看清楚这位能够救我性命的人。

于是我看到一个保养很好的中年男人。他只看了我一眼，便把注意力集中到我的核磁共振胶片上。我强打精神，试图叙述我突然发作的症状，可是很快发现他对我的话不感兴趣。他的热情似乎只在向他对面的年轻医生侃侃而谈，年轻医生则是一副洗耳恭听的样子。我听不懂他在说什么，但是可以感觉到，他认为我脑袋里的病灶是恶性肿瘤，并且列举胶片上呈现的种种特征加以证明。

我努力提高声音，希望他的注意力能转移到我身上来。他看我一眼，因为我打扰了他而显得很不高兴。

"突然发作的？"这是他第一次对我问话，我还来不及回答，他就自己先得出了结论，"不会是突然的吧！"

我注意到"突发"这个细节引起了他的注意，但在转瞬间就被他否定了。看来他不相信病人，只相信机器，相信那张没有色彩、没有温度、没有生命的胶片。也许他认为我的脑子已受损害，必定思维混乱，所以根本不相信我还能讲清楚事情经过。不久之后我就知道，头部疼痛眩晕的症状是"突发"还是"渐进"，对其病灶性质的临床诊断是个关键依据。由于"恶性肿瘤"的生长是个渐变过程，所以伴随而来的症状通常也会由弱到强，而不会像"脑炎"或者"脑出血"那样"突然暴发"。可当时我还完全不知道这中间的区别。我由衷地觉得自己是那么无知、那么渺小，而面前这位专家是那么博学、那么伟大。

"主任"延续着自己的思维，对我依然视而不见。他的目光还在他的学生身上。他从喉咙深处缓慢地发出一种坚定不移的声音，像讲课，又像训话。为了让自己的话更有说服力，他伸出一根手指，用力地在我的胶片上指指点点。这样的过程持续了几分钟，他一直在对他的学生高谈阔论，就像在发表演讲而不是在为病人治病。我忽然觉得自己并不是他的一个病人，而不过是一个病例，在适当的时候自己送上门来，做了他的教学标本。

这种感觉很快影响了我的心情，让我疑惑。我能理解由于病人太多，所以医生只能让病人排很长时间的队，看很短时间的病，但我不能理解他们怎么会如此不在乎病人的心理感受；我能理解医生因为见多不怪而产生的不耐烦和冷漠，但我实在不能理解，为什么他们只知道那些仪器、胶片和检查报告，而完全不顾及病人自己的身体症状；德高望重的医生门下理应高徒满座，他们利用临床病例来教导弟子也是必不可少，可是我很难想象，他们既然已经与病人"特约"自己的时间，并且为此收费，竟又不肯把时间专注在病人身上。这情景就如同你花了一大笔钱之后来到期待已久的埃及金字塔，经验丰富的导游把钱揣进口袋却视你如无物，扭过脸去教导他自己的儿子如何谋生。

晓东和我一样，急于把他的注意力拉回到我们身上。在经过两小时的路途劳顿和三小时的等待之后，这种心情着实难免；更何况她还急切地想要弄清楚我脑子里的东西和肺上的病灶是否有关，因为这关系着她丈夫是有救还是没救。她终于忍不住打断了专家的演讲，把这问题再次提出来。

"你想让它有联系？"他朝这边斜了一眼，不肯回答问题却刻薄地反问一句，嘴角带着明显的嘲弄和不屑，"是吗？"

我们慑于"主任"的威严，不再作声，只敢在心里嘀咕。尽管我并不指望能在这里得到明确结论，却怎么也没想到，他会用如此盛气凌人的方式来对待一个他说不清楚的问题。

然而让我意外的还不只这一个"问号"。在向他的学生展示了渊博的医学知识和丰富的临床经验之后，"主任"在我的诊疗本上写下他的高见。他记录了左脑的"占位性病变"，还写了右小脑和右脑顶部都有"异常信号"，结论是：

胶质瘤？

多发转移性病变待除外。

"左脑""右脑"，还有"右顶"，这表明至少有三处病变！

"胶质瘤""占位"，还有"多发转移"，这表明它们都属于"恶性"！

此外还有一个"？"和一个"待除外"，表明这是一个既明确而又大有回旋余地的诊断结论！

告别"主任"时天已大黑。医生下班了，病人也散了，刚才拥挤不堪的医院走廊现在空荡荡的。我倚着晓东，两人并肩，蹒跚而行，感觉又冷又无助。在经过令人难以承受的路上颠簸、漫长等候和期待之后，我们得到的仅仅是一张"专家门诊挂号费发票"，以及一篇演讲、一个"问号"和一个模棱两可的"待除外"。我们沮丧地发现还是在原来的起点上踏步，既不能确定自己得了什么病，也不知道该怎么办。

有了这一番经历，我才意识到原来病人的倒霉事还不只是疾病本身。

早就听说过一句话：中国的老百姓在官员和医生面前是最没有尊严的。我了解平民百姓在官员面前的低三下四和逆来顺受，但我始终不能想象，病人在医生面前也会如此这般。现在方知，这话还真有几分道理。病人们花费好几个小时甚至好几天的时间来到他们仰慕的医院，可是在这里总不免遭遇冷漠、不屑、训斥、不耐烦和模棱两可。除非他们是高官显贵或者有什么特别的因缘，否则就算是"特需门诊"也不能好一些。他们在约定的时间到达医院，却发现约定的医生总是忙着干别的，好不容易轮到自己，医生不是给自己的学生上课就是接听手机。他们在医生那里感觉不到温暖和同情心。他们对医生，特别是对那些拥有专家头衔和权威的医生寄予了那么多的希望，可是通常只能得到一个"待查""待除外""可能性大"，或者仅仅是一个问号。

用文字甚至标点符号来表达一种"模棱两可"的诊断结论，对医生来说是最简单、最安全的选择。医生要给自己留有余地，可退可进。即使锯开你的脑壳，挖去一块脑仁去做病理检验，他们还是会说，不会百分之百准确无误。但是，对我和我的家人来说，这种"模棱两可"比一个最糟糕的诊断结论还要糟。在以后的 15 个月里，类似的演讲和诊断我又遇到许多次，而我除了越来越疑惑和沮丧之外，似乎别无收获。一想到还要按照这位大牌专家的指点去完成新一轮检查，然后把"专家门诊"如此这般重来一遍，我的脑袋便越发疼痛眩晕起来。

恐惧的由来

在每一个人必须面对的所有恐惧中，没有什么比预知死期将至更加恐怖了。晓东打来的电话让我不由自主地想象手术台上的情形。我可以选择去医院切开脑袋，也可以选择待在家里。这可真应了癌症患者圈子里流传的一句话：治，是找死；不治，是等死。

旧历新年很快就来了。我躺在朦胧的暮色中，想这想那，明知恐惧有害无益，还是忍不住想象死神降临时的情形。邻家大门贴了"恭贺新春"的年画，隔着墙壁隐约传来琴声笑语，对大多数人来说，这是一年劳顿之后的一段休闲、享受和意趣盎然的时光，可是这一切已经与我们无缘。全家人完全脱离了正常的生活轨道，恐惧和绝望的气氛在家里弥漫。这时，即便是看到自己的病危通知书，或者是看到死神破窗而入，我也不会惊讶。

晓东坠入服丧般的悲痛之中。她不住地自责自怨，后悔过去几年没有随我到上海去，没有好好照顾我，没有阻止我没日没夜地工作，所以她现在再也不想让我从她的视线里消失。她不再去上班，不再去学习英语，不再去旅游，也不再去看晚间的音乐会，她对所有的社交活动不再有热情，甚至对她酷爱的滑雪和游泳也都兴致全无。

"没有你，"她对我说，"我再也不会做这些了。"

她现在的每一分钟都和我在一起。晚上看着我睡着，自己睡不着。白天给我做饭，自己却吃不下去。挨到我精神好些，便扶我在屋里走几步。饭后，她扶我躺到床上，给我读小说。她说那是很不错的小说，其实对我来说，读什么都一样，我只是想在她的声音中慢慢睡去。等我睡过去之后，她又匆匆出门，从这家医院跑到那家医院，强忍眼泪听着医生的令人绝望的话，到处打探癌症患者的治疗信息，然后心灰意冷地回到家里，在屋子中间来回转悠。夜深人静，长跪不起，双手合十向苍天祈祷，她在医学的殿堂里感觉不到希望，只能从神灵的声音中得到慰藉。有一会儿她心情稍平，可是很快便又不能自制，缩在沙发的角落里痛哭失声……

我们仍然瞒着母亲。她已 82 岁，正在等我们回家过年。父亲因患肝癌早逝，母亲在痛失亲人之后，坚强而健康地生活了 20 年，直到她自己也患了胃癌。在经历了一次胃切除手术和两次骨折修复手术之后，她明显地老了，精力一年不如一年，眼睛看不清楚，耳朵也聋了，只能借助于助步器行走。我们兄弟姐妹四人全都不在她身边。只有在周末和节假日里，我才能回去看望。在母亲看来，和儿女们一起吃顿饭是她生活中最重要的事情。

除夕那天我强撑身体，拄着一根拐杖去看母亲。母亲耳聋眼花，看我不清，可是一见我的身影就开心地笑，用我的小名不住地呼唤，凑到近处仔细看我，却对我的病态浑然不觉。我过去总希望医生能治好她的眼睛和耳朵，现在却有点庆幸我在她眼里只不过是个模糊不清的儿子。

全家人一起吃了年夜饭，然后在一起拍照合影。父亲去世后的 20 多年，每个除夕夜我都是和母亲在一起度过的，照片也留下无数。但是今夜不同，我满脑子都是一个念头：这是最后一个春节了！

我打起精神，努力睁大眼睛，希望不要在这最后一张照片上留下个病恹恹的样子，却模模糊糊地看见橱柜里面父亲的遗像。

时间伴随着接踵而至的消息迅速流逝——坏消息，对坏消息的否定，然后是更坏的消息。万家欢庆、爆竹声声的时候，我们更加绝望。我们不再谈论滑雪或者旅游的计划，而是谈论锯开脑壳是个什么感觉，以及把脑子切去一块之后会成什么样子。

要不要接受手术成了家里最紧迫的话题。像所有遭遇癌症袭击的家庭一样，我们心情急迫，度日如年。甚至不能等到春节结束，晓东便匆匆赶往上海，随身带着我在北京的全部会诊记录和胶片。一想到要切开脑袋，我们就倾向于到上海去。不仅因为那里的华山医院拥有一个非常好的神经外科，还因为我在那里工作多年，知道上海人禀性精细做事严谨，不像北京人那样大而化之，做朋友让你畅快淋漓，做事情却总让你不能放心。不过更重要的原因是，我们都抱着一点侥幸心理，希望上海的专家能够否定北京的诊断。因为在这个国家，要论医院的医疗水准，上海是唯一能和北京媲美的了。

就像几天前北京的朋友刻不容缓地把我送进医院一样，我在上海的朋友们已经行动起来。其中有一位名叫曹焕荣，是人民日报华东分社社长，和我同龄，由官场序列来说，他是我的上级，但是我们之间保持着很深的朋友式的友谊和关切。他比我更执着地相信，上海才是能够拯救我的地方，所以分秒必争地为我寻找最好的医生。接下来的 24 小时，对我的会诊以令人惊讶的速度安排妥当，就连春节长假也没有耽搁它的节奏。

晓东到达上海那天是大年初四。走进华山医院会诊室的时候，屋里已

经有一群人，围着大会议桌坐了满满一圈，都是上海脑癌和肺癌治疗领域
里最好的专家。大家彼此拜年，互道珍重。可惜这种轻松气氛很快就被我
的胶片给打断了。专家们的看法是一边倒的，几乎是在重复北京专家的诊
断。肺叶上的病灶不算大，不能有定论，也还有时间继续观察，可是"脑
瘤"这个结论看不到任何翻案的希望。

　　北京造就的绝望气氛，在上海被进一步强化了。专家们甚至还有更大
的担忧：由于颅内肿瘤靠近脑干——生命中枢，所以手术过程很容易伤及
脑干，危害生命。要想避免意外，就只能切除肿瘤三分之二的部分，因而
剩余部分仍会继续生长。如果不手术，脑瘤的生长随时可能压迫脑干，照
样危及生命，所以我的死期更加紧迫——可能"只有三个月"。

　　专家们的陈述大致上勾画出我的未来之路：

　　　　1．尽快实施开颅手术。然后……
　　　　2．手术后的继续治疗，也就是化疗和放疗。然后……
　　　　3．密切观察肺部病灶的变化。准备实施第二次手术，打开胸腔，
切除肺叶。然后……
　　　　4．继续化疗，继续放疗。
　　　　…………

　　有一段时间，晓东显然被专家们的热情和诚意打动了，开始盘算我的
开颅手术。那个晚上她给我打来电话，告诉我做好到上海的准备，还说华
山医院副院长已经带她看了为我准备好的病房。

　　事情到了这个地步，所有人——晓东、我，还有医生们——都已不作
他念。一切具备，就差把我推进手术室里了。

　　但是晓东仍然怀着最后一丝侥幸心理：就算是脑瘤，也别是从肺上跑

过来的转移瘤。她在金医生的陪伴下，又去了上海肺科医院寻访一位专家，只想弄清楚一个问题："有没有可能……脑子里的东西和肺没关系？"

"我不敢说 100% 是有关系的，"具有高度专业敏感又从来不肯把话说绝的医生尽量委婉地回答，"能说有 98% 吧。"

"我们只有 2% 的机会？ 2%？"

"作为医生，我想建议你到上海来做手术。"他接着说，"但是作为朋友，我劝你一句，还是别到上海来吧。"

"为什么？"

"因为……因为……家人都在北京。"

"他是在担心，"晓东后来对我说，"你能活着去上海，却有可能不能活着回北京。"

在每一个人必须面对的所有恐惧中，没有什么比预知死期将至更加恐怖了。晓东打来的电话让我不由自主地想象手术台上的情形。我可以选择去医院切开脑袋，也可以选择待在家里。这可真应了癌症患者圈子里流传的一句话：治，是找死；不治，是等死。

我躺在床上，仰面朝天，意识在睡梦和清醒之间游移，灵魂仿佛在人世和天堂之间漂浮。有一阵子，我觉得非去医院不可了。有一阵子，又想到不管怎样我已来日无多，于是强睁眼睛环顾这个家，扶着墙壁走了一圈，不免惆怅。12 年来，我在这个家里住的时间很短，现在一旦离去，也许就真的回不来了。我开始默默地和它告别，又在脑子里想象自己的后事，接着想到遗嘱：

1. 不要单纯依靠药物维持我的生命。如果成了植物人，请立即为我实施安乐死。

2．不开追悼会。不要遗体告别。不留骨灰。不开任何形式的追思会。不让媒体以任何方式提及此事。
…………

忽然我又想起一件事来，要在晓东从上海回来之前办好。我摸索着，把家里的账单、存折、信用卡全都找了出来，半睁半闭着眼睛把密码一一写在纸上，收拾停当。我这老婆一向不问家里钱财，也不知道我究竟挣了多少钱，又放在什么地方，所以我想，如果我一去不返，得让她能够找到。

做完这些以后心里稍微轻松，感觉自己今生已经了无牵挂。如果说还有什么遗憾，那就是在过去的岁月里没有用更多时间和他们母子二人待在一起。结婚 25 年来，我们一直聚少离多，可我竟从未把这当一回事。人总是不在乎自己拥有的东西，要等到失去的时候才知道珍惜。

疾病击中了我身体内最脆弱的环节，让我变得多愁善感。妻子不在身边让我感到孤独和无助，好在有儿子守在身边。他一放假就回家来陪我，朝夕不离，表现出前所未有的耐心和体贴。几天前，他从妈妈口中知道了我的病情，母子二人抱头痛哭一场。从那一刻，他已长大成人。

他为我买来一大堆光盘，包括所有相声大师的全集。他正在想方设法让我开心，就像他幼年时代我总是千方百计哄他笑一样。

我试了试，尽管头痛不已，眼睛不能睁开，但是耳朵的听觉依然健在。我开始重听那些耳熟能详的老相声，还第一次听了郭德纲的新段子。笑声重新回到这个家。它让我的注意力从疼痛不已的脑袋上离开。

我开始聆听更多的声音。有古典音乐，有轻音乐，尤其是钢琴、长笛、古筝和琵琶的音韵让我觉得舒服。有一张光盘是多年以前在杭州灵隐寺买的，名叫《佛颂》，一直尘封在案，现在打开了。一曲响起，缓缓荡漾，余音绕梁，由身外到心内，渐渐宁静、纯洁和虚空，不禁悠然神往，有一会儿甚至忘了疾病。

大约在第六天，我试着自己下床，手扶墙壁在屋里行走。还好，头晕眼花的程度并没有加重，我也还能支撑自己。于是我得寸进尺，走到院子里。儿子在一旁搀着我，极力找些轻松话题对我述说。父子二人沿着花园里的小径走了一圈，再走一圈。

"他小时候，我牵着他。现在他大了，我老了，他牵着我。"我这样想，"人生有此，还有什么不知足呢！"

晓东初五那天回来了，心里怀着一个强烈的矛盾，一直纠结：想要把我送到上海去接受治疗，又怕应了那个医生的话，一去不回。她一路上不住流泪，从上海流到北京，推开家门，却见我和儿子正坐在餐桌前聊天，笑声不断。柔和的灯光包围着我们，充满温馨。她后来告诉我，就是在这一刻，她做了个决定：不把我送到上海去！即便只有"三个月"，也要让丈夫和家人在一起，快乐地度过每一天！

中外医生之对比

> 轻率、傲慢和自以为是，是导致一个成功者犯错误最重要的原因。越是绝顶聪明、功成名就之人，就越是不能避免。把自己的性命交到这样的医生手里，我不觉得是个明智的选择。

我和晓东多年前就有个约定：我们中间无论是谁，也不管得了什么病，彼此应当如实相告，不必隐瞒。她是性情中人，易喜易怒，容易在事实中间加进强烈的个人情感和倾向，却是个最好的信息收集者，也是个最好的叙述者。她有本事在最短的时间里见到我希望寻找的医生，还能在我做出每一个选择时给予莫大的帮助和鼓励。她从不吝惜自己的建议，但是，当我犹豫不决的时候，她就会说："不论你做出什么决定，我都会支持你。"

现在，她没有保留地对我叙述了她的上海之行，告诉我专家的诊断，也说了她的想法。我仔细倾听她说的每个细节，搜索其中哪怕最细微的对我有利的证据，就像一个行将淹死的溺水者，拼命想要抓住任何一根救命稻草。

结果我们还真的找到一点希望。那是周良辅教授的一个建议，他要我们对脑部重新做一次核磁共振扫描，但是必须加上"波谱"。他解释说，这是国外的一项新技术，有助于确认颅内肿物的性质，甚至还能更准确判断它与肺部病灶是否有关。周良辅教授是上海华山医院神经外科主任，也是国内这个领域里最权威的专家之一，所以在我们看来，他的建议实在比泰山还重。

我毫不犹豫地去了医院，再次接受脑部扫描，期待着周良辅教授所推崇的新技术带来佳音。明知希望渺茫，还是望眼欲穿。

"波谱扫描"的检查报告至少还要等上三天，我们意外地收到来自欧洲的消息。妹妹告诉我，对于我的病，国外专家的看法和国内专家并不完全相同，至少没有那么悲观。对我们来说，这是几天来唯一的好消息了。妹妹本来就是医学领域里的一个专家，她的专业是糖尿病的研究和治疗。她在比利时供职的研究室，是全世界这个领域最好的研究机构之一。尽管如此，她并不认为自己有资格来评判神经科和胸科的疾病。所以在接到我们寄去的胶片后，她立即请相关领域的医学专家会诊，包括世界神经外科联合会主席 Jacques Brotchi 先生、比利时荷语布鲁塞尔自由大学（Vrije Universiteit Brussel，VUB）医院的 Johan de Mey 先生、法语布鲁塞尔自由大学（Université libre de Bruxelles，ULB）医院的 Danielle Balériaux 女士。

她后来对我详细叙述了会诊的经过。

在一间拥有一个硕大读片器的房间里，这些医生把我的全部脑部胶片——总计九张——依次排开，整整齐齐悬挂了半面墙壁。他们拿着放大镜，仔细查阅每一张，又认真倾听妹妹转述我的发病经过，对他们认为很重要的细节不厌其详地反复询问，然后回到那些胶片旁，重新依次查阅。

整个过程持续了大约 60 分钟，然而还没有完，他们又把胶片的数码文本拷贝到电脑上，经过放大处理后再来比照，这才形成自己的意见。

这样的会诊先后有过两次，结论大致相同：

1. 单从胶片所显示出的病灶来看，良性的可能性只有 2%；
2. 但是从病人脑部症状是"突发"而不是"渐进"这一点来看，这一病灶不像肿瘤，更像一种罕见的炎症；
3. 所以，脑部病灶有 50% 的可能性不是肿瘤，或者只是良性肿瘤；
4. 脑部病变和肺部病变没有关系的可能性更大。

这四条中，第一条，他们和中国医生的意见基本一样；第二条，所有中国医生都忽视了，外国医生却将其作为诊断的重要依据；第三条和第四条，中外医生的意见有很大不同。

鉴于此，国外的专家们认为，仍有进一步确诊的必要。当然他们并不认为自己一定正确。由于没有见到病人，他们甚至不认为这是一个正式诊断。他们极力建议我们在中国重新来一次会诊，要请最好的医生。世界神经外科联合会主席 Jacques Brotchi 先生还当场向我们推荐了一位，说他是中国这个领域里很有名的医生。一问，原来正是我们试图寻找却未能如愿的北京的那位神经外科专家。

妹妹当即决定从布鲁塞尔赶回北京。她把自己对 Jacques Brotchi 先生的信任毫无保留地转移到这位从未谋面的中国专家身上。

妹妹乘坐的航班凌晨 5 点到达北京。在连续 10 个小时的空中劳顿之后，她坐上一辆出租汽车，从机场直奔那家大医院。我本想让她先回家休息一下，可是她不同意。她要在最短的时间内见到这位中国专家。

晓东在同一时间去医院与她会合。两人花了 300 元钱匆匆挂号，然后和一大群病人一起坐在走廊里排队等候。虽然还要好几个小时才能见到那个期待已久的人，可是她们已经激动起来。作为一个医学专家，妹妹的脑子里面没有任何不切实际的幻想。她只不过是期待这位中国专家做出一个认真严谨的诊断，就像几位国外医生一天前做过的一样。

不过，她马上就要失望了。

"很有名的中国专家"在他应当出现的时间真的出现了。她们开始叙述我的病情，尽量使自己的语言简短和精确，可是对方似乎有些心不在焉。当她们说话时，他根本就不正眼看她们，也很少发问。他甚至在这次会诊刚刚开始时，便已经急于结束。

仅仅在一天前，妹妹亲眼看着几位外国专家把这九张胶片反反复复地看了一个小时。现在她却惊讶地看到，这位中国专家只不过在九张胶片之中挑出三张匆匆看了几眼，就开始下结论了。

他接连说了好几次"转移瘤"，还说了一些"必须立即手术"之类的话。

"如果不马上手术会怎么样？"晓东问。

"不手术？那就等着呗！"专家说，第一次正眼看了一下她们。

两人都听明白了："等着"的意思就是"等死"。

妹妹心里有很多问题想要提出，还想把国外专家的看法说给他听，可是还没开口就被他打断了。转瞬之间，她们听到他在招呼下一个病人了。

她们就这样匆匆赶来，又匆匆离去。

看看表，这次"特需专家门诊"总计不过三分钟！

医生对病人的影响是迅速和压倒性的，特别是那些拥有专家头衔、每次收取高额门诊挂号费的医生。病人本能地想从他们那里得到希望或者至少是安慰，可他们的话总是让病人感到绝望，好像经历了一次粗鲁的精神鞭挞。更值得回味的是，在遭受了这一切之后，病人和他们的家人依然把自己的信任、希望和金钱倾注在这些专家身上。

妹妹是医生，对肿瘤这种疾病有足够的理解和心理准备。但也正因为她是医生，才会对一个医生如此潦草、轻率和自以为是的诊断过程感到震惊和难以置信。

"中国医生怎么会这样啊？中国医生怎么会这样啊？"她一见到我就不住地感叹。

我听着她们的叙述，很快明白了问题的焦点。原来国外的专家很认真地对待胶片影像，同时更认真地对待病人的症状；中国的这位专家很草率地对待胶片，同时更草率地对待病人。他只相信自己。我对中国医生的职业德行多少有些了解，早已见怪不怪。可是妹妹久居国外，多年耳濡目染，脑子里全是西方医疗机构的形象和那些外国医生的行医风范。她在国内做医生还是20多年前的事，脑子里面也只有那个时代的记忆。"我记得，那时候国内的医生不是这样啊。"她满脸迷惑不解地说。她的确不知道如今中国医生的职业精神已是另一番景象，更无从设想普通中国人的求医会是怎样一番艰难历程。不久前我的那一番遭遇——也是这家医院，也是神经外科，也是一位挂着"主任"头衔的专家，也是几百元挂号费的"特需门诊"——实在是异曲同工。

从理智上说，我知道只凭一两个医生，就来抱怨"中国医生"，是有以偏概全之嫌的。但是从我求医问诊的经历来看，一个没有任何权力、金钱或者特殊因缘的病人，在大多数情形下都会有类似遭遇。如果真像医生们说的，乐观积极的精神是战胜癌症的重要力量，那么我可以肯定，很多医生的表现甚至比疾病本身更加让病人绝望。

当我写下这段文字时，晓东特别紧张。有好几天，她不断地表现出任何一个妻子都会有的忧虑。她提醒我：

"你不打算再去这家医院看病啦？"

"有朝一日真要做开颅手术，你不打算请这位大专家操刀啦？"

"是的！"我每一次都回答，"是的！"

我声若游丝，气力不足，但态度坚决。自从我知道此人是如此轻率和如此自以为是地面对病人的那一刻，我就不再信任他。由于职业的关系，我接触过不少成功者和失败者，也和相当多由成功走向失败的人打过交道。在我的经验中，轻率、傲慢和自以为是，是导致一个成功者犯错误最重要的原因。越是绝顶聪明、功成名就之人，就越是不能避免。把自己的性命交到这样的医生手里，我不觉得是个明智的选择。

医生怎样对待不懂的东西

没有人可以无所不知，就算最权威、最有学识的专家也是如此。让我意外的是，大多数医生竟是以一种居高临下的态度来对待自己不懂的东西。他们也许觉得，对病人承认自己不懂，是一件丢脸的事！

有了如此一番经历之后，妹妹忽然销声匿迹。那天下午她没来看我，晚上也没有来。到了午夜，她忽然打来电话，口气异常兴奋。她说，我脑子里的病灶和肺部病变很可能没有关联。

"就算它是肿瘤，也是良性的可能性更大。"她在电话那头信心十足地说。

她的依据正是我的最新一次"波谱扫描"。

我们是在两天前拿到这个检查报告的。那上面写着："左侧桥臂病灶MRS 示代谢略高，NAA/Cho 值小于 2.0，乳酸峰导置。"

报告上要是像先前那样写个"占位""结节"或者"增厚"，我还能明白其中含义，可现在这一串字符太深奥，我怎么也搞不懂。当初上海华山医院的周良辅教授建议我做这项检查时，曾很认真地解释了这项检查的必要，所以两天来晓东拿着这堆胶片踏上新一轮求医之路，希望真能有所收获，不料北京的医生们对它并不在意。他们中的多数人甚至连看也不看。

我们又惊讶又奇怪，不明白医生们为什么对这个新的检查结果如此冷淡。直到北京医院的李金大夫对我承认了一个事实："真对不起，我还看不懂它。这是个新技术，引入中国的时间不长。"

她的语气充满真诚和歉疚，让我感动之余又恍然大悟，终于明白原来专家们也有不懂的东西。我忽然意识到，那些医生的冷漠，也许不是因为这一检查结果无足轻重，而是因为他们不懂。

我对发现这一点并不感到意外，因为没有人可以无所不知，就算最权威、最有学识的专家也是如此。我看到了善于学习新事物的医生，比如周良辅大夫；也看到了勇于承认自己有所不知的医生，比如李金大夫。可惜这样的医生并不多。让我意外的是，大多数医生竟是以一种居高临下的态度来对待自己不懂的东西。他们不能持续地学习新知识，以弥补自己的不足，甚至不愿承认自己也有不懂的东西。他们也许觉得，对病人承认自己不懂，是一件丢脸的事！

后来的事情证明，这恰恰是我的疾病诊断过程中一个至关重要的环节。

妹妹来到北京后拿到这些脑片。她做的第一件事是跑到京城最大的新华书店，买来一本专门论述"波谱扫描"技术的书。一个上午的求医经历让她失望，现在她决定依靠自己。整个下午和晚上，她都在阅读这本书。书比砖头还厚，很难读，但她很快弄懂了其中要害。她把我的脑片一一展开，摊在床上，仔细比照，结果发现，这项检查还真的有助于判断颅内病灶的性质，就像周良辅教授说的一样。

那天午夜，在经过八个小时的研究之后，她得出了自己的结论。

"所有的征兆都在显示，良性的可能性大。"她在电话里对我说，"对，所有的。"

这结论和国内医学专家们的诊断是如此不同，指着两个完全相反的方向。

"你相信谁呢？"晓东问我。

"当然相信我妹妹。"我回答。

"你不会是只想听好话吧？"晓东再问。她在过去的两周里被那些专家给吓坏了，对这突如其来的乐观消息一下子还无法适应。

"不！"我说。

我接着述说我的理由：我不懂医，但我了解妹妹。就像我在前面说过的，她在脑神经医学领域里不是行家，但她是个糖尿病方面的专家。最重要的，她是一个肯接受新事物和善于学习的人。过去20多年，她以治学严谨和卓有成效在全世界的同行中获得了尊重。她可能会因为无力解决一个问题而茫然无奈，但她绝不会因为自以为是而导致一个错误结论。还有更重要的，她是我妹妹。她在这件事上投入的不仅是智慧和专业学识，还有感情和责任心。那些专家行医只不过投入了他们的时间——短暂的、以金钱来计算的时间，而妹妹投入的是全部心血。她也有可能犯错误，但她犯错误的概率一定要比那些专家小得多。

次日清晨，这姑嫂二人再次走出家门寻访名医。妹妹揣着她的研究结果，满怀虔诚和信心。开始的时候，她态度谦恭，用一种求教的口吻说出自己的看法。但在看到专家们的不屑一顾时，她强硬起来，依仗着刚刚学来的新知识一个接一个地提出质疑。

然而专家们照样态度消极。悲观的看法仍然占据压倒性的优势。他们坚持自己的结论：良性的可能性很小。对于妹妹的质疑，他们不是根本不听，就是搪塞了事。这也难怪，职业习惯始终在暗示他们，在自己的圈子里，只有他们自己才拥有不可动摇的权威，病人和病人家属都没有发表意见的资格，只有俯首帖耳的份儿。他们知道面前这个人也是医学专家，但当他们听说她的专业是"糖尿病"时，就居高临下地一笑了之。很显然，她根本不具有挑战他们的资格，所以她的意见无须考虑。

终于有一天，北京医院的一位医生觉察到一点什么。此人是个神经外科的专家，经验丰富，面相和善，机智豁达，颇有几分"老北京"的范儿，也是我们见到的唯一能够用一种幽默方式表达悲观看法的医生。听他的会诊就像是在听一位老朋友的神聊。

"第一考虑是胶质瘤。"他这样说。

"第二呢？"妹妹问。

"第二？"他眯起眼睛，又倾身向前，把目光转到胶片上重新扫视一遍，"第二？我还不知道是什么。"

我们知道，胶质瘤就是恶性肿瘤的一种，所以他其实是在表达一个最悲观的结论。妹妹显然不能接受这个结论。她用手指着胶片上黑白相间的曲线，话里带着明显的挑战：

"看这里！这说明什么？"

"看这里！这是怎么回事？"

医生张张嘴没说话。他看看面前这个人，满脸惊讶，惊讶于这个人如此执着，而且竟能提出一连串他没有办法解释的问题。

"你是不是在考我啊？"他的脸上再一次涌现善意的幽默，"这样吧，日后病人的情况如果真的证明我错了，你一定要告诉我。"

希望在我们自己手里

大多数癌症病人，还有他们的亲人们，从一开始就放弃了自己的判断力和选择权。他们盲目地跟随着医生的指挥棒，医生说什么就信什么，结果一步步地走向一条错误道路。

给自己一个选择的机会。在接下来的一周里，我忽然意识到，这一点是我成功获救最重要的环节。

我这样说，有个原因：大多数癌症病人，还有他们的亲人们，从一开始就放弃了自己的判断力和选择权。他们盲目地跟随着医生的指挥棒，医生说什么就信什么，结果一步步地走向一条错误道路。

医生们一定不会同意这种说法。他们会说，医生的每个治疗方案都是经过病人同意的，没有谁强迫你吃下任何一味药。如果医生认为你需要手术，他们就会对你详细描述手术台上的种种危险，还要征得你的签名。医生们也许相信，这就是让病人行使自己的选择权。可实际情况不是这么简单。由于对癌症的无知，更由于对癌症的恐惧，病人通常已经失去正常思考的能力，病人家属则更加情绪化。由于对亲人的爱，也由于"不惜一切代价""竭尽全力"之类的信念，他们急切地选择所谓最好的治疗。绝大多数人都相信，最昂贵的药一定是最好的药，医生提出的治疗办法一定是最必要也最恰当的办法。即使有人心存疑虑，面对医生的权威和死亡的威胁，又能如何？

妹妹和专家们又有过几次论辩，可惜没人认真理睬她。我们依然被一个接一个的坏消息笼罩着，而所有坏消息中最坏的一个来自医生对手术的预期：为了避免手术伤及脑干神经而使我当场死在手术台上，只能切除颅内肿块大约三分之二的部分。要对付剩余的肿瘤，就只能靠化疗和放疗了。

现在到了我生病以来最难熬的时刻，也是最难过的关口：我们必须决定，要不要走医生给我们指明的路。

哥哥也从美国赶回来了，和妹妹前后脚来到我的床前。为了不让我过分紧张，他告诉我，他是出差回国，顺便才来看我。可我心里明白，他是专程赶来的。我们兄弟姐妹从小到大心心相印，后来妹妹定居欧洲，哥哥定居美国，我做了记者终年周游世界。彼此天各一方，聚少离多，也很少通信，但是只要知道彼此"好好的在那里"，就会心中坦然。如今，兄妹三人竟是在这样一种局面中重逢。

"其实不用回来，还没到非回来不可的时候呢。"我嘴上这样说，心里还是特别高兴。被亲情包围的感觉真的很好。它让人在危难和绝望之中感觉到踏实，感觉到温暖。

北京的早春依然寒冷。哥哥提议陪我到楼下走一走。我知道，他是希望我此时能有一种更加积极的心态。家里气氛过于消沉阴郁，出去透透气也许能够感觉好些。于是我被他搀扶着下了楼。

走出大门，北风迎面扑来，打在脸上有如鞭笞。我哆嗦一下，有点畏缩。

"没事儿的。"他鼓励我继续前行，"让人感冒的不是冷风，是病毒。"

我摇摇晃晃走进寒风里，大口呼吸，吐出的气息变成一团白雾，瞬间被吹散。我能感到一股清新的空气流向全身，脑袋也清醒了一些。哥哥想利用这个机会和我讨论治疗方法，问我需要他做什么。我却急于向他交代后事，语气虽然从容，话题却不轻松。

"我真的觉得死到临头了。"我对他说，"我对家里的一切都不担心。儿子已经长大了，不再需要我操心。我最不放心的是晓东。"想到这可能就是我们兄弟二人最后一次相聚，不禁鼻子有点酸。我忍着，尽力用一种平静的语气接着说："如果我不在了……"

哥哥打断了我的话。他不想让我陷在绝望的情绪中。他告诉我，回国前，他在美国访问了几个身患癌症的人，打听到一些治疗方法。他甚至还和其中一位女性癌症患者有过一次长谈。她在八年前被查出患了癌症，至今仍然快乐地活着。他看到她的时候，感觉到癌症其实并不是那么可怕，当然她也经过了一个艰难痛苦的治疗时期，包括手术和化疗。

我呢？我该怎么办？要不要让医生锯开我的脑袋？这真是迄今为止我生命中最困难的决定。我们似乎别无选择。我们没有理由拒绝医生提出的治疗方案，周围的朋友也一再催我们当机立断。医生还在督促，说是"不要耽误最佳的治疗时机"。所谓"最佳治疗时机"，就是不能再等那肿瘤滋长哪怕一分一毫，因为它随时可能压迫脑干神经，让我即刻完蛋。

可是我们仍然不能完全相信医生的预见。因为我们意外地发现，脑瘤没有像医生预言的那样迅速长大！

最新的核磁共振检查报告上面写着，我的颅内肿物"约 2.2 厘米 ×1.9 厘米"，而前一次检查的结果是"2.5 厘米 ×2.3 厘米"。

两次检查间隔 17 天，从"2.5 厘米"到"2.2 厘米"，这变化相当细微，我却近乎偏执地相信它意义重大。我对自己说，也许我的死期没有那样迫在眉睫，我的病情也并非没有转圜之机。

"能不能证明它正在缩小？"我指着那一沓胶片小心地问医生。

"不能！"医生的回答很干脆，看着我的眼神明显表示这是一个外行的问题。他们从专业的角度来看，认为这种变化不能说明什么问题，至少不具有任何医学意义。他们解释说，核磁共振仪器是依据断层扫描的规则工作，每一断层间隔为 0.5 毫米。每一次扫描不可能在绝对相同的断层上。由于病灶本身是个不规则的球状体，所以不同的断面完全可能让影像直径出现几毫米的差别。

医生把这种现象解释为仪器的技术误差。这在科学上讲无懈可击，也让我又开始怀疑自己是否讳疾忌医。

就在这左右两难的纠结中，我朦朦胧胧地感到其中有些东西被忽视了。

"但是，"我顽固地寻找着问题的焦点，"能不能证明它在过去两周没有长大？"

"应该是没有长大！"医生这次回答得也很痛快。

我眩晕的大脑忽然更快地运转起来，里面浮现出一个外行的逻辑：如果医生的预言不差——颅内肿瘤属于恶性并将迅速长大，不可逆转，三个月内威胁脑干神经，导致死亡，那么，17 天之后的这次跟踪检查应当显示它更大了呀！

可现在，它竟"没有长大"！

既然它没有长大，那么，根据同样的逻辑，也就有可能不是恶性肿瘤了？！

我知道这不足以成为推翻医生诊断的根据，但我觉得看到了希望。或者说，它给了我一点幻想，就像漆黑夜空中隐约闪烁的一颗星辰。

然而还有更重要的。

我的身体正在发出微弱却清晰的信号。与两周前相比，目前我的种种不适——头痛、眩晕、视觉模糊、眼球震颤、重影、畏光、失去平衡，总之，所有与颅内病变相关的症状，并没有更严重。这与最新一次检查结果互相吻合。

医生们可以解释为医疗器械的"技术误差"。他们行医凭借的是专业技能、机器和经验，可是他们不会比我更了解我自己的身体。一个简单的事实是，人的生理状况千差万别，疾病也是五花八门。即使是同一种病，比如癌症，也是形形色色。千差万别的癌细胞发生在千差万别的人身上，结果必定是千差万别的。没有任何一个医生，更没有任何一台机器，能够精确地分辨出每一种情况。真正能够最准确、最精微地感受到病人身体变化的，不是机器，不是医生，而是病人自己。

可惜的是，当医生们看到的胶片影像和病人叙述不能吻合时，他们宁愿相信机器也不相信人。所以，当疾病猝然而至的时候，我们必须明白的第一件事就是：打开康复之门的钥匙在我们自己手里。迷信医生的滔滔不绝，比身陷疾病的折磨还要糟。很多癌症病人医治无效，不是治疗方法不好，而是从一开始就选错了治疗方向。

这种想法开始占据我的头脑，让我更加不愿匆忙地做出决定。

我从床上爬起来，来到客厅，和家人一起围坐在沙发上。我一直都拥有他们的关爱，但现在，我还特别需要他们的智慧。我知道他们都有足够的智慧，能帮我避免错误的选择。

日光从窗户射进来，刺激着我的眼睛，泪水不停地流下来。这是颅内视觉神经受到肿物压迫而出现的典型症状。我不得不拉上窗帘，让室内更暗些，然后又戴了一副墨镜。哥哥和妹妹的到来让家里的气氛缓和不少。晓东也显得平静了一些，开始详细叙述过去两周从专家们那里得到的信息，还有她寻找到的许多病例。接着，我们开始直截了当地讨论要不要立即手术。

这问题让晓东的情绪再次坏到极点，终于抑制不住，当场爆发出一阵痛哭。这些天她白天焦躁不安，晚上辗转反侧，彻夜难眠，一刻不停想着的就是这件事。迄今为止她手上的病例都在显示，走上手术、化疗、放疗这条路的大部分病人，在经过短暂的好转之后就会迅速恶化，然后悲惨地死去。这在她的脑子里勾画出一幅幅黑暗的图画，而她不由自主地把它们和自己丈夫的治疗前景联系在一起。有一夜她实在不能排解心中焦虑，拨通了在上海新结识的一位专家的电话，询问我的开颅手术的种种细节。这位专家不久前亲自看过我的胶片和所有检查报告，所以能够相当精确地解释晓东的所有问题。他花费了很长时间，既温和又有耐心，不料他所描述的手术前景让人更加沮丧。他坦率地说，这个手术即使在最成功的情况下，术后状况也不会比现在更好。那些纠缠着病人的症状——眼球震颤、肢体不能协调等，还有可能更严重些。这样看来，我的手术还没开始，就已注定不会成功。或者更准确地说，医生千辛万苦切开我的脑壳，并不准备治愈我的病，只不过是设法延长我的生命。这让晓东重新堕入一片黑暗中。

"这是我没有想到的。脑瘤已经造成的神经损伤，是不能修复和逆转的。"她在日记里这样写道，"由于头天晚上的电话，情绪又坏到极点，信心一落千丈。想掩饰也掩饰不住。"

现在，坏消息塞满了整个房间。晓东不喜欢"立即手术"的想法，对中医寄托着极大希望。妹妹却怎么也不相信中医。有一段时间，我们的讨论似乎无法继续。每个人都对国内的手术治疗前景增加了疑虑，可是谁也找不出理由拒绝手术。

在一阵长时间的沉默之后，哥哥说，如果一个机器还能运转，为什么我们要把它拆散了呢？他这是在开导我们，不要急于使用破坏性的手段。接着他又说："如果你们决定手术，是不是认真考虑一下到美国去做？"他在美国生活多年，禀性之中已经融入很浓的美国色彩，说话直来直去，从不拐弯抹角，也从来不说假话——哪怕是善意的谎言。在疾病这个问题上，他和我们一样，都主张不能对病人有任何隐瞒，而且最终要由病人自己决定应当怎么办。同时，他悄悄地为我做好了一切准备。在回到北京之前，他就在电子邮件中和妹妹详细讨论把我弄到美国去治疗的可能性，还询问在美国做这种手术需要多少钱。在妹妹给了他一个大致的预算之后，他说，他还能付得起。所以，他现在提出这个建议并不是心血来潮。

　　然而多日来和医生打交道的经历，已经让我产生一种直觉，也可以说是一种信念：我必须把生命掌握在自己手里。我希望能够证明这一点是对的。我并不排斥西医的手术、化疗，或者放疗；我也不能否定或者回避医生的结论——恶性脑瘤并且迅速长大，不可能自我修复或者逆转；但是，我已经听见自己的身体发出不同的声音。过去两周，无论是仪器检查结果还是我自己的感觉，都没有证据表明脑袋里的肿瘤在继续恶化。既然如此，我为什么要匆匆忙忙切开脑袋呢？

　　这样的讨论持续了一个多小时，气氛逐渐变得冷静从容。我们逐渐抓住了问题的焦点：现在不能确定手术是否不可避免，但可以确定手术并非迫在眉睫。我们还有时间等待和观察！

　　为了证明这个想法是出于冷静和理性，而不是讳疾忌医，我同意三周后再做一次检查，以确保对身体变化的最密切的跟踪。晓东本来就对外科手术和化疗抱着敌视情绪，好像允许别人切开丈夫的脑壳就是谋害亲夫，所以她坚决地和我站在一起。在以后的日子里，每逢我们要做出什么决定的时候，她就会说："无论你做出什么决定，我都支持你。"

　　那一天，我和家人共同做出决定：暂时搁置医生的"立即实施颅内肿瘤切除手术"的建议，继续观察至少三周，等待下一次核磁共振扫描的结果，当然也包括细致入微地体会自己身体的变化。

西医好还是中医好

这一行人一阵风似的消失在早春的暮色中，留下一片既欣慰又疑惑的气息包围着我们：欣慰的是看到了希望；疑惑的是，若能熬过三个月，我还用得着他那神奇的"祖传秘药"吗？

　　朋友们接踵而来。我们不断地接受各种各样的鲜花、祝福、同情和关切，很快习惯了那些故作轻松的目光，习惯了在一种庄严的气氛笼罩下一遍遍叙述疾病的来龙去脉，倾听各种各样的鼓励、开导和劝慰。在亲友们絮絮叨叨的细语中，我睡过去，又醒过来，心里感谢上帝待我不薄，让我在最艰难的时刻有那么多温情相伴。可是理智告诉我，朋友们只是在为我做精神按摩。他们本能地躲避着事实最残酷、最令人绝望的部分，尽力让我心情好些。看到他们深情肃穆地把鲜花从起居室一直摆放到床边时，我不禁想到，他们也许正在潜意识里和我告别。当他们一边说着轻松逗趣的故事一边笑起来时，我听到了勉强、哀痛和忧伤。

　　直到有一天，一个朋友打来电话，声音中带着喜悦。这一回，我听出他的兴奋发自内心，而不是专门做给我看的。

"刘太医要来给你看病。"他在电话那一头宣告。

我对医学界的人物知之甚少，但是对于"刘太医"这个名号并不生疏。他依靠"祖传秘方"治疗肿瘤的诸多病例，好几个月以来都是这个圈子里最神奇、最脍炙人口的故事，也让他从一个籍籍无名的"江湖郎中"一下子变成当红的"中医世家"。多年以后他被公安机关逮捕调查，又以"制售伪劣产品"的罪名被检察院公诉，但还是不断地有一些癌症患者的家人打来电话，向我们询问他的"治癌秘方"。

他的原名叫刘弘章，其"太医"的称谓，受惠于他的一位显赫的祖先。在风行一时的《刘太医谈养生》一书中，刘弘章自称，刘家源远流长的族谱中，有一位专为皇帝和皇后治病的御医，名叫刘纯。这位光彩夺目的刘氏先人生活在 14 世纪的明王朝，与明朝永乐皇后徐仪华有着表姐弟的亲缘。刘纯曾因未能治好徐皇后的乳腺癌而痛心不已，因此以毕生精力专攻肿瘤治疗。似乎是为了证明这一段历史的确凿无误，他在书中讲了一个惊心动魄的故事。这位御医弄来大批在押死囚，饲以剧毒物质，催生体内肿瘤，再以形形色色的药物配合起来给予治疗。在皇家的支持下，这一试验规模巨大，牵涉数以百计的活人，历时 66 年，直到 15 世纪中叶，最终形成一套治疗肿瘤的卓有成效的方法。刘纯本人被明清两朝太医院尊为"太医保护神"，得享 126 岁高龄，死后将这治癌秘方留于后人。刘家因此成为代代相传的"治瘤世家"。

刘弘章诸如此类的叙述为他赢得了无数病人的信任。不过，没有人能够证实六百多年前这一试验的科学性，甚至没人能够证实它是否真的存在过，因为没有人能够从文献古籍中找到关于这个故事的只言片语。他们说，如此规模巨大且耗时悠久的一个事件，又是在皇家一手操持下进行，倘若真的发生过，不会不留下记录。所以他们根本就不相信这个故事，进而暗示刘弘章是在撒谎。有些人进而指出，所谓"御医"之说也大可怀疑。他们说，尽管历史上确有刘纯其人，但他根本不是什么御医。几年后公安机关经过一番调查，果然认定刘的所谓"太医传人"的身世，都是子虚乌有。

然而我的这位朋友当时虔诚地相信刘弘章的故事。他口口声声都是"刘太医"，这不仅因为他相信刘的家传渊源，而且也因为他相信刘的医术。他对我眉飞色舞地述说"刘太医"别出心裁的治疗法术，还列举若干病例证明，经过"刘太医"妙手回春的癌症患者是如何感激涕零。好多病人慕名求医，踏破他家门槛。而现在，这位"神医"居然答应从天津跑到北京来为我治病。作为"刘太医"的忠实信徒，我的朋友认定，有这位"治瘤世家"的传人亲自登门，我的前途充满光明。

治疗肿瘤究竟是中医好还是西医好，几个星期以来一直是我们的两难选择。老实说，我自己一点数都没有。这两大门派的相互排斥，早就给我留下深刻印象。几乎所有中医都会尖锐批评西医治疗肿瘤的种种方法，而大多数西医则干脆否认中医治疗肿瘤的作用。一位声望很高的西医专家甚至干脆对我们说，中医所谓的控制病情恶化和减轻症状都是没有意义的，因为中药不可能真正控制和缩小肿瘤。

尽管如此，我们仍然对中医抱有希望，在西医对手术前景的预期如此糟糕的情况下，就更是如此。如今竟有一位"太医"从天而降，我当然乐得听从他的意见。

第二天下午，"刘太医"在朋友的引领下如约前来。晓东满怀虔诚，把他们一行人迎进门来。我也挣扎着起身相见。在我和家人最困难、最无助的时候，此人顶着寒风，驱车赶路一百多公里，直奔我家而来，仅仅这个情节便令我感动不已。我对这次治疗充满期待，摘下墨镜，努力睁开眼睛，把自己最真实的样子展现在"太医"面前，也希望能够一睹真人容颜。

在一片模糊重叠的人影之中，我很快感觉到面前这个人浑身洋溢着一种粗率的江湖气。他的身形既不高也不矮，薄薄的头发衬托着一张长脸。衣着松垮邋遢，不修边幅，喜欢高谈阔论。几句话之后，他便显露出自己最明显的特点：谈论自己的热情甚于谈论病人。他在说话时不断地将眼光在我脸上扫过，对我的反应非常留意，却并不急于询问我的病情。我知道中医诊断下药讲究的是"望、闻、问、切"，想象中他也会如此这般，现在看来"太医"自有一套。他不像其他中医那样张大鼻孔嗅出病人味道，对病人自述的症状似乎也不关心，他甚至既不为我把脉，也不让我张开嘴巴露出舌苔。这让我不免生出几分疑惑。

他的书表明他是一个研究过西医理论的人，所以我特别希望他能对我的脑部核磁共振检查结果提出看法。看来晓东也抱着同样的希望，递上了那一大堆胶片，打断他的话头，请他查看，却被他挡了回来。就这样你来我往好几个回合，"太医"终于从那堆胶片中拣出一张，对着灯光草草扫了一眼，又放到一边。

"这就算看完了？"我正想着，就听见他说："哦，还不止一个。"

什么意思？莫非我的脑子里面不止一个瘤子？

我急切地等着下文，不料他把话头一转，顾左右而言他。看样子"太医"对胶片不感兴趣，又好像在躲闪什么。我不由得在心里冒出一个念头：他真的会看片子吗？

这个念头让我有点不自在。我这人一向"多疑"，对任何人任何事都先打个问号。我担心自己"怀疑一切"的毛病又在作祟，不禁隐隐有一种内疚。也许人家早已胸有成竹，只是不愿意当着病人的面说得太过直白。

晓东仍然锲而不舍地寻找自己的希望：有没有可能不是肿瘤呢？有没有可能是结核？有没有可能是脑血栓？有没有可能是一种奇怪的脑炎？就

算是肿瘤，有没有可能是良性的呢？

"太医"对这一切问题都不给予正面回答。

"在我们中医看来，这些都是一样的。"他说，"肿瘤和结核是一样的东西。良性肿瘤和恶性肿瘤也是一样的东西。"

"怎么会一样呢？"我们全都大惑不解。

"对！一样。""太医"毫不含糊地回答，"就是体内经脉不通，毒素淤积。西医叫肿瘤，我们叫淤积。肿瘤和结核都是淤积，所以我们对付肿瘤和对付结核的办法也是一样的。"

后来我才知道，原来"刘太医"的办法就是"任尔东西南北风，我以不变应万变"。无论你是什么病，只要到他这里来，都是一个办法。但在当时，我对这种理论闻所未闻，不免为自己的无知觉得惭愧，还有点将信将疑。

晓东开始介绍西医专家们提到的那些办法，穿刺？伽马刀？化疗？放疗？开颅手术？还把专家的预测告诉他：如果不手术，恐怕挺不过三个月了。

"不要手术！千万不要手术！""太医"几乎跳将起来，操着一口浸透天津味儿的普通话断然喝道，"你要是不想活了，就去手术。"

"刘太医"是西医的激烈反对者。他排斥手术，排斥所有的西医治疗方法，排斥所有流行的"特效药"和"营养保健药"。在叙述这些看法时，他不假思索地使用一些最极端的贬义词，情绪激烈，器宇轩昂，声如洪钟，震得房顶嗡嗡响。按照他的说法，"PET 的检查是有钱没处花""化疗是把杀人刀""穿刺会促使癌细胞转移"……尽管我已经在他的书中领教了所有这些教导，现在当面聆听，仍然为他那些激烈的言辞震惊。

然而还有让我更加惊讶的事呢。他甚至也排斥他本人之外的所有中医。他认定，灵芝孢子没有用处，花旗参反而会让肿瘤细胞更快生长，冬虫夏草没害处也没什么好处……

西医不行，中医也不行。那么我们到底应该怎么办呢？

"喝我的牛筋汤和开胃汤。"他说，"先喝三个月。"

这是"太医"的两大法宝，他就是用它们来医治所有肿瘤病人的。了解这一点后，我们不禁如饥似渴地聆听"太医"讲述其中奥妙，虽听得吃力，但总算明白了他的意思，尤其对他的信心十足印象深刻。

"牛筋汤"顾名思义，是用牛筋经过长时间文火熬制而成。"牛筋，"他抬起手来做出牛蹄子的样子，进一步解释，"是牛蹄上的筋脉，不是超市里的那种牛筋。"他反复告诫我们，超市里卖的那种牛筋不是牛蹄筋，是牛腿大筋，取自牛大腿部分，经过漂洗增白，样子好看，也好吃，但是已经失去药用价值。真正具有疗效的牛筋集中在牛的四蹄以及脚踝部位。此种蹄筋富含胶原蛋白。说到这里，他再次提高声音，阐述了自己独特的"太医理论"。与其他动物蛋白比较起来，他说，胶原蛋白有个好处，它进入人体之后可以把癌细胞团团包裹，不使扩张和转移。

"开胃汤"以四味药煎成。"刘太医"一面说，一面顺手拿过一张白纸，铺在茶几上，大笔一挥，写下药方，动作异常熟练潇洒。按照他的解释，这"开胃汤"功效神奇，不仅能增加病人食欲，通便利尿，而且还能激发病人体内吞噬细胞的活力，促使它们更积极地跃马扬鞭，杀向癌细胞。

"刘太医"循循善诱，不厌其详，花了半个多小时为我们扫盲，他的这一大堂启蒙课让我明白了，这世界只有他的办法才是救命良方！

末了，他为我们勾画出一派光明前景："喝它三个月，瘤子应当不会进一步长大，还能缩小一些。"

"缩小多少？"晓东追问。

"缩小 10% 左右。"

"然后呢？"

"然后……"他笑了，带着几分神秘，"然后，我视情况开给你'控岩散'。"

他终于说到了"控岩散"，让晓东的精神为之一振。她读过"刘太医"的书，知道这是刘家独门秘籍，专门用来杀死癌细胞的，所以赶忙请教"控岩散"的疗效。

"前半年能让瘤子缩小 30%。这以后就会慢一些。"他回答。

"整个疗程要多长时间？"

"四年！"

"四年？！"

尽管这时间长得让人难以忍耐，但还是在我们面前亮起一缕希望之光。我心里有点激动，觉得生命重新回到体内。

我们只剩下最后一个问题要问"太医"：

"为什么不是现在就用'控岩散'呢？"

"现在？""刘太医"看看我，脸上再次绽开一片笑容，"急嘛！现在病人体质太弱。这'控岩散'里含有鲨鱼胆，有毒的。猛然上了药，病人一下子受不了，还会把瘤子箍得更结实、更坚硬，以后就更不容易缩小啦。"

我们迫不及待的样子一定让"太医"特别满意，他又开始滔滔不绝，语气更加权威和热烈。他告诉我们到哪里去买那些牛蹄筋和中草药，还特别关照要用经过改装的电锅小火慢炖。这种电锅容量巨大，至少有 12 升，耗电功率却只有 350 瓦，只及通常电锅的 1/8，所以从加热到开锅需要两个小时。他一再强调，若不是这样慢慢煮开，就会把牛筋煮硬，以至营养和药用成分不能充分溶解在汤中。

我正在发愁到哪里去买那特制电锅，他顺手一指："我已经给你带来了。这是我自己改装过的。"

　　这时我才发现，墙角处多了一个大纸箱。对他这雪中送炭之举，我们不禁心生无限感激。

　　他又把熬汤的方法说了几遍，直到确定我们不会犯下愚蠢的错误，就与我们告别，不收分文出诊费，连熬药电锅的钱也不肯要。这一行人一阵风似的消失在早春的暮色中，留下一片既欣慰又疑惑的气息包围着我们：欣慰的是看到了希望；疑惑的是，若能熬过三个月，我还用得着他那神奇的"祖传秘药"吗？

　　晓东看着我，眼睛里同样有一种焦虑和犹疑。我知道她在想同一个问题。

　　"三个月"！这个时间表里潜伏着一个逻辑上的矛盾：按照西医专家的预测，如果我不立即实施手术切除肿瘤，这就是我的死期！如果我不经手术治疗还能活着，那它就不是恶性肿瘤！

　　这样看来，三个月后，我无论是死是活，都用不着"太医"的灵丹妙药了！

开胃汤和牛筋汤

很多癌症患者问，是不是"牛筋汤"和"开胃汤"真的具有神奇功效？对我来说，这种"疗法"的效果似乎主要体现在精神方面。至于其他，那就不能仅凭直觉下断言。因为我不能确定，如果当初没有喝这两味汤是不是就会命归西天，所以也无从证明它们是否有起死回生之效。

不管怎样，我们开始全心全意地执行"刘太医"的方法。晓东第二遍阅读"刘太医"的书，看到能让她产生共鸣的段落就读给我听。在我们以往的知识体系中，癌症是个空白，现在，我们都急于学到一些对付疾病的知识。刘的夸张和极端的表述方式让我不舒服。他用同样的手段对付形形色色的疾病，甚至把结核和恶性肿瘤当作一回事，也让我疑惑不解。他声称牛蹄筋中的胶原蛋白可以"把癌块紧紧地包裹住"，再用他的"家传秘药"杀灭癌瘤，就能实现"关门打狗"之效。这些话在我看来，如同给一个小孩子讲故事，或者说更像一种江湖术。

不过，抛开这些细节，他极力弘扬的一些道理，还是给我留下深刻印象。应当说，我的治疗癌症的基本理念，有一些是从他那里来的——也许他不是第一个阐述这些观点的人，但我的确是第一次从他那里知道的。其中有些理念，在此后几年我的康复之路上，一直发挥着不小的影响。比如他说：

　　——疾病本来是不可怕的，之所以可怕，是因为病人放弃了自救能力，而听任医生的摆布。被医生吓死了。
　　——与癌细胞和平共处，而不是你死我活。
　　——不是依靠外来的药物杀死癌细胞，而是依靠自己肌体的力量和癌细胞抗衡。
　　——三分治，七分养。

　　很难搞清楚这些思想是不是"刘太医"的创造，不过，他所推崇的"开胃汤"和"牛筋汤"，却是别出心裁的治癌之道。现在回想起来，我们抵御癌症的第一个行动，就是从这里开始的。在我度过最初的危机之后，很多癌症患者和他们的亲友都来询问，是不是"牛筋汤"和"开胃汤"真的具有神奇功效？这问题实在不好回答。我只能凭借直观感受告诉那些想要尝试这种疗法的人，这是一种最奇特最廉价也最极端的方法。它绝对说不上是什么令人愉快的体验，实行起来相当烦琐、累赘、千篇一律。但它的确没有给我带来痛苦，甚至没有任何可以感觉到的副作用。
　　对我来说，这种"疗法"的效果似乎主要体现在精神方面。至于其他，那就不能仅凭直觉下断言。因为我不能确定，如果当初没有喝这两味汤是不是就会命归西天，所以也无从证明它们是否有起死回生之效。
　　再举一个简单的例子。大量喝下这两味汤的那些日子，我满面红润光亮，晓东曾笑说"就像涂了猪板油似的"，并且很自豪地认为她对我的辛勤照料有了回报。那时我们都相信这是"开胃汤"和"牛筋汤"的效果，可是，当我后来不再喝这些汤的时候，依然面不改色。

"开胃汤"在我看来是一种很普通的汤剂。煎制方法如同寻常中草药，其药物成分简单到只有四味——北山楂、广木香、决明子、菊花。你在任何一家普通的中药店里都能买到，而且价钱不贵。新鲜出锅的浓汤具有醇厚的焦褐色和强烈的酸苦味。以我过去的中药体验，这并不意外，然而它还是给我带来强烈的新奇感和迷惑不解。

"开胃汤"的灵魂在于它的规模巨大和永恒不变。按照"刘太医"开的处方，其用量为每味50克——大约是通常中医处方用量的10倍甚至20倍！这些草药集中起来，有很大一堆，不用说，寻常煎药锅根本无法容纳，所以晓东不得不去买来一口巨大的玻璃锅。每日清晨，她要做的第一件事就是将一大口袋草药置入锅中，倒满清水，放在炉上。草药的味道迅速飘散出来，那是一种混合着中医精华的特有气息，特别浓郁。煎余的药汤名为"开胃汤"，汤量巨大，足可灌满一个大号暖水壶。我从早饭之后便与这一暖壶汤为伴，必须在晚上睡觉前全部喝完。日复一日，如此这般。仅仅一周，我便意识到，如果不能保持一种宗教仪式般的狂热、从容和神圣的精神状态，任何人都无法持之以恒、一丝不苟地完成这件事。

然而最为奇特的是，根据"刘太医"一再向我们宣示的道理，不论你得了什么病，不论你的病情如何演变，也不论你的治疗时间持续一个月、一年，还是十年，这"开胃汤"都必须坚持不懈，其成分和用量全都一成不变。后来我读了"刘太医"的书，才知道原来这"开胃汤"是刘家祖传，其一成不变的历史至少已有六百年。

"牛筋汤"是一种棕黄色的黏稠液体，放入冰箱经过冷藏，形成胶状物，晶莹剔透，富有弹性，回锅加热又能化冻为汤。它的制作有着更多讲究。其难处不在煎熬过程，而在原料选购。牛筋并非奇珍异宝，却很难购得，因为它不同于超级市场里的寻常牛腿筋，而是取自牛蹄部分，每只牛蹄只能切出半斤左右，并且必须保持未经任何加工漂洗的原始形态。在我们生活的这座城市，只要你有钱，要什么有什么，就是没有"原始形态"。所以这种牛筋在我竟是闻所未闻，也让我们犯愁。

　　所幸我们有个朋友，自告奋勇操办此事。他沿着"刘太医"指引的路线，驱车几十公里，经过无数大型超市而不入，一路寻觅，直到在京郊一个肉牛屠宰场找到一个屠夫。看来早有不少和我同样命运的人来过这里，所以此人很容易就明白了我们的需要。他将牛蹄筋按我们的要求备好，分装于若干黑色塑料口袋，每包重达 10 公斤。每公斤只收 16 元。我们暗自惊喜，与超市里的牛筋比起来，这简直就像白送的一样。

　　这个屠夫提供给我们的牛筋，看上去是经过剥皮剔骨后的剩余部分，从外观上仍能辨出牛蹄形状。由于严格遵循不做任何加工的要求，所以带着强烈的原始气息，张牙舞爪，色泽黑黄，散发着刺鼻的臊臭。这是一种牛粪、腐肉和污水的混合味道，让我想起久未清扫的牛圈和充满血腥气息的旧式屠宰场。

　　我恭恭敬敬地把这堆臭烘烘的口袋迎进家门，就像迎接拯救生命的奇珍异宝。晓东对于异味一向敏感，这一回却是充鼻不闻的样子。她把牛筋精心分成小包珍藏在冰柜之中，一边放一边念叨"全靠它啦"。

　　晚饭后她取出一块牛筋，重约一斤半，切成小块，洗净焯水，放进电锅，再将一斤瘦牛肉末和一斤淡水鱼投入其中，不加葱姜蒜，也不加任何调味品，灌满清水，慢慢煲制。直到次日清晨，已过 12 小时，大部分筋肉化入汤中，用滤网将剩余杂质全部去掉，只留清汤，分为 6 份，每次喝下一大碗，12 小时内全部喝完。到了晚上，又将这全部过程重来一回。

我们每天怀着一种既好奇又庄严的心情，注视着锅中的汤水由清澈渐渐变成粉红，又渐渐变成棕黄。汤面泛出细细的泡沫，一股强烈的臊臭味随之荡漾开来，钻出厨房，穿过客厅，直透卧室，弥漫在整个房间，越来越浓。这种感觉在我喝汤时达到了顶点。由于没有任何调味品，这汤淡而无味，却保留着一切最原始的气息，粗犷、醇厚、充满活力，很霸道地杀进嘴里，进入肠胃，接着就在里面翻江倒海。

"我们该不是把整个屠宰场都带回家来了吧！"我对晓东笑道，同时暗自庆幸"脑瘤"还没有破坏我的味觉神经，又想到既然牛筋能够对付癌细胞，那么这牛筋的臊臭味说不定还能把癌细胞熏死。这种想入非非的境界，促使我更贪婪地吮吸这股难闻的味道。

多年以后我读到"苹果之父"乔布斯的一篇传记，写他在身患癌症之后曾经吃马粪治疗。和朋友们谈及此事，大家连连叹息，都无法想象把马粪塞进嘴里的情景，可是我太能理解乔布斯了。我给朋友们描述我喝的牛筋汤，最后我说："人到了那时候，只要他相信有用，别说马粪，就是人粪，也能吃下去。"

在那些最困难的日子里，"牛筋汤"和"开胃汤"占据了我们的厨房和餐桌，占据了我们的时间，也占据了我们的精神空间。它寄托着我们战胜癌症的希望。晓东每天用大量时间采购原料，熬汤煎药，为此忙得不可开交。她请了长假，不再上班，因为担心阿姨会在某个环节上出错，她一头扎在厨房，一切亲力亲为。结婚25年，我深知她最讨厌家务琐事，尤其不喜欢做厨房里的事，可现在她心甘情愿，并且保持着心无旁骛的虔诚状态。她一丝不苟地执行每日计划，同时还四处打电话托亲拜友，希望建立一两处长久稳定的牛筋购买渠道。因为按照"刘太医"的说法，即使在癌症痊愈之后，我也必须终生服用这种臊臭黏稠的液体。不过，我并没这份毅力和耐心。事实上我喝"牛筋汤"的时间不到一年。至于"开胃汤"，我在服用四个月后便逐渐减少，半年后就完全停止了，因为有人告诉我，长期大量地服用决明子会伤及肾脏。

大多数人在遭遇癌症袭击时都会迫不及待地做点什么。那种以逸待劳、"随它去吧"的情形，会让病人心里不安，也让病人的亲友们难以接受。我们也是如此。我们已经决定至少在几周内静观变化，但是，"什么也不做"的状态还是让我们很纠结。现在有了"开胃汤"和"牛筋汤"，尽管不能确定它们到底能不能对付癌细胞，我相信它们至少没有坏处。然而还有最重要的，它们让我们感觉到自己在死神面前没有束手就擒。它们让我们心安，让我们乐观，让我们有了精神依托。

预知死期的一个好处

想明白这些，让我的心情好了许多。由于体验到生命的另一个领域而感到天澄地澈，所有不愉快的经历也都随风散去。

天气一天比一天暖和。空气中飘浮着万物竞发的气息，春天悄悄来到身边。最初的打击过去之后，家里的气氛逐渐缓和，不再那么紧张、压抑和脆弱，笑声也越来越多。我可以奢侈地睡到日上三竿，醒来后静静地躺在床上，听晓东朗读手机上留下的朋友们的祝福。我们没有顾忌地谈论我的病情，谈论脑子里面瘤子的大小，谈论医生那些令人绝望的诊断和建议。我们还可以安慰自己，在经过十年分居两地的生活之后，终于可以朝夕相处。我的心境渐渐沉静，感到自己虽然失去活力，却获得了过去几十年梦寐以求而不能得到的东西：时间和空间。

是的，现在终于有足够的时间和空间去思考发生在我身上的事了。

在我的生命中，迄今为止，我把全部身心投入写作。这行当在本质上说是寂寞的。在埋头写作的漫长的日日夜夜，我沉浸在这种寂寞里，同时期待着众多读者的共鸣。可是每次真的出现热闹的场面时，我又感到格外厌烦。就本性而言，我喜欢独处，不喜欢呼朋唤友；喜欢清静，不喜欢喧嚣，尤其讨厌不真不假的客套和不咸不淡的应酬。我选择写作这个行当，最初的动力其实不是心忧天下，也不是为稻粱谋，而是觉得，只有顺应天性才能让自己更加快乐。

预知死期将至的一个好处是，我终于可以静下心来回望自己走过的生命旅程。想到过去岁月中自己的种种经历，觉得很知足。家庭和美，做了自己喜欢做的事，守住了自己的职业信念，还有那么多志同道合的伙伴、情真意笃的朋友。未求得应，未富得福。假如明天离开人世，我可以说，我对这个世界没有什么抱怨，没有什么遗憾，也没有什么牵挂。因为对自己的一生很知足，我内心有一种很深的感恩之念。我感谢上帝给了我那么多快乐，同时想象上帝是公平的。他老人家对每个人一定都是平等相待，所以在给予一个人生命时，不是衡以时间，而是衡以快乐。你拥有的权势越多，你拥有的真诚就越少；你拥有的钱越多，你拥有的情就越少；你拥有的名声越大，你的隐私就越少；你周围簇拥的谄媚者越多，你拥有的朋友就越少。同样，死亡迟早会来的。既然我的生命中已经拥有那么多快乐，那么我和死神的握手来得早些也就没什么奇怪的。

想明白这些，我的心情好了许多。柳传志来看我的那天，我刚刚想明白这些事，由于体验到生命的另一个领域而感到天澄地澈，所有不愉快的经历也都随风散去。

我以一种轻松快乐的心情迎他进门。在昏暗的灯光下，两人相顾无言。他目不转睛地看我一会儿，忽然笑了，说我的气色好得让他感到意外，而我的精神状态更加不像一个癌症患者。

我也笑了。我知道大多数人探视病人都会说些好听的，例如"气色不错"之类，但我能从柳传志的眼睛里读到他的真诚。这是一个功成名就的人，可是我对他的尊重并不是由于他的功名，而是他的为人。我由于职业的关系和他相识，以后交往渐多，但并不密切，甚至还有意无意地和他保持着距离。现在他坐在我面前，很像一个值得信赖的朋友，让我禁不住把自己生命旅程上的最后一点感悟对他说出来。

我告诉他，我对这个世界没有什么抱怨，没有什么遗憾。我对自己的今生感到快乐和满足。我感觉到自己虽然刚过五十，可是拥有的快乐比那些百岁老人还要多！所以，我的内心有一种很深的感恩之念。只不过想到已经走到生命尽头，再也不能继续写作，不能继续回复读者的来信，还是有些伤感。

幸运的是，没过几天，出版界的两个朋友让我有了弥补的机会。我们在十年前因《交锋》的出版而相识，当时只不过是作者和出版者的合作，后来渐渐发展成为一种真挚的友谊，每次见面都能带来欢快的笑声。这一回他们告诉我，《中国的新革命》已经出版，还带来几本样书。新书有个鲜红的封面，里面飘出一缕淡淡的墨香，混合着铜版纸的味道，环绕在我周围，绵绵不绝。它是我在疾病袭来前一天完稿的那本书。迄今为止的写作生涯中，我为它倾注心血最多，写得也最累。几周前我交付书稿时，对他们说："要是我真的不行了，你们可以在书的署名上加个黑框。"现在想来，他们一定是担心我来不及看到书的出版，才如此神速地编辑付印。

朋友们要为这本书开个新闻发布会，小心翼翼地问我能不能出席。他们说，看我虚弱成这个样子，实在不好意思提这要求。我笑了，一口答应下来。我说："我正期待有这么一次机会。"

以往每一次新书出版，就意味着一阵子千篇一律和过度的应酬。那些无法推辞的记者采访、公式般的回答、演讲、签名售书以及接受别人的祝贺，对我来说，都不是什么快乐的体验。现在，在这突如其来的变故之后，我终于可以离开所有掌声、鲜花和善恶褒贬，但我真的不想离开我的读者们，他们一直都是我的精神寄托。没有他们，我无法沿着自己的写作之路走到今天。过去这些天，他们不知从何处听说了我的消息，想方设法把他们的祝福传递过来。有一位说，他"烧了一炷香，含泪祈祷"！另一位说："愿好人有好报，我们期待着您的佳音。"又一位说："我们敬佩您的才华和人品，还想看到您更多更好的作品。"我从他们那里感受到温暖和力量，暗自庆幸自己选择了这条人生之路，做了自己想做的事。如今只剩最后一个心愿还未了结：我想向他们表达我内心的感恩之情，向他们说再见。

所以，我希望自己能够坚持到发布会召开的那天。

向读者告别

我对于时间和空间已经不再那么敏感，对于善恶褒贬也是如此，但是眼前这种美妙的感觉是如此奇特。我意识到我获得了最重要的启示，不禁精神大振，就像在沙漠中见到绿洲。癌症也许真的不是那么可怕！

新书发布会通常流于形式，夹杂着商业目的。但对我来说，这次有点不同：它不是"发布会"，而是"感恩会"。

午后，人们从四面八方聚来，男女老少都有，一些是从京郊来的，一些是从外地来的。大约两点钟，这个欧洲古典风格的高屋顶的会议厅已经坐满了人。我一进门就感觉到一种非同寻常的气氛。没有喧嚣，没有说笑，在一种格外肃穆凝重的气氛中，大家都朝我这边望。

我依靠手里的拐杖，尽量让脚下显得平稳。离家之前，我把蓬乱的头发梳理整齐，穿了一件白色高领毛衣，在外面罩上黑色的便装，希望这样能帮助我掩盖病态。可恨脑袋承受不了嘈杂的声音，所以我在耳朵里塞进一对耳塞；又因为眼睛还是畏光，泪流不止，我不得不戴着一副深色墨镜。这样子一定有些狼狈，至少令人担忧，让大家觉得实际情形比想象的还要糟。

他们的身影排列在我眼前，光线从高大的窗户射进来，照亮了他们，形成一幅恍惚模糊而又美妙和谐的画面。我辨认出一些人的面孔，很多是我敬重的人，还有很多是我的朋友和同事，更有很多人素不相识。这里着实有一些现在叱咤风云和曾经叱咤风云的人物，也有一些初出茅庐的年轻人。想到这是今生最后一次对他们说话，我心中有一种莫名的悲伤和坚定。

"各位下午好。"我刚一开口就感到自己声音微弱，气若游丝，麦克风里话音变成了凄厉的金属撞击声，刺激着我的脑袋，嗡嗡震荡。但是我已打定主意，一定要让自己表现得好一些，于是继续说：

很抱歉我不能以一个很好的状态和大家说话。我会尽量……尽量提高我的声音。

今天大家到这里来，是为了这本书。应该说，这本书的主角不是我，而是中关村过去30多年一代又一代的创业者、建设者和管理者，也包括在座的很多人。如果没有你们，就不会有中关村，不会有这一段历史。

中关村造就了这一段历史，事实上，它也改变了我。在过去这些年，正是因为认识了你们，了解了你们，描述了你们，才使我的生命变得更富有激情，更富有智慧，也更有价值。

最近这几天，我和我的家人度过了一段很困难的时光，但是我仍然非常快乐。那是因为，我有一种感恩的想法。我感谢上帝给了我机会，让我来认识你们。如果没有你们给我讲述的那么多故事和思想，就没有我的书。

我要感谢……感谢我的读者们！感谢你们长期以来一直在支持我！

我说完了。因为完成了最后的心愿，我长舒一口气。会议主持者侧过身来，悄声问我要不要离开。他们担心我的身体，要我去休息室躺一会儿，等大家的发言结束后再来告别。但我回答还能坚持。对我来说，这不是为了礼貌，而是为了有更多的时间和他们在一起。

大家开始发言，在我听来都是赞美的乐章。这种场合的发言大都有着固定模式，很快就变得可以预测。起先是夸奖我的书，然后是夸奖我这个人。每一个人都在向我表达真诚的鼓励，小心翼翼地希望我"注意身体"、祝福我"身体健康"，同时都谨慎地避免提到"癌症"二字。

在迄今为止的职业生涯中，我参加过无数会议，很少见到发言者如此发自肺腑、如此真诚。我对于时间和空间已经不再那么敏感，对于善恶褒贬也是如此，但是眼前这种美妙的感觉是如此奇特，以至于我不知道该如何去描述。我坐在那里静静倾听，让笑容停留在脸上，希望这样能使会场气氛稍感轻松。

这种小心翼翼的会场气氛，突然被一个人激昂的声音打破了。他叫纪世瀛，是中关村早期的创业者之一，身上直到今天还洋溢着那种不容置疑的信念。他说，这本书"激起了过去二十多年风雨同舟、生死与共的那些回忆"，让他"几乎流下眼泪"。他的嗓门很高，说话冲击力特别强。他的激动还不仅仅是因为这本书。从他的谈话中，我第一次知道他也是肿瘤患者，而且是那种最为恶性顽劣的肿瘤。过去的大半年中，他用一种顽强的精神对抗着疾病，如同过去二十多年他百折不挠的创业历程。现在，他正用一种最强烈的方式把他的精神传递给我，并且由于他自己的身体力行而将这种信念展现得淋漓尽致。

"要坚强。"他话锋一转，直截了当地说出众人回避的那个词，"得了肿瘤也好。要坚强。我不瞒你说，我去年 7 月 28 日被诊断为胰头癌。医生说我只有八个月的生命，可今天我还活着……"

掌声骤然响起，打破了会场的沉闷。所有人都望着他，目光炯炯。这进一步激发了他的情绪，他把嗓门又提高一些，震得屋子里的空气嗡嗡直响：

"得这种病的人，70% 是被吓死的；20% 是被治死的，因为乱治；只有 10% 是病死的。所以，第一，不要自己吓自己；第二，不要乱治。我希望你健康长寿！"

他的声音戛然而止，掌声再次响起。我却还在发呆："70% 是被吓死的！"这数字我居然从来没听说过！

我决定回家之后做些功课，以便弄清楚它有没有根据。从纯粹技术的角度看，就算把这数字降低一半，也足以叫人回味无穷。我猜想不论最后结果如何，都不会抹去他这番话留给我的强烈印象。与其说我对他的"数字"深信不疑，不如说我对他的精神力量深信不疑。我意识到自己获得了最重要的启示，不禁精神大振，就像在沙漠中见到绿洲。

纪世瀛的大胆发言，捅破了人们心中的那层窗户纸，谨小慎微的空气一扫而空。大家纷纷把话题转到这边来，直截了当，再也没有顾忌。雷颐说，他"从来也不去做什么身体检查"。这位历史学家用一种极端的方式告诉我，不要轻信医生的话，"因为现在的医学，检查手段越来越先进，治疗手段却越来越滞后"。另一位朋友，微软全球副总裁张亚勤接着发言，说起不久前我们的一次相聚。那一天张亚勤夫妇来探望我，一同来的还有微软中国工程院院长张宏江夫妇。他们带来很多故事，带来一阵接一阵的笑声，还带来一本《圣经》，以及一位大洋彼岸身患癌症的美国人对我的祝福。我们在一起说了很多话，水静心闲，海阔天空，一时间我竟忘了自己是个垂死之人。现在，亚勤告诉大家，他亲眼看到我和我的家人在疾病面前的豁达："超脱的心，乐观的精神，超人的毅力，都使我十分感动、十分崇敬……"

我感觉到坐在我旁边的晓东情绪激动，眼泪正顺着她的面颊流淌下来。这个全世界独一无二的新书发布会，这时候展现出它的风采。它还是功名加身的舞台吗？还是商业利益的承载吗？还是不咸不淡的应酬吗？还是不真不假的捧场吗？不！都不是！它已经成了凝聚人间温情的大家庭。有一个瞬间，我觉得他们来这里不是为了我这本书，而是为了看望我这个人的。

会开得比预定时间要长。我一直坐在那里，直到主持人以她柔和舒缓的嗓音结束整个乐章。与会众人坚定地站在一起，不约而同向我伸出手来。在我走红的这些年里，这些人中没有谁说过要来看我，其中大部分人甚至和我素不相识，现在却都对我表现出异乎寻常的关心，这让我感觉到一种特别的温暖。我知道，他们对我战胜癌症有着巨大的期待，就像他们这些年里一直期待我战胜写作中的困难一样。

纪世瀛从桌子最远端的那个座位走过来，微笑着站在离我很近的地方。他被阳光晒成黑红色的脸上挂着自信。按照医生的"判决"，这位胰腺癌患者早该"医治无效"了，可他现在还在我面前慷慨激昂，眉飞色舞。其他人在旁边不断插话打趣，引起阵阵笑声。今天，他是大家心目中的英雄。看得出，老先生过得其乐融融，根本没有什么阴影干扰他的幸福生活。我忽然觉得，到这里来真是一个英明的决定。对于一个深陷绝望的病人来说，这情景让你觉得：你不是独自面对艰难时刻！

我们怀着这样一种心情回到家里，如同在黑夜中看到一缕阳光：癌症也许真的不是那么可怕！

选择治疗方向比选择治疗方法更重要

我们庆幸迄今为止没犯错误，同时也更加相信：疾病猝然降临之时，不恐惧、不惊慌、不盲目跟从医生的指挥棒到处乱撞，比任何灵丹妙药都重要。

　　如果没有见识过医生之间的见仁见智和争执不下，你永远不会理解，所谓"癌症诊断"是多么不牢靠。尽管如此，我们从没有这么强烈地意识到：不听医生劝告，会让你承担更大的精神负担。

　　当初我们共同做出"暂缓手术，密切观察"的决定，一个直接的结果是，全家人每天都在担忧"贻误最佳治疗时机"——这正是来自医生最吓人的警告。

　　晓东依然锲而不舍地追踪会诊结果，妹妹也想利用她在北京的短暂日子再为我做些事。她俩每天早出晚归，分秒必争地拜访京城名医，去了城东的北京胸部肿瘤结核病医院、城西的宣武医院和海军总医院、城南的天坛医院和肿瘤医院、城北的中日友好医院，还有城市中心的协和医院和北京医院。我独自躺在床上，闭目养神，想象着哪一天她们能够带回一个惊喜，表明所有这些原来都是一场虚惊。

可惜没有！没有一个让人乐观的消息！

和上海的专家一样，北京的专家坚持着"一边倒"的预言——"肺癌，脑转移"。他们或者委婉含蓄或者直截了当，都包含着最明确的信息：死亡离我越来越近，触手可及。当然没有医生会把"100%"这样的词说出来。他们总喜欢给自己留些余地，所以通常会使用"基本上""99%"这样一些词语，有些人会在自己的结论后面画个问号，有的人会把"倾向于""不排除""可能性大"之类的字眼写在他们令人绝望的诊断前面。

这天晚上我们忽然得到消息，上海华山医院的周良辅大夫来到北京，下榻在东郊的二十一世纪饭店。晓东立即把电话打过去。这些天她已经走投无路，就像一个垂死的溺水者，只要看到一根稻草就拼命伸手去抓，所以根本顾不得已是深夜。好在周良辅大夫并不介意，正月初四的上海会诊给他留下了很深的印象，也还记得他当时的诊断意见。他知道我们已按他的建议完成"波谱扫描"后，立即同意次日为我再做一次会诊。

这是我们最后的希望，至少晓东和妹妹是怀着这样的念头出门的。我独自一人在家等待，心中默想周大夫在那胶片上面指指点点的样子。在经历了一次又一次的期待和一次又一次的失望之后，我已不再相信会有奇迹发生，只希望她们能够早点回家。在生命的最后日子里，我唯一的念头就是有更多时间和家人在一起。

窗外天色渐暗，屋里一片混沌。小分队终于回来了，踏着一阵异常急促的脚步声。我用力直起上身，想看看究竟发生了什么，模模糊糊地看到妹妹冲进门来，朝我张开双臂。

"好消息……"她紧紧抱住了我，激动得说不出一句完整的话。在我从小到大的全部记忆里，妹妹还从来没有和我拥抱过。

晓东在妹妹身后，满脸泛着红光。多少天来，光彩第一次回到她的脸上。

两人争先恐后叙述事情经过，我很快明白了其中原委：周良辅大夫推翻了自己早先认为是"脑转移瘤"的诊断。他在仔细分析了"波谱扫描"胶片之后，居然有了一个新结论：颅内病灶不像是肿瘤，有可能是一种罕见的炎症！

"当然，一切仍是判断。"他对她们说。也许是想尽量减少自己结论的含混不清，他耐心地解释"波谱"（MRS）在"鉴别恶性肿瘤"方面的独特功能。在确认她们已经完全理解了他的话之后，他继续说："这个检查有80%的可靠性。"

"可是我们在北京看的医生，不是看不懂，就是看不起。"晓东说。

"那就到上海来检查。"周笑着解释，这是种新技术，的确还没有被广泛使用。最后，他非常肯定地说："现在不必做任何治疗。再观察一个月。重新做核磁共振。"

妹妹继续为我解释周良辅的话，眼睛里面放射出异彩。我听懂了，意识到这是西医专家第一次传达给我们一个乐观信息，也是我们自己的选择——暂缓手术、继续观察——第一次获得医生的首肯。

我服了。不是因为终于听到了自己愿意听的话，而是因为周良辅这个人！资历、经验和名望并没有妨碍这位医学权威紧跟技术的进步。更重要的是，他在事实面前敢于修正自己的结论！

"整个病案出现难以置信的转机。"晓东在当天的日记里如此写道。的确是个转机。同时我想到妹妹该有多么开心，她在此前用了仅仅一夜工夫得出的结论，居然和一个顶级专家不谋而合。

"你看，"我有点得意地对晓东说，"我当初说，如果她和专家有分歧，我肯定相信她。现在证明我没错吧！"

我们都大松一口气。尽管如此，我还是告诉自己，千万不可过分乐观，尤其不能认为自己已经转危为安。我们只能庆幸迄今为止没犯错误，同时也更加相信：疾病猝然降临之时，不恐惧、不惊慌、不盲目跟从医生的指挥棒到处乱撞，比任何灵丹妙药都重要。

才过了 20 个小时，周良辅大夫的乐观判断就遇到挑战。

"波谱检查在恶性肿瘤确诊方面的意义没有那么大。"黄峰平大夫针对周良辅的诊断，表达了完全不同的看法。

黄大夫是个既温和又耐心的中年人，同时还是上海华山医院副院长。单就行政序列来说，他是周的上级。那几天他携带着一个密集的会议日程来到北京，把对我的诊察安插在午饭后 90 分钟的休息时间。如周良辅大夫一样，这也是我们第二次向他问诊。他态度友善，对待病人不厌其详，说出话来既专业又严谨，还总是浅显易懂、条理分明，所以他的看法同样重要。

他不同意周大夫的分析，尤其不能同意脑袋里的病灶是"炎症"的说法。那个促使周良辅大夫改变看法的波谱检查结果，在他看来，不是一个意义重大的新证据，也不能改变他几周前在上海会诊时的结论——恶性肿瘤。

不过，考虑到几周来我的病情进展缓慢，他又补充说："恶性程度较低，在 2~3 度之间。"

在这一点上，他和大多数专家不谋而合。与众不同的是，他格外看重我左肺上叶的病灶。我知道，到目前为止，几乎所有医生都把注意力集中于我的脑部病灶，只有他对我的左肺表现出强烈的担忧。后来的事实证明，这是一个相当有预见性的担忧。可在当时，我对肺部病变没有任何感觉，而颅内病灶带来的全身不适时刻困扰着我。我们内心的紧张和焦虑全指向脑袋。

黄峰平大夫用一句话结束了那次午间诊察："最终确诊还是要靠活检。"

事实上，目前医学界也只有这一点能够统一。我们终于明白，迄今为止我们所做的所有血液化验和影像检测——X 光透视、CT 扫描、核磁共振扫描、波谱扫描、PET 扫描，都只是个参照。如果不让医生弄破我的脑壳，把脑仁取出一块，就永远不会知道里面那些东西到底是什么！

于是我们开始详细讨论医生的一项建议——实施脑穿刺手术，取出活体检验。不过，很快就放弃了。一想到要在自己丈夫的脑袋上钻个洞，还要把一个钩子插进脑浆里去，晓东就不能忍受：破坏了正常的脑组织怎么办？弄断了脑神经怎么办？会不会带来永久性的后遗症？会不会刺激癌细胞的生长？又会不会把癌细胞牵扯到别处，留下转移的祸根？就算你知道了脑子里的东西是什么，又能怎么办？最糟糕的是，即使你让医生把脑壳打开，他们还是有可能争论不休。

我们曾这样问医生："做活检就肯定能百分之百确诊吗？"

"不能肯定。"医生很肯定地说，"即使是活检，也不是没有误诊的可能。"

有一句话在癌症病人中间相当流行：西医是让人明明白白地死去，中医是让人稀里糊涂地活着。可现在我发现，西医要是让病人稀里糊涂，也是没有办法的事。

我们继续奔波，恨不得遍访天下所有名医。有一天我们听说一个故事。香港凤凰电视台有位节目主持人，在英国惨遭车祸，当地医生都认为这女人没救了。就在这时，有位中国医生从北京飞到伦敦，试图让这个昏迷不醒的"植物人"苏醒过来。她的不少中国同行都认为，这是一个疯狂的行为，然而她成功了。这成为神经介入治疗领域的一个奇特案例，也在我们心里燃起希望。我们决心找到那位创造奇迹的医生。

一番周折之后，妹妹见到了她。她叫凌锋，是北京宣武医院神经介入中心的主任。看上去，她并不在意那个让她成名的故事。她说："大家都认为我是神经介入的专家，其实我对脑瘤也是很有研究的。"

在接下来的一个多小时，凌锋大夫证明自己所言不虚。她态度和蔼，神情专注，脸上挂着从容和善解人意的神情，这使她面对病人时有一种特殊的魅力。

也许是为了尽量避免先入为主的成见，她在我的那些胶片上花的时间特别长。她有时会瞥一眼面前的人，但大部分时间盯着胶片，仿佛一头钻进了那个如梦如幻的黑白世界。当她开始陈述自己的意见时，声音轻柔而又坚定，条分缕析，听不出一丝专横和居高临下的味道。她有本事抓住胶片明暗之间传递出来的哪怕最细微的信息，为那些截然对立的可能性寻找证据，却并不自以为是。

这是她的与众不同之处。尽管我已病入膏肓，耳不聪，目不明，但在几周的来往奔波之后，也能感到这类品质在那些成名的医生身上极为少见。说实话，有才华的医生当然可敬可佩，但我更相信富有同情心、敢于担当而又不那么自以为是的人。

在一阵漫长的沉默之后，她的目光终于从胶片上移过来。她说，在"波谱扫描"的所有胶片中，只有两张可以和早先的胶片加以对比。但是切片的位置和角度还是有细小差异。所以，不能据此判断病灶部分缩小了，"但至少可以说没有长大"。

好了，我们得到了第一个结论。清晰，而且有说服力。

然后她开始讨论第二个问题，也是我们更加急切地想知道的：这到底是个什么东西？

"不像是占位性病变。"她单刀直入，一点也不含糊。

她试图用普通人能够理解的语言来代替"占位性病变"这个医学术语。"如果是肿瘤，不管是原发的，还是转移的，它都会把别人的位置占据了，把正常的脑组织挤压到一边去。但是……"她停下来，用手指点胶片，"这里，这里，还有这里。小脑的纹路正常。挤压不明显。这是不像'占位性病变'的理由。"

然后，她把注意力转向病人，开始仔细询问头部和全身的症状，当她知道这些症状在过去几周没有更加严重，其中有一些甚至还明显减轻了，就显示出一种特别的关注。这些情况我们曾对见到的每一个医生叙述过，但他们不是不相信，就是完全忽略不计。只有她，把这些作为诊断的重要参照。

"如果是'占位性病变'，不会不经治疗就越来越好转。"她总结道，"从片子和本人症状来看，不支持'占位性病变'。"

她说完了！

就这么简单？

这一番话清晰和精确，而且证据确凿。然而好消息来得过于突然，叫人有些难以置信。我们遭遇了太多的失望，不能不小心谨慎。这是一个可以让我死而复生的转折点吗？可是所有那些悲观主义者的结论，不也是斩钉截铁吗？胶片上面赫然存在的那个乒乓球般的病灶，又怎么解释呢？

凌锋大夫又开口了。她的眼睛也在盯着那个"乒乓球"，就像看穿了病人的疑虑。不过，更可能是职业天性驱使她在为对立观点寻找理由。我完全可以想象，这时候她的脑子里一定有一大群威严的专家，指着她的鼻子大加批驳，所以，她转而站在他们的立场上继续分析。她说：从形态上看，病灶部位比较圆，特别规则；经过增强扫描之后，边缘有增强反应；这些都可以成为判定"肿瘤"的理由，也是她不能排除"肿瘤"的理由。

她一再提到"理由"，这令我信服。像所有病人一样，我很在乎诊断结论，但是，在听了那么多完全对立而又不由分说的结论之后，我现在更感兴趣的是导致结论的理由。凌锋大夫的"一家之言"的确有让人很难质疑的理由，而且，如我期待的那样，她还能为不同的观点寻找依据，这反而让我对她的为人更加信任。

最后，她建议我们把观察时间延长至三个月。

"观察。观察很重要。"她说。

这时候，她的样子看上去更像个善解人意的医疗顾问。她考虑到我们的所有顾虑，也考虑到病情发展的各种可能性。她说，病人的症状有好转，至少没有证据证明是在恶化，所以，观察不会带来新的风险。老风险当然还存在。恶性肿瘤的特点是长得特别快。如果是这样，提前三个月手术也没有意义。做了手术都有后遗症，还来不及恢复又转移了。"所以，观察几周。如果症状加重，可以随时做手术。如果症状不加重，或者好转，就等三个月再做一轮检查。"

尽管我们仍然不能肯定脑袋里究竟发生了什么，但我们还是从这次会诊中得到了一些相当确定的信息：

1．乐观的诊断结论是有根据的，就像所有最绝望的诊断也有根据一样。

2．所有医生都同意一件事：如果那是恶性肿瘤，将迅速恶化，尤其不可能在不经治疗的情况下好转。

3．没有证据显示我的病情在过去六周里迅速恶化。

我们继续观察。因为支持我们的医生又增加了一位，所以日子过得更有信心。就这样又挺了两周，国外几位专家第二次会诊的结果传到北京。他们把最新的"波谱扫描"同首次核磁共振胶片加以对照，结论如下：

1．脑病灶是原发肿瘤或者炎症，可能性各为 50%。

2．在临床中，酷似肿瘤而实际上是炎症的病例，可能性低于 2%。

然而，比影像诊断更重要的是他们传递过来的专业经验。他们说：

看片子是重要参考，但更重要的是看病人的症状。炎症往往是突然发作，又渐渐好转。而肿瘤的症状是身体渐进式地出现不适，并且越来越厉害，不会自行好转。

　　我忽然明白，在这条漫长曲折的诊断之路上，所有医生在起点上并无明显差别——都认定我的机会低于2%。差别发生在几周之后，大部分中国医生不在乎我的症状演变，只把胶片奉为金科玉律；而少数中国医生和所有外国医生会认真倾听病人的陈述。他们肯把"良性"的概率从"低于2%"提高到"50%"，不仅仅是依据影像，还充分考虑了病人的症状。

　　奇怪的是，我本人从没有出国就诊，也没见过那些外国医生。我整天都在中国医生的眼皮子底下，喋喋不休地讲述我的病情！可是为什么在那么多的中国医生那里都不能得到回应？我苦思数日，终于有了答案。原来医生也可以分为两种：一种医生只相信自己，另外一种医生也相信病人；一种医生只把病人当病例，另外一种医生把病人当人。

　　能够找到凌锋大夫，真是一种幸运——几周来我们费尽心机地寻访名医，但是只有很少几位让我有这种感觉。我明白了，我并不需要锯开脑壳确定里面的东西是什么。因为我知道了各种可能的前途，知道了所有诊断的理由，知道了医生的逻辑。在这种情形下躺到手术台上任人宰割，不能不说是一种貌似勇敢无畏实则鲁莽无谋的举动。我们迄今为止的按兵不动，不仅不是讳疾忌医，而且被证明是最明智的选择。

　　最后，也是最要紧的，我更全面地理解了"观察"的含义。根据凌锋大夫的说法，不仅要有病人自己的感觉，还要依靠医生的临床检查。不久之后，我便意识到这个建议的价值：这不是简单的治疗方法，而是为我们选择治疗方向。

　　这是我不幸中的大幸。因为，对于一个癌症患者来说，选择治疗方向要比选择治疗方法更加重要。

第二章
癌症
不是
绝症

_如果我们不能确定自己应当做什么，那么至少应当确定自己不做什么。"不做什么"的意思，就是不要让自己做一些错误的事。这是因为，在相当多的情况下，不是你的疾病让你一步步走向死亡，而是你在疾病面前的一个又一个错误让你走向死亡。

最好的灵丹妙药

晓东笑，我也笑。笑声感染了全家，让这间遭受沉重打击的小屋再次充满欢乐的气息，绝望悲痛的气氛一扫而光。我们学会了调整自己的心情，学会了用微笑去迎接癌症。

我研究生时期的一位同学，让快递公司给我送来一个巨大的纸箱，里面装满礼物。他身上保留了很浓的简单质朴的文人气质，经过二十多年的世事变迁之后，精神状态好像还停留在上个世纪。看到我病入膏肓，深居不出，他就想起自己十几年前身患肝炎居家养病的那段时光，将心比心，对我的处境抱有一种特别的理解和默契。

这会儿，他在电话里抚今追昔，热情地介绍他的礼物的妙处：当初，他就是靠着它们度过了那段倒霉的日子。

"幸亏有它，要不我非疯了不可。如果你实在闷得慌……"他不往下说了，但我已经明白，他送来的是精神食粮，专为我在心情烦躁之时排忧解闷。

于是我们迫不及待地拆开包装。纸箱里塞满了各种形状的小型盒子，花花绿绿，煞是耀眼，原来都是光盘。我不禁又惊又喜。我每天在家，不是躺在床上就是靠着沙发，嘴不能说，眼不能看，腿脚不能行动，大脑不能思考。从早到晚，百无聊赖。这两天忽然想到还有一对基本正常的耳朵能听，于是计划弄一些相声光盘来打发时间。亏他想得周到！这对我来说正是雪中送炭。

晓东一盒一盒把它们拿出来，摊在桌上，同时高声宣告："这是《中外散文》，这是《现代诗歌》，这是《文化苦旅》……"

我满怀希望盯着纸箱，却始终没看到我期待的东西。

"有侯宝林的相声吗？马季的也行。"我终于忍不住把头探过去寻找。

晓东把胳膊伸到箱底，掏出最后一盒，瞥了一眼，递过来，用一种夸张的口气宣布："《活着》。"

我接过来，还真是余华那本书的朗读版。

我俩哈哈大笑。这小说的内容既悲惨又沉闷，让人不忍卒读，可它的名字倒是正对了我现在的情形。

我不知怎么想起少年时代父母给我选择的那些读物，猜想，这些东西一定是商家给那些望子成龙的父母准备的。做父母的会把它们当作生日礼物送给正在读小学的儿子，然后儿子就随手扔到抽屉里，再也不会看一眼。

晓东好像知道我在想什么，她说："应该再配送一本《小学生字典》来啊。"

这叫我再次笑出声来。

这一天剩下的时间里，我们不断回顾这件事，乐不可支。晚饭后，我重新埋头在这一大堆光盘里，挑来拣去，翻到最后，终于拿起一盘，对晓东说："还是先听《妻妾成群》吧。"

晓东扑哧又乐了。她嘲笑我："都这样啦，还做美梦呢！"

我们再次爆发出大笑。

不管怎么说，自从生病以来，家里还从来没有过这么开心的笑声。我这位同学一定想象不到，他的礼物以这样一种方式给我们带来了快乐。

笑过之后，我开始听《妻妾成群》。苏童的这部小说相当有味道，可惜对我来说太过晦暗压抑，加上朗读者刻意表达的悲怆之情，更添了几分忧伤，这让我本就疼痛不已的脑袋愈加沉重，才听了几分钟，就没法再听下去。

接下来听什么呢？《活着》？这故事太惨，我估摸自己眼前的境况，料想重温这个悲剧有害无益。《文化苦旅》？这本书文字优雅，音韵也美，可是多少有点矫揉造作和无病呻吟，我这辈子来日无多，用来把玩这种东西实在不值。最后，我只不过把朱自清的《荷塘月色》恭恭敬敬听了一遍，借机回忆一下自己的小学时代。然后，望着那一大堆五颜六色做工考究的盒子，我再也没有听下去的欲望了。

儿子知道我的心思。他看我如此欲罢不能，欲听还休，就跑到街上，转了半天，抱回一大堆相声光盘。有侯宝林的，有马季的……还有现在最火的郭德纲。他几乎把这世上所有的相声都买来了。

"给。"他把一堆花花绿绿的盒子放到我面前，"够你乐一阵的啦！"

于是我开始充当一个最浅薄通俗的听众。不求高雅，只求轻松；不求境界，只求快乐。充当听众的我，一时忘了自己是个病人。自己操作遥控器，自己更换光盘。那些妙趣横生的相声都是已经听了很多次的，现在听来仍然让我开怀大笑。儿子每天下班回家也坐在我身边，和我一同把那些光盘一段一段听过来。父亲和儿子到底是两代人，有着不同的偏爱。相比之下，我更喜欢侯宝林，而他更喜欢郭德纲，但这并不妨碍我们一同哈哈大笑。

晓东对相声本无特别偏好，现在也坐在我们身边，寸步不离。与其说是相声让她开心，倒不如说是我们父子俩的笑声让她开心。我们被相声吸引，她被我们的笑声吸引。笑声中，全家人忘记了所有烦恼和焦虑，甚至短时间忘记了我正身处绝境。

有一天晓东忽然对我说，她要开始执行"养猪计划"，"就是让你一天到晚傻吃闷睡，再加上傻笑。什么也不想，什么也不问——就像一头猪"。

我大笑。

正是在这样的笑声中，我渐渐体会到，面对癌症时，一个悲观主义家庭和一个乐观主义家庭之间有着很大区别。

悲观的家庭在这种时候是不会有笑声的。遗憾的是，大部分癌症患者的家庭都会脱离正常轨道。每天被一种奇异的气氛包围着，紧张、压抑、小心翼翼，加上躲躲闪闪，给人一种天塌地陷、如临深渊的感觉。生活在这样一种特殊的气氛中，任何人都难免陷入一种绝望的心境。

把大部分家庭归于悲观的猜想，似乎和我们通常感觉到的情形不大相符。是的，在正常情形中，我们会看到更多乐观豁达的人，可是在癌症患者的范围里，这样的人却并不多见。那是因为，很少有人能够在预知死期将至的时候还能面不改色心不跳，就算他能，他的家人也不能。我们的一个朋友，丈夫患了胰腺癌。她告诉我们，听到这个消息时，她几乎要崩溃了。这时候，她昔日的上级，一个乐观开朗的男人，来开导她，说了好多让她宽心的话。他用一种豁达精神的感染力，加上循循善诱，帮助一个陷入绝望的病人家属渡过难关。可是没过多久，他本人被查出患了肝癌。他的那些让人宽心的话一下子全失去效用了。见到熟人，他除了哭诉再也说不出别的。不到一个月，他就去世了。他的家人从医生那里得到的最后消息是，他并非死于肝癌，而是死于肾衰竭。很显然，作为一个旁观者，他有一种清醒的判断能力和乐观的精神状态，但是当有一天疾病竟可怕地落到自己头上时，他的理智迅速瓦解，精神崩溃。

但是，乐观主义家庭就不同了。他们快乐，不是因为遇到了什么值得快乐的事，不是因为升官，不是因为发财，不是因为功成名就，也不是因为一路顺风、万事如意。对他们来说，快乐不是来自种种身外之物，甚至不是因为身体健康。他们的快乐来源于内心深藏的宁静、满足和感恩——无论富贵还是贫贱，无论身体健康还是病入膏肓。绝症猝然而至，他们可能会紧张，会痛苦，但他们有能力摆脱种种消极情绪的纠缠。他们不会绝望，不会对病情躲躲闪闪，更不会相互隐瞒。他们不会让心中的忧虑挤走幽默和笑声。即使死到临头，他们也不会破坏这种精神状态。

不少肿瘤专家论述了恐惧对于癌症患者的毁灭性力量。其中有一位名叫何裕民，是上海中医药大学的教授。他说："我们很多肿瘤患者不是死于肿瘤，而是死于对肿瘤的高度恐惧以及恐惧本身带来的盲目应对。"

我不知道这观点是他的首创，还是他在转述别人的观点，反正这话对我产生了巨大影响。读者也可看出，本书开篇第一句，就是从这句话演变而来。对我们来说，笑声总是有一种超越肉体的震撼力。我真希望有人能研究一下微笑对于人类肌体的影响，甚至有些相信，对于癌症这样的疾病，最好的治疗不是能用金钱买来的。因为它不是任何新奇的药物、技术，或者高超的手术刀，而是笑声。

如果我们能够用笑声面对癌细胞，癌细胞便不能埋葬我们。所以，我总是对自己说："放松，再放松。"我还对自己说："去想那些能让你快乐的故事，去听那些能让你快乐的声音，去说那些能让你快乐的话。"这样做，通常能让自己的心情奇迹般地平静下来，还常常独自一人面对天花板笑出声来。

有一天，我一边听着相声一边嘿嘿傻乐，忽然一阵嗡嗡声侵入我的耳朵。接着，我看到一只小飞蛾在我眼前盘旋。我下意识地挥掌拍出，居然一击而中。这叫我非常得意。这种手疾眼快的事在以前是稀松平常的，但对现在的我来说是一个非常了不起的事件。我发现自己的视觉不知不觉好转了，便对晓东使劲炫耀我的"战绩"。

晓东笑道："估计那只飞蛾也生脑瘤了，所以动作迟缓。"

我说："好，看我什么时候再给你击落一只。"

第二天我又一次发现飞蛾，当即决定再次显示我的机敏和迅捷。可惜连续四掌打去，那飞蛾总能从我指尖逃脱，扬长而去。

"这回有什么说的？"晓东笑问。

"不是没有好猎手，是狐狸太狡猾了。"我回答。

晓东笑，笑得很开心。我也笑。笑声感染了全家，让这间遭受沉重打击的小屋再次充满欢乐的气息，绝望悲痛的气氛一扫而光。我们学会了调整自己的心情，学会了用微笑去迎接癌症。我们在一起听相声，说笑话，不失时机地插科打诨，或者来个小幽默，故意把生活中所有好的情节无限夸张，把一切坏的迹象倒过来解释，以此造成种种愉快的景象。晓东似乎特别珍惜这样的时刻，总是把我们之间的对话和笑声写在日记中。

下面是她日记里的三段，记录了我们的对话和笑声：

（一）

"黄院长关注肺上的病变是有道理的。如果肺上是恶性的，脑子里就有很大可能是转移瘤。但现在肺上的病变并不典型。"

"你这个人，长肿瘤也和别人不一样。怎么都不典型呀？"

"咳，就像咱写书一样。有人想抓我'反党反社会主义'，也不典型。"

（两人大笑）

（二）

"你说你这个人，这一个月会诊，引出多少争论。中医、西医之间，西医和西医之间，到现在也没个定论。"

"我这个人本来不就是个有争议的人嘛。"

（两人大笑）

（三）

"上次血化验，有一项指标高，当时我没告诉你。其实马老师很紧张，说那有可能表明肺部是小细胞癌。"

"医生不是说血化验那玩意儿没什么参考价值吗！（想想又说）不过，这次化验，指标降低了，这还是有参考价值的。"

（两人大笑）

倾听自己的身体

> 每天清晨醒来，我静静地躺在床上，缓缓移动四肢，深深吸气，感觉到气流经过喉咙进入胸腔、大脑和腹部，流向全身。随着空气的流动，仔细体会头颅的疼痛沉闷是轻了还是更重了，身上有没有出现新的不适。我能看到眼前物体的旋转移动变得缓慢，双影逐渐合一，尽管仍然头昏脑涨，但已经变得可以忍受。我不再眩晕，也不再呕吐。我渐渐感觉到睡梦和清醒之间的界限。

我们每天的生活中多了一项内容：我把自己的感觉详细描述出来，晓东在日记中一一记录。我们一丝不苟地执行着凌锋大夫所说的"观察"，也就是国外专家提醒我们的"更重要的是看病人的症状"，态度虔诚，甚至有些愚笨。如今翻看这些日记，对照前因后果，我才发现，它对我们没有误入所谓"不惜一切代价也要治"的歧途，竟是必不可少的环节。所以，如果有哪一天医生突然宣布你得了癌症，我会强烈建议你也像我一样，不仅倾听医生的话，也仔细倾听自己的身体在说什么。

我们对自己的了解总是太少，所以就算你已过了"知天命之年"，也还是有很多东西需要学习。倾听自己的身体发出的每一个细微声音，正是我在疾病猝然降临之后学习的第一件事。

每天清晨醒来，我静静地躺在床上，缓缓移动四肢，深深吸气，感觉到气流经过喉咙进入胸腔、大脑和腹部，流向全身，再慢慢地把体内的空气吐净。如此反复数次，随着空气的流动，仔细体会头颅的疼痛沉闷是轻了还是更重了，身上有没有出现新的不适。然后仰面向着天花板，睁开双眼，辨别屋顶灯的圆形轮廓，又以两边墙壁悬挂的镜框作为参照，依次侧目斜视左右，这样可以清晰地辨别影像重叠和视觉眩晕有没有变化。我发现，当我将今天和昨天比较时，似乎感觉不到任何变化，但我若将这一周和上一周比较，竟有症状减轻的迹象，至少没有像医生预言的那样日益恶化。我能看到眼前物体的旋转移动变得缓慢，双影逐渐合一，尽管仍然头昏脑涨，但已经变得可以忍受。我不再眩晕，也不再呕吐。我渐渐地感觉到睡梦和清醒之间的界限。

我为此高兴，似乎看到了希望。不过，每当我对医生述说这种种迹象时，他们看着我的眼睛就会条件反射般投射出一种怀疑和不屑。他们不关心我的叙述，也不相信。看我迟迟不肯接受手术，还没完没了地要求他们做出这样那样的解释，他们就理所当然地把我当成一个讳疾忌医而又自作聪明的人。

"你也是个有文化的人哪。"天坛医院神经外科一位医生说这话的时候，看着我的眼神怪怪的。他们的目光这么包围着我，带着嘲讽和轻蔑，就算在我逃离医院回到家里时，还是不肯散去。真见鬼！有一段时间，这让我对自己的絮絮叨叨产生了疑问：也许真像那些医生说的，病人常常因为适应了身体的病态而感觉麻木，就误以为是疾病减轻？或者，是他们那个不愿说出口来的念头：这个人所说的一切，只不过是一个病人在心理恐惧和情绪失常状态中的幻觉？

可是我的身体深处仍在发出自己的声音，微弱而又清晰可鉴，没有任何怀疑的目光可以淹没。我不是医生，对于癌症的来龙去脉，完全不懂。对于那个被现代检测仪器造就出来的如梦如幻的黑白世界，我也一窍不通。不过，说到身体里面细致入微的演变，我相信，无论医生还是他们手中的现代仪器，都不会比我更有发言权了，因为他们不会比我更了解我自己的身体，他们也不会像我的妻子那样，为我记下一点一滴的情节，悉心对照：

　　——今天早上第一眼看上去又有重影。头的轻松感没有那么明显，但还不错。上午感觉没有昨天好，但比前天好。下午和原来差不多，脚底的感觉比原来稳了。转身时原来有旋转眩晕感觉，今天有好转。

　　——今天的感觉比较好。没有任何比前一天明显不好的感觉。

　　——今天的感觉没有那么好。他说甚至不如昨天。早上醒来看天花板灯，第一眼又出现重影，但很快又是一个影。左右斜视，前几天往右边斜视觉得接近正常了，今天又不太好。往左边斜视一直不好。

　　——今晨醒来视觉和昨天差不多。但头部感觉比较轻松。头重的感觉有缓解。

　　——今早起来全身感觉比昨天好。脑子比较轻松。上午感觉也比较好。视觉没变化。仍畏光。开始戴墨镜，觉得舒服些。食欲很好，早中晚饭前饥饿感强烈。

　　——昨天和今天的感觉比以前又好了一些。脑子轻松了一点。走路到后来还是有些晕。食欲很好。

　　——今天感觉和昨天一样。食欲很好。精神不错。有一个新现象，他现在很怕高频率的声音。和他说话要比较低声。他自己说话声音也很低。说话声过高让他的脑子里感觉不舒服。

——今天我看到他走路的背影，突然有一个强烈的感觉。他走路的姿态已经接近于他的正常姿态了。除了速度慢一点。人说病来如山倒，病去如抽丝。现在他恢复的速度非常慢，但仍在一点点地好转，虽然离正常还差得很远。

——近来他的耳朵越来越敏感，害怕人大声说笑。害怕公共场所的嘈杂。我担心，这是不是脑瘤有新发展侵害了他的听力？

——情况稳定。没有任何新的不适的症状。他的脸色很好，红润。我觉得比他过去没病的时候还好。皮肤有光泽。但是好转的速度也是非常非常缓慢。我们有足够的耐心。

——他今天说，眼睛斜视时的感觉有好转。这是第一次。

——今天第一次一个人下楼散步。感觉有些累。他说，像走了很长的路，但回来坐下后很快恢复了体力。

能够成功地独自行走，在我们看来是一个标志性的进步。它似乎确凿无疑地证明了我的症状正在好转。那一天我乘坐电梯来到楼下，走进院子里，手里挂着一根拐杖，依靠一副墨镜遮挡强烈的日光。我在砖石小径上挪步，小而碎，身体摇摇摆摆，脚下踉踉跄跄，像个蹒跚学步的婴儿，也像个半身不遂的老人。眼前还有阵阵眩晕，脑子里面那种铅一样的沉重感也还存在。不过，我能闻到周围春天的气息，白天变长了，阳光被染上一层柔和的暖色调，花草树木争奇斗艳，微风拂在脸上，温馨可人。一切都充满了生机与活力。我感觉死神已经被我甩在身后，渐行渐远。

回到家的时候脸色苍白，但我的样子显然有些得意。

"走了40分钟，"我对晓东说，"一个人！"

她把我那戴着墨镜、挂着拐杖的样子上下打量一番，笑说："像个'黑老大'。"

我自豪地宣布："从今天起，我不再需要别人搀扶了。"

我们坐在桌前，喝苹果汁，谈论除了反复咀嚼医生宣布的坏消息之外我们还能做点什么，也说起我这第一次"放单飞"的感觉。"有些累，"我不得不承认，"就像走了很长很长的路。"

我想表现得积极一点儿，于是慢慢让自己的情绪平静下来，又开始搜索身体里逐渐冒出的细微迹象，依次排列起来，营造出一种乐观的气氛。

"你看，我每个星期都在进步。"我说，"开始两周只能卧床不起；接着的两周，可以靠着衣柜站起来；然后呢，可以扶着墙壁挪动脚步；然后又可以被人搀扶着走到院子里去；现在，我居然能够独自行走了。也许……也许有一天，我真的可以重返滑雪场呢。"

这些都是事实。医生也许不以为然。他们会说，这不过是感觉，不科学，也不严谨。但是无论如何，它们给了我巨大的鼓舞，也感染了晓东。她在当天的日记中再次流露出快乐的情绪。她说，这是我们"今天最大的收获"。

改变了对癌症的看法

"今天是我自 2 月 9 日以来最轻松愉快的一天。"晓东在那天的日记里写道，"并不是因为肿瘤的可能性被排除了，事实上，医生根本没有改变诊断。我们不敢奢望脑子里面那么大的一个东西真的不是肿瘤。可是我们改变了对癌症的看法。我们对肿瘤的恐惧心理排除了。即使是肿瘤又何妨！我们有信心控制它，也有信心与它和平共处。"

日子一天天地过去。医生们说的"三个月大限"越来越近，奇怪的是，我没有闻到一点死神的气息。

为了印证我的"感觉"是否准确，我们决定来一次"临床检查"。于是我们再次去看李金大夫。读者一定还记得，她是北京医院神经内科的老主任，也是我生病以后看的第一位医生。那一次她跟着我跑到核磁共振扫描室，在显示器上亲眼观察我的头部造影时，我就感到此人是个你可以以性命相托的人。我们很快就发现，请这位有经验的神经内科专家来验证我们的"观察"，的确能够让我们在做出任何决定时避免出错。所以，在我患病的最初几个月里，这种"验证"每一个月做一次，以后又把间隔时间延长至三个月。

"你可把我们吓坏了。"当我朝她走过去的时候，她用一种轻快的口吻对我说。我注意到她两眼直视我。时隔两月未见，现在，她因为我的步态稳健而满脸惊讶。

"昨天我走在路上还在想，"她说，"我那个病人现在怎么样啦。"

我自豪地宣布："我的症状减轻了。"

我们都笑了。看到她的笑容里流露出明显的不相信，我赶紧把身体变化的诸多细节说出来。她耐心地倾听，同时目不转睛地盯着我。在问了我几个问题之后，她打开病例，翻到两个月前的那一页，重读她当时写下的诊断记录。

她看得很仔细，没有一项遗漏，直到看完最后一行，她抬起头来看着我说："好吧，咱们再重新检查一遍。"

她说话时，我从她的眼睛里而不是从她的话语里感觉到，我们两个月来的"自我观察"将会接受一次严格挑战。

也许我的感觉神经欺骗了我，我的那些所谓"逐渐好转"的迹象，只不过是久病不愈造成的麻木不仁？

也许我的心理状态正在左右我的判断力，因为内心深处那种对于乐观结论的期待，的确会误导病人产生生理方面的种种错觉？

或者，更令人沮丧的是，我自己的感觉不管怎样都没有任何意义，我已注定无可救药？

不管怎样，我已经学会站在医生的立场上去思考问题，已经明白，所谓"症状"就是疾病给人体造成的种种生理反应，所以不能指望仅凭病人的感觉和陈述就能形成结论，还要依靠专业精通而又无微不至的医生亲自验证，也就是所谓"临床检查"。他们首先会把你身体的某些器官作为检测的重要对象，要求你做出各种动作，通常还会借助于形形色色的检测工具，触动你身体的各个部位，逐一观察你的反应。对于脑神经损伤的患者，通常最重要的反应会出现在眼球、面部神经、伸展四肢时的平衡机能，以及身体表皮对于异物刺激的敏感程度，等等。这种反应的正常与否，被医生以"—"或者"＋"的方式记录在案，将若干次检查结果联系起来加以比照，就能判断病人的症状究竟是恶化了还是在好转。换句话说，如果我自己的感觉不能被这一检查程序证实，那么一切都是白搭。

对于医生来说，这是一套严格精准的程序，具有相当大的确定性，然而它并不复杂，也不需要病人额外的花费。它所要求的不是高精尖的设备和技术，而是专注、耐心、无微不至、见微知著，以及愿意把更多时间用在病人身上却不能多挣钱的职业精神。可惜的是，大多数医生都有过分依赖现代扫描仪器和黑白影像胶片的倾向，漠视病人的直觉和陈述。那些有名望的、精于计算自己门诊的每一分钟值多少钱的专家，就更是如此。他们受到自己专业经验的限制，又被架在以往的功名之上，难免有点自以为是。根据我的经历，他们甚至吝于往病人身上多看一眼。我猜想，那一定是因为注视病人会花费他们更多时间。只要想想他们收取的门诊挂号费是两三百元一位，而门口还有一大堆病人在焦急地等待，我对他们的冷漠、不耐烦和匆匆忙忙便立刻释然了。

当然，医生和医生还是不一样的。这取决于他们的职业精神和道德水准，也同各自所处的位置和环境有关。单就大脑疾病来说，我总觉得神经内科的医生通常能够更耐心地面对病人。他们不比那些外科医生，不能锯开你的脑壳，却又要判断你的疾病，所以除了用更多的精力来检查你的生理症状，别无他法。

我们很幸运，一开始就遇到了李金大夫。她是个上了年纪的女人，总是带着让人轻松的笑容，当她眯起眼睛看你的时候，你可以感觉到强烈的怜悯和关切。虽然门外等候她看病的人排成长队，她却不会急着打发眼前的病人。她的"特需门诊"属于很高级别的专家收费标准，不过，当病人只花九元钱去看她的"普通门诊"时，她用在病人身上的时间和精力也不会少一点。她总是很认真地倾听我们的陈述，还会对一些关键细节提几个问题。当我们的陈述和她的专业经验不能吻合时，她的眼睛里也会流露出怀疑，但她没有某些医生潜意识里的那种居高临下的优越感，不会当病人是白痴，不会把一句硬邦邦的甚至是冷嘲热讽的话迎面扔过来。她会微笑着说："好吧，让咱们再重新检查一遍。"——就像她现在所做的一样。

李金大夫把手中的笔直立在我眼前，让我将眼球跟着她的笔左右移动。她把脸凑过来，在距离我很近的地方，全神贯注地盯着我的眼睛。

周围很静，我甚至能感觉到她屏住了呼吸。我想我不再需要说什么了，我的眼睛也许能说出我心里认定的话。

就这样过了几分钟，她忽然扑哧一声，乐了。

"眼睛还真有好转！"她说，声音中透着明显的惊喜，"正面已经没有震颤了。左侧还有震颤。右侧基本没有，在最边缘还有一点。"

这项检查的名目，医学术语叫作"眼震"。它是指脑神经损伤导致患者无法控制的眼球颤抖，通常在斜视时更加明显，由此造成视物移动、重影和眩晕。

这是脑瘤的典型症状之一。所以，它的好转很自然地让李金大夫感到意外和惊喜。

接着我们比照着病例上记载的检查项目，依次重新开始。有了前次的经验，我已驾轻就熟，知道接下来该做什么。首先，两臂向前平伸，单腿独立，两脚在一条直线上交替行走。然后，脱去鞋袜躺在病床上……

　　她注视着我独自做完这一切，走过来，拿出她那探寻人体的"神秘武器"，试探着触碰我的身体，一边刺探一边观察我的肌肤反应。我能感到有个钢针一般的东西刺在皮肤上，脸、脖子、胳膊、腿、手、脚……我惊讶地意识到，那种又疼又痒的感觉是那么精确清晰。

　　我猜想，李金大夫一定比我更加惊讶。在我回到她的桌前坐定之后，她再次把笔举到我的面前，没有什么新名堂了，只不过是再次验证我的"眼震"。

　　"原来有的一些不好的症状，现在减轻了。"她惊叹，"原来没有的不好的症状，现在还是没有。"

　　这是具有专业水准的检测！它有前次的检测结果作比照！毫无疑问，我的身体发出的声音没有欺骗我！它被"临床检查"证实了！

　　但是在李金大夫看来，事情仍然让人难以置信。她试图寻找是什么导致了这种局面。

　　"你有没有用激素？"她问，接着又解释，"激素具有消肿的作用，所以有可能在短期内减缓病人的症状。"

　　"没有！"

　　"有没有用消炎药？"

　　"没有！"

　　"有没有吃过任何抗癌药？"

　　"没有！"

　　我老实却有点自豪地回答。

　　分手的时候，我直截了当地问她："您现在还坚持原来的诊断吗？"

　　她再次打量了我一番，收起脸上的惊喜，职业的语调重新回到她的声音里。

　　"你们要准备接受各种可能。"她不无谨慎地说，"不过，即使是肿瘤，现在这种情况也是好的。说明病人有抵抗能力。"

走出医院时，我们浑身轻松。尽管医生没有给我们任何一句可以扭转乾坤的话，我们仍然感觉此行得到了很多很多。我们甚至开始讨论"癌症究竟是不是绝症"。

"今天是我自 2 月 9 日以来最轻松愉快的一天。"晓东在那天的日记里写道，"并不是因为肿瘤的可能性排除了，事实上，医生根本没有改变诊断。我们不敢奢望脑子里面那么大的一个东西真的不是肿瘤。可是我们改变了对癌症的看法，由最初的恐惧到现在可以从容乐观地面对。我们对肿瘤的恐惧心理排除了。即使是肿瘤又何妨！我们有信心控制它，也有信心与它和平共处。"

水静心闲

多年来我梦想着，每天清晨在透窗而入的和风中慢慢醒来，傍晚在柔和温暖的斜阳里浅吟低唱。可是，直到今天，我才忽然意识到，我每天在这公园的围墙外面匆匆而过，竟从未进过这座大门。如今，一场疾病的降临，让我终于放下功名利禄，走进自己梦中的境界。

由视觉的美好印象开始的一天，一定是让人开心的。可是，当眼前的东西全都莫名其妙地旋转、重叠、飘忽不定的时候，我开始变得沮丧。我知道长寿的癌症患者无一不是乐观豁达之人，却根本不能消除自己的灰暗萎靡。

好在这种情绪并没有持续很长时间。在一次石破天惊般的顿悟之后，我真正明白了，悲喜之间的转换，其实只是在生命旅途上的心灵一闪念。

转变来得很慢，也很快，可以说是期盼已久，也可以说是一时冲动。这中间的主要缘由是那座公园。我和晓东在清晨的薄雾中第一次走进去，不过几分钟之后，我心里的阴霾已经被它驱散。

公园不大，坐落在闹市中心偏北一点的地方。大门外一条绿荫浓郁的道路，连接着京城的中轴路和一座部队大院。柳树、杉树、桃树、枫树、银杏树，依湖水而生。春天来了，大地开始返青，散发出一种最原始、最纯真的味道，是今天都市人久违了的气息。

清晨是公园里人最多的时候。在这里，你着实可以看到京城里的"公园一族"。这些人都是此地常客，个个有把子年纪，衣着过时，行动迟缓，一旦进入这片天地，立刻融入一种悠闲自在、心无旁骛的状态。除了足够的闲暇之外，他们所拥有的最大"财富"，就是对生活的恬淡从容。公园的门票只要一元。如果买月票，那么花上三元钱就可以在这里泡上一个月。我猜想，这片闹市中心的土地正在用某种方式告诉世人，它拒绝融入这个充满欲望、充满争夺的世界。

这是我生病之后的第一次远足。说是"远足"，其实离我家也只有三里地。那一天晓东看我精神不错，就把我拉到这里来散步。我知道适当活动对身体有好处，但当时想得更多的是，也许我的时间真的已经不多，与其躺在床上悲悲戚戚，不如出来享受一下大好春光。

我们走在松软的草地上。这不是如今城市里那种依靠人力和金钱铺设的草坪，而是一片自然生长的绿茵。在春日的和风中，层层叠叠的绿色已是生机盎然，又被参差飘舞的柳絮覆盖了一片淡淡的雪白。清晨的斜阳穿过树荫，洒下斑斑点点的金黄色，其间点缀着一些说不上名字的野花，轻盈明快，不经意间为公园增添了不可抗拒的魅力。湖岸的曲线从脚下蜿蜒伸展出去，串串柳叶出入水中，疏影横斜，暗香浮动。有个姑娘朝树林深处款款走来，在一块巨石前站定。片刻间，面前已多了一架古筝。她坐下来，横琴依石，闭目凝神，好像一下子就进入了一种化外之境。随着她的两手轻抚在丝弦之上，琴声飘起，环绕在树冠中间。这时候，我的注意力完全被这幅画面吸引了。这画面是属于尘世之外的。它有一种优雅、不屑一顾的色彩，似乎要把世俗的功名利禄都融化掉。

我这时看到的景色，后来总是在我眼前重现。它不是京城的古迹名胜，也不是什么著名的旅游景点，只不过是一处老园子，被一堵灰砖砌成的老墙和一道浓郁的柳荫围绕着。都市的喧嚣和欲望每一天都从四面八方挤压过来，它却顽强地保留着自己的宁静。

这些年来我忙忙碌碌，每天被功名利禄、灯红酒绿簇拥着，很难想象咫尺之外竟有这样一个从容恬静、无物无我的清凉世界。我也曾极力为自己腾出一些假期，每逢这时，我和晓东的第一个想法就是安排远足。我们以观光客的身份游览美洲、欧洲、非洲和大洋洲，如饥似渴地享受一年一度的闲暇、浪漫和异国风情。每次回到家里，都以无限向往的目光反复欣赏异国他乡的照片，同时发誓，一定要让自己的工作节奏放慢下来。我梦想着每天清晨在透窗而入的和风中慢慢醒来，傍晚在柔和温暖的斜阳里浅吟低唱。可是，直到今天，我才忽然意识到，过去这么多年里，我每天在这公园的围墙外面匆匆而过，竟从未进过这座大门。如今，一场疾病的降临，让我终于放下功名利禄，放下七情六欲，走进自己梦中的境界。

我们坐在湖畔的休闲椅上，看着被风吹皱的一池春水。风轻云淡，水静心闲。耳边悠悠飘来一阵哨音，忽高忽低，错落有致。隔着寂静的树林，能够分辨出那是空竹的呼啸。循声望去，远远看见一个身影，瘦削、轻盈、矫健。我本以为是个年轻人，直到离得近了，才看出那人年纪不轻，甚至应该说是个老人了。不知道是什么样的机缘，让他练就一身抖空竹的绝技，能够在树林之间的狭窄空间穿梭往来，上下翻飞。

当他偶尔停下来的时候，我忍不住上去搭讪。

"怎么——"他的问话刚刚出口，又戛然而止。他很机敏，见我不算老迈，却手里拄着拐杖，行动迟缓，脚下蹒跚，说出话来气若游丝，立刻意识到我是个病人。

我迎接他的满脸疑问："身体不太好……"

"咳！"他打断我，"不愉快的事情，谁没有啊？"

看我还想接着说下去，他摆摆手，不让我继续。和那些专注、同情地倾听我讲述自己病情的朋友不同，这个人在刻意地阻止那些不愉快的景象出现在我心里。

"穷人有穷人的难处，富人有富人的难处。病人有病人的难处，健康人有健康人的难处。只有一种人没难处……"他望着我，停下，故意卖个关子，然后突然爆发出一阵大笑，"就是不拿难处当难处的人哪！"

他是个北京人，而且是居住在老胡同里的那种地道的北京人。

听一位口才好的老北京人说话，如同欣赏一位脱口秀大师的表演。为了强调自己说过的话，或是为了看我是不是注意在听，他有时会瞥我一眼，可大部分时间他是盯着空竹。他的双臂上下挥舞，即使在讲述自己的故事时，他也不会让飞翔的空竹落到地上，就像是让那呼啸不止的哨音来为他的生命伴奏。

他的故事很平淡，却饱含人生哲理。许多年前，故事刚开始时，他是一个退伍军人。在经过一番没有结果的求职过程后，他走进一家小工厂，接替年迈多病的父亲做了一个工人。父亲一生沉闷抑郁，不爱说话。这让这个家庭的气氛总是特别沉重。不过，到了儿子成家时，家里不知不觉发生了变化，笑声渐渐充满了这个家。儿子天性快乐洒脱，从来不会因为不如意的事情而怨气冲天。他并没有让这个贫穷的家庭发财致富，还是那座狭小的房子，还是那些陈旧的家具，可是他让全家人的心情彻底改观。走进这个家庭的人都说，你只要听听他们说话，看看他们的笑容，本身就是一种享受。

但是这种平静的生活忽然有一天被打断了。工厂不景气，他下岗了。在这个城市里，这其实就是失业的代名词。那一年他还不到 50 岁，指靠政府救济金和微薄的储蓄度日。家境越发艰难，每一分钱都要计划好花还是不花，可是家里笑声依然不断。他开始到这片树林里来挥霍他的时间。他的快乐变得更加简单，仅是这空竹就让他心满意足了。空竹是他下岗后花几元钱从厂甸庙会买来的。

当他提到"厂甸庙会"时，我心里忽然一震，某个遥远的情景来到眼前。我想起小时候，父亲也在"厂甸庙会"给我买过一只空竹，可我从来没有学会过。那空竹早已不知丢到哪里了。从那以后，我被一连串的"人生目标"所吸引，天天奋斗，年年奋斗，直到如今一病不起。要不是眼前这位"空竹老人"，也许我今生再也不会想起，自己也曾有过一只空竹。

眼前那只梦幻般的空竹仍在翻飞跳跃。哨音不绝，划破晨曦，就像一首轻盈动人的圆舞曲，带着一种在生命历程中沉淀下来的洒脱和练达。他简单破旧的衣服下是男人的体魄、宽阔的肩膀，胳膊泛着古铜色，青筋凸起，还有整齐匀称的牙齿。当他完成一个高难度的动作时，脸上溢出的笑容灿若朝阳。

离开树林时他已是一身大汗，鞋子上沾满泥土。他们真有享受平淡生活的天赋，即使生活在物质世界的底层，仍然拥有保持快乐的秘诀。如此清贫单纯的快乐生活，在这座城市里正迅速消失，就像古老的城墙和破旧的院落一样。若不是邂逅这位"空竹老人"，它在我的心里只不过是失去的记忆罢了。

路上的风景

现在，我终于可以停下来了，可以不慌不忙地欣赏"路上的风景"。我甚至相信，眼前这种自由、宁静、纯净的时光，还能持续一阵子。这让我满足。感谢上帝，他老人家以一种最激烈的方式让我找回生命的真谛。

离开公园回到家里，接到台湾时报文化出版公司的工作人员打来的电话，说他们的总经理莫昭平已从台北来到北京，希望找个时间过来探望。莫昭平是位典型的职业女性，精干、执着、充满激情，热爱图书。她会为得到一部好书稿兴奋得手舞足蹈，也会为没能出版一本期待中的书失声痛哭，这很容易地让我们找到了共同点。她管理的公司以繁体中文出版过我的几本书，每一次合作对我们来说都是一番愉快的经历。以往我们每年总能见面，可是除了我的写作和她的出版之外，似乎很少涉及别的话题。我知道她每次约见我都带着一个目的，那就是打探我有没有新作将要出手。

第二天下午，她如约来到我家。我开门见山地说："很抱歉，恐怕今生不会再有新作了。"

她听了，脸上露出伤感，不过只是一闪而过。"不，不，不！"她连连说，她这次不是来讨书稿的，也不谈写作和出版。

这话让我轻松不少，正想着找个什么话题来谈，她却先开口了。她告诉我，她的前任总经理如何患了大肠癌，如何乐观对待，又如何让自己奇迹般地挺了下来。可是祸不单行，儿子又被查出肝癌晚期。这母子俩携手并肩，开始了新的抗癌历程。母亲的精神鼓舞着儿子，再次创造了绝处逢生的奇迹。

莫昭平显然已经了解我的病情，也知道我不能多说话，所以自己说个不停。作为一个出版商，她在过去很多年眼看着我为写作殚精竭虑，所以断言我是累坏了。不过，她现在似乎更担心我的精神垮掉。像她这样的女性一定能够想象，事业的顺逆对于今天人们的影响是多么大。人们总是期待着自己能够从成功走向更大的成功，绝症降临，意味着事业之路被一刀斩断，这对他们来说必定是一个晴天霹雳。

她很想给我帮助，而且敏锐地认定我现在最需要精神方面的激励。在为我树立了一个战胜癌症的榜样之后，她又开始讲自己的故事。这一回不是因为疾病，事实上她的身体一直不错，她谈起自己，只是想告诉我她多年以来挥之不去的一个遗憾。

"很多人，也许是每个人，或者就说我自己吧，"她说，"总是忙忙碌碌，向着自己向往的目标，不肯停歇，就好像一个登山者，不登上顶峰不肯罢休。常常感觉很累，想要停下来歇歇，歇一歇还是为了更快地往上爬，心里面永远只想着顶峰的无限风光，却从来没有停一停，看看路上的风景。其实，路上有好多好看的风景，要比顶峰还漂亮呢！"

她收起惯常使用的手势，声音忽然变得和缓，目光从书架上移开，越过我的肩膀望过去，仿佛看到那个遥远的自己："所以，试着放下自己的目标，停下来，看看路上的风景，也许是好事。"

分手时，她送给我一本书。书名是《0.0001 的机会——绝处逢生的抗癌奇迹》，正是她给我讲述的那对母子的真实故事。封面上有一句话："不管面对多少人生的病痛与苦难，只要还有 0.0001 的机会，就不要轻言放弃！"

我明白了，她从台湾来到北京，这么急着来看我，原来就是想要鼓励我渡过难关。我也听懂了她的话中含意：一个癌症患者，首先须在精神上从容平和，豁达通透，立于不败之地。这比任何灵丹妙药都重要。

那天晚上，我开始翻看她留下的那本书，也回味她留下的那些话。夜晚在我心里变得安详宁静。我逐渐沉醉于"路上的风景"：柳荫覆盖的山坡，一线环绕的水岸，树林里的"古筝女子"，草地上的"空竹老人"，还有我曾拥有又失去了的那只空竹……

小时候，父亲还给我讲过一个故事，也是早已遗忘了的，这时候竟也飘然来到眼前：

有个和尚，是个智者。一位当朝大官不喜欢他，总想为难他一下。

有一天，二人在长江边上不期而遇。

江中百船竞发，千帆争流。

官员用手一指，问和尚："你说，江里有几条船？"

和尚微笑道："两条。"

官员大怒："明明数不胜数，为何只有两条？"

和尚道："对，两条！一条为名，一条为利。"

芸芸众生，来来往往，不是为名，就是为利。自古以来，无尽无休。如今这世界更是无节制地激励着欲望的膨胀。人们焦虑不安，是因为没有满足欲望。满足了欲望之后还是焦虑不安，是因为人的成就越大，欲望也就越收不住。可是名利之路迢迢，哪里是个尽头呢？

现在，我终于可以停下来了，可以不慌不忙地欣赏"路上的风景"。我甚至相信，眼前这种自由、宁静、纯净的时光，还能持续一阵子。这让我满足。感谢上帝，他老人家以一种最激烈的方式让我找回生命的真谛，不再被世俗的华丽和喧嚣包围，也不再被功名利禄束缚。

我和晓东慢慢品着一杯茶，谈论过去几十年流水一般逝去的日子。我们有好多想去的地方还没有去，有好多期待中的事情还没有做。我们一直设想把这座城市的特色菜馆走上一遍，这样的菜馆正如雨后春笋一样出现在各个角落，不知道我们的脚步什么时候才能赶得上一个美食时代的膨胀速度；还有书架上的那些书，一直没读；还有我最喜欢玩的相机，一直闲着；还有滑雪和游泳，总是一推再推；还有京城每年的一万场文艺演出，不知怎么我也全都错过了。其他出现在睡梦中的，还有青藏高原的三江源头、新疆的喀纳斯湖、云南的香格里拉、阿尔卑斯山的滑雪圣地。这一辈子，我太注重工作，太在乎成就，这让我疲倦万分，也给我带来无穷的快乐。重要的是，我所向往的事情还有很多。

在我刚刚病倒的时候，哥哥有一次提醒我，写下自己最想做却总因太忙而没做的事，然后一件一件去实现。当时，这种闲情逸致我一点也没有。现在我决定：不论生命还有三个月还是三年，我都不会再让自己留下遗憾。

我被这个想法激励着，兴奋起来。于是，我打开笔记本电脑。这电脑已经伴随我多年，键盘已被指尖磨光，里面记载着我生命历程中的无限风光。但是这一次，我希望它能让我记得，还有更好的风景在电脑之外。

眼前模糊不清，不过，手指依然灵活。我摸索着键盘，写下"最想做的10件事"。

还写了一句话："能活一天算一天，能做一件是一件。"

最想做的 10 件事

1 再吃一次"苏浙汇"的清蒸鲥鱼。

2 再为儿子做一顿饭。

3 再陪晓东一次出国游。

4 再到大海里游一次泳。

5 买个好相机玩一玩。

6 恢复"清晨起床后喝一杯咖啡"的习惯。

7 离开闹市中心，到乡下找个小房子住几周。

8 重返滑雪场，从雪山顶峰速滑下山。

9 回江南和朋友同事再见一面。

10 告诉所有癌症患者和他们的家人，癌症不可怕。

医疗领地上的"割据"与"门户"

不知道是否有人研究这个课题：一个高墙林立、壁垒森严、充斥着门户之见、连最基本的信息共享都做不到的医疗环境，与医生的误诊率、病人的治愈率之间，有没有关系？

每天拎着一口袋胶片，满世界东奔西跑，同时还能感到胶片数量迅速增加，袋子也越来越沉。这时候你自然会奇怪，如今这世界电子技术无孔不入——从电脑到电视，从手机到录音笔，从数码相机到网络传输，而且计算机里储存着每一次电子扫描的数码文本，既然如此，为什么又要把它制成胶片拎来拎去呢？

这些胶片形体巨大，上面挤满了黑白交错的影像，如梦如幻。我每做一次脑部核磁共振，就会得到 5 张这样的胶片，做一次肺部 CT，至少有 4 张。如果我遵照医嘱再加上"增强扫描"，那就会使胶片数量再增加一倍。在我长期就医的那家肿瘤医院，每天做 CT 扫描检查的患者大约 200 人。照这样算来，每年从这一家医院的 CT 室里出来的胶片恐怕有几十万张，全国所有医院出来的胶片数以亿计。如此数量庞大的胶片都汇集到病人手上，满大街拎来拎去。相形之下，我手上的那点东西只不过是沧海一粟。

以胶片的形态来演绎人类身体器官的病变，可能已经有超过 100 年的历史了。我的爷爷就是拎着胶片去看病的，父亲也是。而现在，我，还有我的儿子，也在经历同样的事。我每次看病都会牢牢记住医生的提醒，不仅带上最新的胶片，还要把以前的胶片都带在身边。我能理解，医生这样要求是为了便于他们在新旧对比中发现问题所在，所以我以一种虔诚的心情把那些胶片随身携带。不仅如此，我还为每张胶片贴上标签，以尽量明显的方式注明日期。这是因为，我看到胶片已经多得连医生也难以应付。当它们横七竖八地平摊在诊台上时，医生为了找到他们想要的那一张，总是显得颇为吃力。

这情形看上去既笨拙又好笑，很有些黑色幽默的味道，但是似乎从来没有人怀疑过它的合理性，包括我。

直到有一天，妹妹打电话来，要求我送给她一套资料，以便她能在欧洲请专家会诊。于是我请医院复制一套胶片，又通过国际特快专递公司送往欧洲。快递公司收取邮资 800 多元，然后以一个专用的硬纸筒将胶片妥善包装，航空传递，大约花了两天时间终于送达。

这在我看来已算相当快捷，可是妹妹再次来电，表达她的疑惑不解。她说，医院的计算机里应该有电子数码文本啊！为什么要制成胶片邮寄呢？通过互联网传输，她在一秒钟之内就能收到，还不用花一分钱。更重要的是，电脑屏幕上显示的影像，可以调节黑白反差和色调，还能局部放大，能够比胶片更清晰、更精确地反映细节变化。

她还告诉我，在欧洲，你随便在哪一家医院做了透视扫描，医生都会把电子文本备份储存在电脑里，此后你到别的医院会诊——任何一家，都可以通过互联网调取过来供你使用，这叫资源共享。鉴于电子文本的好处是如此多，所以她收到我寄去的胶片后，又不得不把它们一张一张在电脑上重新扫描存储。可惜的是，经此扫描复制得到的电子文本，比起原始数据已损失了一些细节。

国外医生们对待胶片的方式，让我第一次对自己手里的大袋子感到困惑。

我们再次去医院，询问是否有原始的电子文本存在计算机里。不错，还真有！但是医院从来不向病人提供，病人也极少索求。幸运的是，医院工作人员通情达理，懂得变通，最终同意满足我们的要求。我们在交了200元钱之后，终于如愿得到两张光盘，上面存储着我的核磁共振和CT扫描结果。我按照妹妹的要求，通过互联网将这电子文本传到欧洲。至于胶片，我们每次求医问诊时还得照样拎在手里，因为国内的医生一律要看实实在在的胶片，而不是什么电脑显示屏上的图像。

由于平生第一次给自己的体内器官拍下这么多胶片，并且经历了那么多的会诊，我开始对医生们的一个怪癖感到惊异，惊异于他们对一堆堆胶片的忠诚。尽管电脑屏幕能够更便捷、更清晰地把影像世界展示出来，尽管医生们都会熟练地使用电脑，但他们还是要把电脑里的数字文本制作成胶片，而且一再叮嘱病人带齐所有胶片。即使是年轻一些的医生也不例外。他们可以对你谈论世界医学的最新成果，可以告诉你他们在国外是如何求学如何行医的，可以告诉你他们日程中的某一天将在某个国家讲学，而他们讲学时一定会熟练地使用手提电脑来显示演讲提要，他们下班之后会在电脑上打发很多闲暇时间，甚至他们行医的诊台上就放着一台电脑，即便如此，他们还是顽强地依靠面前那个古老的灯箱来阅读胶片。

然而医生们还不只是忠实于胶片。我们沮丧地发现，他们其实只忠实于自己医院里扫描的胶片。倘若你拎着一家医院的胶片到另一家医院会诊，通常会遭到冷遇。当然医生的口气很委婉，理由也很充分。他们会告诉你，这片子拍得不好，所以你还得在这家医院里重新来过，结果你很快又得到一大堆新胶片。我一直都搞不明白，这种局面究竟是不是出于治病救人的真诚追求？

我自信自己不是一个懒人，尤其不是一个怕麻烦的人，我并不介意花费更多的精力、体力和时间，也不心疼那些额外支出，我愿意把现代科学带给我们的电子技术和信息共享原则忘得一干二净，让那个沉甸甸的胶片口袋永不离身。可是，当我心甘情愿地做着这一切的时候，我并不是没有麻烦，事实正相反，还有更大的麻烦潜藏在我的康复之路上。那就是，我有可能找不到一个能够拯救我于死亡线上的医生。

起初，我努力克服内心深处的焦虑，试图在我们遇到的医生中发现一个可以把性命相托的人，因为在我眼里，医生都是救星，能够对我身体的所有问题应付自如。可是，我不久便沮丧地注意到，这种期望如同望梅止渴。值得信赖的医生不是没有，但是他们都恪守自己的专业范围，决不会逾越哪怕很小的一步。就像中国民间一句俗语说的：敲锣卖糖，各管一行。

医生们总是告诫我，癌症本是一种全身性的疾病。人体是地球上最博大也最精微最严谨也最没有一定之规的系统。同样都是人，每个人的生理、心理和精神状态都是不同的；同样一种病，在不同的人身上会带来完全不同的进程和结局。因此，我经常猜测，一个医生，只有掌握了最完整的信息，调集了最全面的技能、经验和智慧，才有可能少犯错误。

可是，现代医学不是按照这种逻辑设计的。"完整""全面""全身性"之类的概念，显然也不太可能由一个医生来实现。事情也许正相反，在医学体系里，人被分解成好多部分，比如心血管系统、呼吸系统、消化系统、神经系统、泌尿系统……每个系统中又有很多部分，比如消化系统里的胃、肝、胆、胰……你走进任何一家医院，又会看到无数的"科"，比如内科和外科、放射科和影像科……由于这种叠加起来的划分数不胜数，一个医生即使拥有高超医术和高尚医德，也只是专注于其中很小的一部分。

当我的颅内和左肺同时发现病变，甚至腹部也出现值得怀疑的迹象时，却没有一个医生能够为我的所有问题提供帮助——神经科的问题、胸科的问题、肝胆科的问题、外科的问题、内科的问题、西医的问题、中医的问题。一个最优秀的胸科医生也不会管我的脑袋。他会说："我只管你的肺，不解决你脑子里的病变。"反过来，一个神经科的医生也是如此。在内科医生面前，我常常听到的一句话是："这问题你应该去看外科。"当我在外科医生那里完成手术之后，又会听到医生说："出院一个月后到内科去会诊。"

就这样，我们除了像只没头苍蝇一样在医院的所有科室里到处乱闯，别无他法。

我花了很长一段时间来适应这种局面。老实说，出现这局面还不算太糟，因为医生们尽管各自为政，毕竟还在相互配合。对我来说，最糟糕的莫过于医疗领域里盛行的互相贬损之风。你去看内科，他们会嘲笑外科医生"就知道动刀子"。你去看外科，他们会用一种不屑的口吻谈论内科的"放疗"和"化疗"。在我的印象里，大多数癌症病人对西医和中医并无成见，如果可能，他们很愿意两种疗法都试试。可是你去看西医，他们会告诉你，中医根本不能消除肿瘤。你去看中医，他们会或明或暗地提醒你，西医如何草菅人命。

每次我们离开一位医生时，总会想：嗯，他说得有道理，的确应当如何如何。可是当我们走进另外一间诊室时，刚刚形成的治疗计划立即就被新的医嘱颠覆了。有一次我们问一位西医，中药有没有可能治疗肿瘤？他断然说："不可能。你就是泡在中药里，也不会让肿瘤缩小。"又有一次晓东询问一位中医，能不能去做开颅手术？他当即喝道："去吧，去吧。你要是想当寡妇，就去吧。"最后我们发现，大多数医生——不论西医还是中医——除了让你感到他们自己无所不能，以及别人什么都不能之外，几乎不能给你提供任何禁得起挑战的意见。

不知道是否有人研究这个课题：一个高墙林立、壁垒森严、充斥着门户之见、连最基本的信息共享都做不到的医疗环境，与医生的误诊率、病人的治愈率之间，有没有关系？

我猜想也许是有关系的。设想一下，如果医生们能够共享那些最简单的信息——不仅共享胶片，而且共享所有电子数据；如果医院能够避免"敲锣卖糖，各管一行"；如果医生之间能够共享彼此的经验，取长补短，而不是互相贬损，揭短拆台；最后，如果医生和他选择的治疗方案没有任何直接或间接的利益关联，那么，我们是不是能够指望医生在面对癌症时少犯一些错误？

医生也会犯错误

你的医生所犯的错误，可能让你遭受更多的痛苦，甚至可能让你更快地丧命。

要说医生会犯错误，甚至犯低级错误，也许会让一些医生不以为然。

在我求医问药的日子里，很多医生都会告诉我几个妙手回春的故事，给我留下神医良药的强烈印象，却很少有哪位医生对我讲述他的"医治无效"的记录。至于"误诊""误治"的病例，那就更不可能从医生的嘴里听到。

可是让人疑惑的是，癌症治疗中"误诊""误治"和"医治无效"大量存在。"治愈率"保持着一个很低的纪录，而且很多年来一直没有明显提高。

我不懂医，也没有做过专门的调查和研究，所以在很长时间里不能解开这个疑问，只能凭借常识和逻辑来推断。没有一个医生会只有"治愈率"而没有"医治无效率"，也没有一个医生会永远正确没有失误。

事实上，你的医生所犯的错误，可能让你遭受更多的痛苦，甚至可能让你更快地丧命。

问题在于，除了少数明显的医疗事故，医生的大多数错误，要么不会造成可以明确界定的后果，要么可以用"医治无效"来掩盖。

医生为什么会犯错误呢？

除了我们已经感受到的"门户"与"割据"（严格说来，这不是哪一位医生造成的），还有一些，和医生自身修养有关。

我想，我没有资格评价医生的专业水准。不过，我总担心，有一些非医学的因素，可能导致医生不正确的诊断和治疗。

现在我就尝试着列举几个：

受制于人性方面的弱点

医行天下者说到底不光凭借科学，还须有一份爱；不光是物质的，还是心灵的。所以，决定医生高下的不仅仅是医术，还有操守。

请记住，医生不等于医学。

医生＝医学＋人。

有一件事是确定无疑的。医生在和病人相处的时候，不仅受制于自身的专业水平和经验多寡，也受制于他们作为人的长处和短处。从医学的立场上看，医生是权威。从人性的角度来度量，医生和他们面前的病人没有什么不同。

可是很多癌症患者都不曾独立地思考过这件事，尤其不会想到医生也是鱼龙混杂、良莠不齐。医生的专业和经验也会受制于人性方面的弱点，甚至会因此走样。

在病人面前的职业优越感

拥有一份好的职业，很容易让人产生优越感。

医生喜欢危言耸听，有意无意地摆出一副居高临下的架势。这是他们的职业习惯，或者叫作"职业优越感"。

大多数病人没有医学常识，精神萎靡，反应迟钝，看上去像个弱智者。这又助长了医生的优越感。

在通常情况下，医生的职业优越感只是给病人带来心理上的不舒服，不会造成更坏的结果，我们也不必介意。可是，如果一个医生因此便以为自己无所不知，文过饰非，不接受新事物，不承认自己也有不懂的东西，甚至在病人面前不懂装懂，那就注定会有更大的犯错误的概率。

医患之间严重的供不应求造成了普遍的麻木和厌烦

在我们国家，医院绝非一个清静宜人的去处。病人蜂拥而入，嘈杂，喧闹，混乱，充斥着令人作呕的味道，还有无助绝望的目光。

医生也是凡人，不是菩萨。每天面对这一切，见多不怪，不免麻木和厌倦。

久而久之，他们难免把门诊当作例行公事，而不是救死扶伤；把病人当作一个病例，而不是一个人。所以，他们在病人身上投入的只是时间和技能，而不是感情。

利益的纠葛

你有没有考虑过，是谁在告诉你只有手术和化疗能够拯救你的生命？是那些以手术和化疗为生的医生。你有没有考虑过，是谁在宣扬各种各样的"抗肿瘤特效药"？是那些以这些药物谋取利润的制药厂和经销商。

在今天的中国，求医问药已经成了一种极富诱惑力的市场需求。

对一些人来说，疾病是肉体和精神的折磨，是倾家荡产的危机，是死亡的威胁。但是在另一些人眼里，它是名利场上的一个良机。对他们来说，你的出现只不过为他们增加了一个病例，或者是一棵极具潜力的摇钱树。

用我们的脑子救命，而不是用我们的腰包救命

这一类考题，我们每天面对，几百次地扪心自问。这简直太像一份生命的试卷了，每一道都是必答题。你可以回答"是"或"否"。只不过判官最终给予你的裁决将不是"对"或"错"，而是"生"或"死"，抑或"生不如死"。

我们做对了一些事情，同时我们还面临着更多的难题。其中有一些不妨抛诸脑后，但还有很多是我们无法回避的。我们不得不没完没了地刨根问底，如履薄冰，以便不会犯下致命的错误。

现在，我们必须尽快决定的一件事，就是要不要服用"刘太医"的灵丹妙药——"控岩散"。

关于"控岩散"，我们已知道一大堆神奇的故事。根据"刘太医"本人的描述，这"控岩散"乃他的祖传，也是刘家之所以成为"治瘤世家"的独门秘籍。在他出版的一本风行一时的书中，千言万语，说来说去，其实最引人入胜的就是一碗汤和一味药。不管什么人，也不管什么肿瘤，统统给予"一汤一药"。汤是"牛筋汤"，药是"控岩散"。在他笔下，"控岩

散”由“刘家药行”以进口鲨鱼胆为主料，配合其他种种秘而不宣的中药制成。他来给我诊治开方的那天，曾详细地解释了这味奇药的服用方法。我还记得那一番话，并且已经把几百斤牛蹄筋喝进肚子。假如他不是忽悠，那么我体内的胶原蛋白应当把脑袋里的肿瘤团团包裹起来了。肿瘤已被软化，甚至还会略微缩小。按照“刘太医”的治疗计划，这时候“控岩散”杀将上去，不间断地吃它四年，即可彻底消灭肿瘤。

可是我还在犹疑不定：到底要不要吃这灵丹妙药呢？

除此之外，我们还有一大堆问题，等待着一个明确的答案：

要不要尽快实施开颅手术，切除颅内肿瘤？

——这是神经外科专家的一个建议。

要不要实施颅内探查手术，以便直接取得病变活体进行病理检验？

——这是神经外科医生的又一个建议。

或者先服用一段时间的抗生素，以这种诊断性治疗的办法帮助确定颅内病变是炎症还是肿瘤？

——这是神经内科专家的一个建议。

要不要为出国做好准备，以便到美国或者欧洲的医院去做脑瘤切除手术？

——这是亲友们的建议。

还是什么都不做，静观其变？

——这是另一位神经科医生的建议。

要不要立即实施开胸手术，切除发生病变且被高度怀疑为恶性肿瘤的左肺上叶？

——这是一位胸科专家的建议。

要不要实施抗结核治疗，因为左肺的病变可能是结核而非肿瘤？

——这是另外一位胸科专家的建议。

要不要去看中医？

该不该相信广告上说的那些神乎其神的抗癌新药？

要不要吃那些据说具有防癌功效的营养药品？比如灵芝孢子，或者冬虫夏草？

这一类考题，我们每天面对，不下几百次地扪心自问。

这简直太像一份生命的试卷了，每一道都是必答题。你可以回答"是"或"否"——听从医生的劝告，或者追随自己的意愿。只不过判官最终给予你的裁决将不是"对"或"错"，而是"生"或"死"，抑或"生不如死"。

作为癌症患者，要想不犯错误并不是一件容易的事。在打击袭来时，我们都会惶惑不安，还会无所适从。这很正常。我们受到的威胁和压力太大，面对的蛊惑和煽动太多，即使是最具大智大勇和独立精神的人，也要花上一段时间，才能看清什么才是自己真正需要的。

我们的第一个念头是到医生那里去寻求救命之道。这也很正常。我们每天接受各种各样的诊断，听到形形色色的治疗方案。听从医生的话显得很自然，而拒绝医生的话则显得既无理又无知。

医生有许多话很权威，也很有意义。不过，我还注意到，医生也有很多话并没有真正的价值。这些话里传达的信息常常引起我们的过分依赖，甚至误导了我们的注意力，以至朝着一个错误方向走去，我们却还以为自己走在正确的道路上。

到头来，如果你完蛋了，你会认定是自己倒霉，绝症缠身，命该如此。你根本不会想到，如果没有这些治疗，是否也会命丧黄泉？或者说，是否会这么快、这么痛苦地命丧黄泉？

如果你起死回生，你会归功于医生。你不会想到，如果没有这样一番治疗，是不是也能渡过危机？

举个最常见的例子，你听了医生的劝告，迫不及待地想要切除自己身上的肿瘤，于是努力打探最好的医院，寻觅最好的外科医生。为了确保手术成功，你辗转联络熟人，牵线搭桥，甚至不惜额外花费数额庞大的金钱。终于，一切安排妥当，你被推进手术室，家人心情忐忑地等在门外。然后，医生宣布手术成功，你和你的家人皆大欢喜，都说真是不幸中的大幸。可是，你也许从来没有想过，你是不是真的应当做这次手术呢？如果没有这次手术，结局究竟是更好还是更糟呢？

1985 年，我的父亲被查出患有肝癌。我当时的第一个念头就是要找到最好的医生。一番调查之后，我认定全国最优秀的肝胆外科专家当数上海长海医院的吴孟超大夫，他以外科手术有效治疗肝癌而享有盛名。于是我赶到上海，问他是否可以为父亲做手术。我满怀期待地等他说话，可是他既不急着回答我的问题，也不像今天很多有名的医生那样把自己以往的成功病例挂在嘴上。他静静地听我陈述，间或问我几个问题，又仔细查看病人的所有影像资料和化验结果，差不多用了一个小时。然后，他对我说，可以做手术，而且还能保证手术成功，但他还是劝我不要手术。他用一种坦率和值得信赖的口吻告诉我，手术将给病人带来极大痛苦，从延长病人生命和提高生存质量的意义上说，即使是最好的手术结果，也不如不做手术。

他的意思很清楚，一次成功的外科手术虽然可以切除肿瘤，并且让病人伤口痊愈回家，但是不一定能延长病人寿命，而一定会给病人带来更大的痛苦。

听了这一番话，我们只好放弃为父亲手术的想法，转而采取保守治疗方法。10个月后，父亲去世。我当时最大的安慰就是，他没有因治疗遭受痛苦，平静地度过了自己最后的日子。与此同时，我又留下一个疑团：如果坚持完成一次肿瘤切除手术，父亲的结果会不会更好些呢？这件事虽已过去多年，可是疑团始终在我心里纠结着，挥之不去。

2005年，同样的事情再次发生在我的家族之中。这一回，我的一个亲戚被查出患有肝癌，其情形和父亲当年的情况如出一辙——两人都是在例行体检中发现肿瘤，当时浑身上下没有任何症状，能吃能睡，精力充沛，仍在以健康良好的身体状态工作着。不同的是，我的这位亲戚以最快速度进了手术室。他找到当地最好的医院，请来最好的医生操刀。医生以不容置疑的口吻宣布手术成功，肝部肿瘤已被切除。可惜的是，病人很快去世了，整个过程不到三个月。噩耗传来的那天，我在悲伤中前前后后仔细回想，最后得出结论：这位医生的所谓"手术成功"没有任何意义。因为手术除了给病人带来痛苦，还有极大可能缩短了他的生命，至少没有延长病人的生命。

这天夜里，我在睡梦中醒来，病中的父亲再次来到眼前。我第一次确信，当年听从吴孟超大夫的劝告不为父亲手术，不是一个错误。那个积郁心中20年的疑问，终于释然！

现在，同样的难题轮到我自己了。

在经过一番求医问诊的经历之后，我才知道，今天大多数医生面对病人时，已经不会像当年吴孟超大夫那样客观中肯和超越自身功利。他们倾向于把自己说得无所不能，并且有意无意中给病人造成一个印象，如果不把你的金钱和生命交给他们，就将是死路一条。当然他们是用另一句话来表达这个意思的："贻误最佳治疗时机"——这对病人和病人家属来说，几乎是个"撒手锏"。

"最佳治疗时机"当然重要，但是我相信，"正确的治疗方向"更重要——也许比选择一个具体的治疗时机还重要。

我回想当初在"要不要手术"的问题上进退两难的情形，如果听从医生建议，就是立即切除颅内肿瘤，那么即使在最好的医院里，由最好的医生操刀，完成一次最成功的手术，结果也只能是：

1. 恶性肿瘤。全切除。造成部分脑损伤。

2. 恶性肿瘤。部分切除。没有损伤正常脑组织，但剩余病灶仍会迅速长大。

3. 良性肿瘤。全切除。没有损伤正常脑组织，或者造成部分脑损伤。

无论哪一种结果，我都将庆幸自己经历了一次成功的手术。我会对医生千恩万谢。我会说："是手术挽救了我的生命。"也许还会以此鼓励其他癌症患者勇敢地走向手术台。即使留下后遗症——眼斜嘴歪，吃饭拿不住筷子，走路不再像个健康人那样腿脚利索，我也不会产生任何怀疑。

因为我永远也不会知道，如果不做手术，我的生命将会怎样。

但是，由于我没有听从医生劝告立即手术，所以有机会看到另一种结果。我已经跨过医生所谓的"死亡预告期"，不仅什么都没有发生，而且我还能清晰地感到头部病灶带来的不适减轻了。不能说这是痊愈的迹象，但它已经证明——至少在我的病例中——所谓不立即锯开脑袋就会贻误"最佳治疗时机"的说法，其实只是医生的错误判断。

我并不一律地排斥手术（我很快就会提到，当大多数医生都认定没有必要实施开胸手术时，我坚决地选择以手术方式切除左肺病灶）。我只是坚信，病人千差万别，肿瘤的性质更是大相径庭，一律选择某些治疗方式，或者一律拒绝，都有可能导致你走向错误的方向。

由于我的家族中出了好几个癌症病人，也由于身边很多类似的故事，更因我本人的切身体验，我渐渐意识到一件事：与癌症的较量是没有后悔药的，一着不慎就可能满盘皆输，因此每一个决定都必须有足够的理由，都必须是理性思考的结果，而不是冲动和盲从。

请记住，用我们的脑子救命，而不是用我们的腰包救命。

现在让我们回到"刘太医"和他的"控岩散"上来。

"刘太医"给我诊治开方那天，说对了两件事：其一，绝对不能去开刀；其二，也是一个更加了不起的预言，他认定，三个月后，我的脑瘤将会略微缩小。

现在设身处地回想当时情形，我能体会到，说对这两件事相当不易。对比那时候那么多名扬全国的医学专家说过的话，我在心里对这位"江湖医生"有着很强的感佩之心。他有很大可能是瞎蒙的，没有科学依据，可是这对我来说并不重要。事实上，当那些彼此对立、莫衷一是的"诊断"堆在我面前时，我就有了一个直觉：在癌症治疗领域，所谓"科学"和"瞎蒙"之间的界限，并没有我们想象得那么清楚。

不过，由于"控岩散"的故事过于离奇，我们抱着很深的疑虑。"刘太医"的"只给精英治病""只给有影响的人物用药"的说法，更让我们不能接受。在得知他公开发表的个人简历中有一些不实内容时，我们开始怀疑此人的诚信，于是开始调查"控岩散"的来龙去脉。这一调查借助了人民日报社驻海外记者的力量，也委托了我在香港的一些朋友，结果没有发现任何证据能够证明"控岩散"如"刘太医"所说是在香港制成后在内地销售，所谓遍布美国的"刘家诊所"和"会员"，也是无处寻觅。

　　我对医生本人是否合法行医并不介意，对于药品成分不会刻意纠缠，至于有没有政府批文，有没有合法生产手续，我也不太在乎。不管合法非法，能治病就是好法。对于任何一个癌症患者来说，如果名门正派的医院通通宣布为"不治"，那又为什么不去依靠旁门左道呢？但是，如果你选择了一个浑身江湖气、大话连篇、随心所欲、未经合法注册的医生，再加上一堆没有生产许可证、也不知道成分的药品，你就必须有一种游刃有余的分辨真假的能力。

　　我的一些朋友认为，既然"刘太医计划"的第一阶段目标——连续三个月服用牛筋汤和开胃汤，控制脑瘤继续生长——已经实现，那么，按照他的方法尽快上"控岩散"也是理所当然的。他们说，在商业圈里的争名夺利之人，虚张声势甚至无中生有，都是不足为奇的，所以不必过分在意所谓"诚信"。

　　然而我不这样想。我对诚信本来就有一种近乎偏执的追求。过去很多年里，如果我发现一个人说了一句假话，那么我会认定这个人的所有言行都不可信。在求医问诊的道路上也是一样。我不会在乎旁门左道，但是我特别在乎医生的诚信。在没有任何手段控制药品真伪的时候，医生的诚信就成为最重要也是唯一的判断依据。更何况这对我来说是件性命攸关的事！

　　我拒绝了"控岩散"，这在当时让好多朋友不解。有人觉得我多虑了。晓东知道我的想法，也支持我，可是总觉得在道义上有点亏欠"刘太医"。她在自己的日记里，记录了那时候我俩的一次对话：

　　　　我问他："你从一开始就对'控岩散'心存疑虑，我记得你从来就没有同意过吃'控岩散'，为什么？"
　　　　他说："因为我始终就不太相信'刘太医'这个人。"

　　我说："咱们这样怀疑人家，是不是太不厚道了？"

　　他说："这和厚道不厚道是两回事，他有好的东西我们就接受，但不意味着全盘接受。"

　　我听从了"刘太医"的一些话，却不肯听从他的另外一些话；接受了他的"牛筋汤"和"开胃汤"，却不肯接受他的"控岩散"。"刘太医"那时候相当走红，并且对我抱以很大的善意，我却对他始终存有戒备之心。这看上去的确有点怪，也不合情理。现在我就来解释一下其中的缘由，希望能够让我的病友们有所比照。

　　"刘太医"曾在我最困难的时候给了我帮助。尽管他的一些说法听上去太不靠谱，无法让我信服，也没有任何证据能够证明他的那些所谓"秘方"真有治癌功效，但是他的另一些说法开启了我对癌症的新认识，这些新认识直到今天还在指引着我的康复之路。对于这一切，我始终心存感激。然而这一切都不能掩盖他在诚信方面的问题。我面对的是一个没有合法行医执照的人，还有一种未经生产许可的药，对这种药的成分我也完全不知。我在前边已经说过，在这种情形下，我让自己不犯错误的最后一道保障线，就是了解制作和使用它的人。当有明显迹象表明这个人在说谎的时候，他的所谓"特效药"当然是不值得信任的。

　　此外还有一个理由。这理由不是医学的，而是逻辑的。我不懂医学，但是我懂逻辑，所以它在我这个医学外行来看，分外有力。

　　"既然没吃'控岩散'我的脑瘤也缩小了，"我对朋友说，"那我为什么要吃'控岩散'呢？"

　　正因此，我谢绝了"刘太医"的"控岩散"，如同谢绝了西医专家们的"手术刀"。

　　从那时到今天，已经过去五年多了，我还好好地活着。颅内病灶仍然存在，但是已经缩小到连专家都很难找到，我的绝大部分不适症状也已经消除。

现在回想当初选择，如果服用了"控岩散"，那么我一定会相信，"控岩散"果真具有奇效。"刘太医"的预言——"四年消除肿瘤"，也就神奇地"实现"了。对于其他肿瘤病人来说，我会成为"控岩散"的一个有力的广告牌。可无论是我，还是其他任何人，都永远不会知道，我的"脑瘤"终究会消失的，不吃"控岩散"也会消失，就像根本不必让外科医生锯开脑袋一样。

少犯错误的 10 条原则

如果我们不能确定自己应当做什么，那么至少应当确定自己不做什么。"不做什么"的意思，就是不要让自己做一些错误的事。这是因为，在相当多的情况下，不是你的疾病让你一步步走向死亡，而是你在疾病面前的一个又一个错误让你走向死亡。

一位在美国生活的朋友来看我，我对他说起对医生的种种期望和失望。他告诉我，在他们那里，癌症患者通常都有一个专门医生，有人叫作"私人医生"，有人叫作"家庭医生"，有人叫作"医疗顾问"，其性质和作用都是类似的。这些医生通常并不直接对病人采取治疗措施，与任何医院、医生、治疗方案以及药物营销也没有利害关系。他们为病人汇集各种信息，推荐医院和医生，对来自医生的所有诊断和建议做出评判，然后帮助病人制订一个尽可能全面、详细和可以持续的治疗计划。

我受到启发，觉得自己也非常需要这样一个医生。几个月来，我充分体验了看病之难。花钱费力费时忍受煎熬，这些还在其次，最难的是，病人还必须调动全部智慧去辨别五花八门的信息，去伪存真，选择正确的治疗措施。而我面对的信息总是不能相互印证，甚至完全对立，叫人左右为难。在数不胜数的肿瘤治疗专家当中，我也很难弄清楚究竟谁最适合我。如果我们的医疗体系中拥有一个角色——医疗顾问，我的求医之路也许会容易得多。

不仅是我，恐怕每个癌症患者都需要这样一个人。此人不仅医术精湛，经验丰富，而且还具有很高的做人水准。善解人意，对病人有足够的耐心，可以回答病人遇到的所有问题，帮助病人选择最好的治疗方向。他并不直接为病人治病，但知道哪里有最好的医生，哪里可以提供最好的治疗。在他心里，"最好的"不是"最昂贵的"，而是"最合适的"；不是"最有名的"，而是"最有效的"。最重要的是，他与任何医疗机构和医学门派都没有瓜葛，因此在向病人提供建议时绝不夹杂任何功利动机。

我一直期待这样的"医疗顾问"出现，却一再失望。有一天，我向一位医生提起这事。他笑了，好像我是痴人说梦。

在中国，如果你的亲友中间碰巧有位医生，他很有可能为你到处搜集医学信息，帮助你去联络医院和寻找专家，还会给你很多建议。这是缘于亲情和友情，与职业无关。单单从职业立场来说，我怎么也找不到这么一种角色。最后，我不得不接受一个现实，由于我们医学领域的那些纵横交错的高墙深壑，即使是那些精通医术、善解人意、超越功利去救死扶伤的医生，也不会对自己专业范围之外的事情发表意见。

尽管没有"医疗顾问"，我们却不能对面前的问题有丝毫怠慢。所幸记者职业的阅历让我养成观察和辨识人的习惯。这帮助我认识了医生的职业特点，以及他们作为人的长处和短处。所谓"观察和辨识"，包括察言观色，也包括问询和倾听——不仅听人家说什么，也看人家怎么说。肢体语言，尤其是那些一闪而过的细节，常常会暴露一个人最真实的一面。如果一个医生在你的 CT 片上看了不到两分钟就开始夸夸其谈，那么他极有可能是个自以为是和草率行事的人。如果一个医生在你叙述病情时表现出心不在焉，不肯向你提出一个问题，甚至急于结束的话，那么你可以设想，他心里不是在考虑你的病，而是在嫌你浪费他的时间。如果一个医生拐弯抹角地询问你的收入和职业，那么他多半具有过度治疗和看人下菜碟的倾向。我们都知道没有人是全能的，医生也一样，但是很少有医生在病人面前承认自己也有不懂的事情。如果一个医生在回答你的问题时露出一丝犹豫，说了半天总是在问题的外围兜圈子，眼神还会出现瞬间的游移，下意识地躲闪你的目光，这时候你可以相信，他是在谈论一件他自己并不了解的事。

此前我们曾经提到，癌症患者的关键问题是，不要让治疗走上错误的道路。同时我们又不能指望哪一个医生永远正确，不犯错误。然而在我看来，最遗憾、最叫人失望的还不是普遍存在着的误诊和误治，而是那些我们千辛万苦寻找、毕恭毕敬求教，并且寄予无限希望的医生，却很容易地成了诱使我们犯错误的最重要原因。

我和晓东开始互相告诫，从现在起，再也不要被诊断结论牵着鼻子东奔西跑了。我生命的天平，不应该随着医生的话摇摆不定。

于是，我只好尝试着给自己做"顾问"。

如果你理解为"别听医生的"，那就错了。我想说的是，对于医生的话，一定要搞清楚什么是该听的，什么是不该听的。我希望能从医生那里学到尽可能多的对自己有用的东西，同时排除那些会诱使自己犯错误的东西。

如果我们不能迅速准确地确定自己应当做什么，那么至少应当确定自己不做什么。

"不做什么"的意思，就是不要让自己做一些错误的事。

这是因为，在相当多的情况下，不是你的疾病让你一步步走向死亡，而是你在疾病面前的一个又一个错误让你走向死亡。

凭什么不犯错误，或者少犯错误呢？凭我给自己规定的 10 条原则。

少犯错误的 10 条原则

❶ 不让医生的话左右自己的心情——不论是乐观的话还是悲观的话。

❷ 尽可能仔细、客观地体会自己身体的变化。有没有新的不良感觉？老症状是更严重了，还是减轻了？通过医生的临床检查来验证自己的感觉是否准确，并把自己的感觉与医生的诊断加以对照。

❸ 记住每个医生都有犯错误的可能，也会有失败的病例。了解他犯错误的概率和了解他的成功概率同样重要。通过直接观察和间接调查，对其医术和医德做出评估，以确定医生的可信度。

❹ 尽可能全面地收集与自己疾病有关的信息。

❺ 把所有信息综合在一起，判断哪些是无关紧要的，哪些有可能是错误的，哪些是正确的。哪些事应当尽快去做，哪些事应当暂缓和等待，哪些事根本不能做。

❻ 对那些正面作用很小、副作用却很大的治疗措施，特别慎重。

❼ 对那些不能肯定有正面效果、却肯定会带来副作用的治疗措施，更要慎重。

❽ 对那些有明显或潜在利害关联的医生提出的治疗建议，保持警惕。

❾ 对那些特别关心你的身份和钱包的医生提出的治疗建议，冷静面对。

❿ 对那些名气虽大却过于自信轻率的医生，切不可盲目追随。

前三个月里最容易犯的错误

小错误集合起来，常会导致可怕的结果。所以，摆脱这些错误，是我们康复之路的真正起点。

在疾病袭来的最初一段时间，癌症患者和他们的亲属很容易犯下一些错误。我由于自己的亲身体验，明白这些错误是很难避免的，都有不得不如此的理由，其中有很多看上去也不是什么严重问题。然而我们仍须时时提醒自己，小错误集合起来，常会导致可怕的结果。摆脱这些错误，是我们康复之路的真正起点。

恐惧，以至于惊慌失措

"我不行了！""我要死了！""我这辈子就这样完了！""为什么是我？""我怎么这么倒霉？""我不想死。"……

癌症患者难免产生诸如此类的念头。我们看到了死亡的阴影，感觉到死神的召唤。应该承认，恐惧以及惊慌失措都是很难避免的。有些研究者指出，死于癌症的人中，其实有三分之一是被吓死的。我不敢相信这个数字准确无误，但我相信，导致死亡的绝不仅仅是癌细胞的泛滥，还有我们自己的恐惧。

复活之路上的真正力量来自希望和信心，而非来自恐惧。

恐惧是伤害的力量。勇气是康复的力量。

向病人隐瞒实情

美国有位挺有名的心理学家，名叫马丁·加德纳（Martin Gardner）。他在一番研究之后认定："在美国 630 万死于癌症的病人当中，80% 是被吓死的。"此人原本是位医生，由于目睹太多的癌症患者被恐惧压倒，又以心理学家的背景来理解这一现象，他竭力反对把实情告诉癌症患者。（引自美国休斯敦《美南新闻》）

我自己也经历过这种恐惧，所以能够理解马丁·加德纳的建议。但同时我也知道，有无数病例证明，对病人隐瞒实情有着巨大的弊端。

我有个朋友患了结肠癌。他的妻子为了给他治病煞费苦心，倾家荡产，可惜收效甚微，一年后他去世了。弥留之际，他说出对妻子最大的抱怨，就是妻子始终对他隐瞒实情。他说，如果从一开始就告诉他，他就能按照自己的意愿来安排生命中最后的这段时光。他的话后来一直铭刻在妻子心上，很多年后提起来，她仍然觉得对不起自己的丈夫。

然而还有更重要的，隐瞒病情会让你的家庭充塞着神秘、诡异、压抑、躲躲闪闪的气氛。你就没有办法与患者开诚布公地讨论疾病和治疗，更不可能齐心协力对抗疾病。

让家里充满悲伤和绝望的气氛

癌症患者的家里是很难有笑声的，在疾病暴发的最初几周尤其如此。

我们的周围充满了悲伤和绝望，还不免怨天尤人。可是，我们必须明白，快乐和充满温情的生活环境是癌症患者走上康复之途最重要的保障。

在很大程度上，我们不是用金钱救命，而是依靠希望和快乐的心情来救命。

医生说什么信什么

不知道为什么，在和医生面对面的时候，我们总是谨小慎微，就好像自己做错了什么事情似的。我们告诉自己，只能听医生的，医生比我们高明，不能对医生的任何一个建议提出疑问。

而医生总是神气活现。他们会信誓旦旦地宣布，你已经到了最危险的时刻，而且癌细胞正在疯狂地扩张，每拖延一分钟都会让治疗更加困难。

他们会说："发现得太晚了！""为什么不早点来看？"……

他们也会提出治疗措施："必须手术！""手术？当然有危险。""不手术？拖不过一年了！""手术已经不行，太晚了！""必须放疗！""必须化疗！""全身化疗！""疗效？这因人而异。"……

当然，他们还会告诉你种种后果："有的人效果不错啊，有的人对化疗不敏感。""副作用？任何药都有副作用！"……

在有意无意地营造出一派恐怖气氛之后，医生会让你自己决定该做什么。他们会拿出一大堆文件来，让你签名，同意他们这样做或者那样做，同意接受一切意料之中和意料之外的不幸后果，而且不会追究医生的责任。

你的家人哆哆嗦嗦地签了名，然后把钱交给医院。好了，从法律上来说，这是你自己的决定。可是，想象一下实际的情形，当一个医学权威甚至一群医学权威异口同声地宣布，如果不采取什么措施就会怎样怎样的时候，已经惊慌失措的病人和他们的家人，除了亦步亦趋地走上医生为他们指引的道路，又能怎样？

然而我们站在医生的立场上来考虑问题，却又不能责怪医生在制造恐怖气氛。医生只是在尽自己的职责。不管他们说什么，决定是由你自己做出的。

所以，无论医生勾画出一幅多么可怕的图画，都不要失去自己的理智。否则，你在同癌症抗争的起点上，就已经注定了失败。

过度反应：不惜一切代价也要治

几乎所有癌症患者和他们的亲属都会这样想："不惜一切代价""就是倾家荡产也要治病""请最好的医生""用最好的药"……

其实，过度治疗正是目前癌症治疗领域里最严重的弊端之一。有无数证据证明，过度治疗会破坏人的基本生理平衡，颠覆人体的免疫系统，致使患者更快更痛苦地死亡（这一点我在后面还要详细说明）。

过度治疗是建立在患者过度反应的基础之上的。它不仅让你倾家荡产，还让你减少了康复的机会。具有讽刺意味的是，过度治疗正随着所谓现代医学的进步和商业逻辑的拓展而日益严重。

很多病人会对医生说："我有钱。请给我最好的治疗、最好的药。"可惜的是，对于癌症患者来说，不是有钱就能救命。

我相信很多癌症患者的治疗最后归于失败，不是具体的治疗措施失当，不是药效不灵，不是医生不尽心尽力，甚至也不是"贻误了最佳治疗时机"，而是从一开始就选择了不正确的药物。

在选择医生、药品和治疗手段的时候，我们必须明白，"不惜一切代价"的冲动常常诱使我们犯错误，而冷静和理智是我们不犯错误的前提。

　　同时我们还必须记住，最激进、最先进、最昂贵的，不一定是最好的，只有最适合你的才是最好的。

　　我母亲患胃癌后，医生曾悲观地预估她活不过一年。她在手术后又服用一种化疗药物，竟奇迹般痊愈了，到现在已经 11 年了，还好好地活着。母亲长时间服用这种药，几乎没有任何副作用，每天照吃照睡。我一度对此药大为叹服，每遇有人患了胃癌，便极力推荐。直到一位朋友的父亲也患了胃癌，我才看到这种药可怕的另一面。他父亲服药后，立刻出现强烈反应，呕吐不止，滴水难进，只好停用。

　　这件事给了我一个教训：有些药，用在这个人身上是良药，换一个人也许就是毒药。

　　几年来，我面前聚集着各种各样的"特效药"。有熟人推荐的，有医生建议的，有广告上极力宣扬的。有些来自国外，价格昂贵，也有些可以免费试用。有一次，我得到这样一种新药，据说治疗肿瘤有奇效，而且不用我花一分钱就能长期使用。可是我们考虑再三，还是谢绝了。还有一次更加富有戏剧性。那是在肺癌切除手术之后，我连续两天高烧不退。一位年轻的值班医生说，这是术后的正常反应。可是我很快发现情况不对头，因为只要护士把一种药滴滴答答地输入静脉，我就烧得特别难以忍受。我问医生，给我弄了什么药？他说是一种抗癌新药，还让我"别紧张"。我问，发高烧和这药有没有关系？他含糊其词。我就说，不管它抗癌不抗癌，我要求立即把药停掉。

　　结果呢？药停了，烧退了，我也很快恢复了。

我的生活回到正常轨道

我的生活居然重新回到正常的轨道上。我又能读书，能下厨房，能把玉米面和黄豆面混合起来蒸出一锅窝窝头，能开动榨汁机为老婆儿子榨鲜葡萄汁，还能独自开车到公园去散步。在晓东的日记里，我当时的情况是"满面红光，体重增加两公斤"。

2007 年 4 月 27 日，还差一周就到了医生所谓"三个月"的大限。我们再次来到北京医院，对我的头部和胸部做新一轮复查。

我们得到了好消息：CT 影像显示左肺病灶基本没有变化；血液化验的各项指标已从高峰值降下来，接近正常；最意外的事出现在脑部核磁共振影像检查报告中：颅内那个乒乓球似的病灶，虽然还顽固地坚守在那里，但它的直径较前次检查居然"略有缩小"。

懂点医术的朋友曾对我们说过，癌细胞的特点是持续迅速地生长，如果不经人为干预，这种趋势不会逆转。所以，"如果没有坏消息，就是好消息"。欧洲的几位神经科专家也曾提到，如果颅内病灶一个月没有变化，就表明是恶性肿瘤的可能性大大减少。我们也早已做好心理准备，只要病情没有继续恶化，那就是我康复之路的最好开端。尽管如此，我们还是不会想到，结果竟大大超出我们的期待。

我们最后确认病情正在好转——至少没有恶化——的标志，是李金大夫的表情。

"你看你看，你倒是挺大义凛然地朝上帝那儿去了，"看到我的影像检查报告的那一刻，她对我笑道，"可人家还不欢迎你呢！"

李金大夫再次为我做了全身检查。她已经第三次重复这套程序，仍然一丝不苟。

她的眼睛里不再有那种躲闪和无奈的神色，早先挂在脸上的怜悯和同情变成了惊喜和迷惑不解。

"情况比上次又好了。"在完成所有检查后，她看着我一字一字地说。

分手时，她要我把所有影像胶片留下来，说她打算下班后请另一位神经内科的专家会诊。

"我要好好想想，"她指点着胶片上那片阴影，"这究竟是什么。"

我想象着神经内科和神经外科的分野，隐约感到这是一个标志性的转变。

"这是她第一次没有建议我们去找外科大夫。"我对晓东说，"看来她终于接受我作为她的病人啦。"以我最近几周得到的最浅薄的医学常识来度量，如果一个神经内科医生愿意为我治疗，那就表明我已有很大可能不会被锯开脑袋了。

这对我们来说，真是个意外惊喜！

回家的路上我们不断说笑，车内气氛轻松。我们很幸运，能够得到高人免费为我们开展心理安慰，此君就是正在为我们开车的小贾。他是我的老同学林荣强的司机。因为我的病，老同学把自己的轿车连同小贾派来，专门接送我求医问诊。小贾其实年龄并不小，有五十出头了，阅历丰富，样样精通，又厚道又勤快，还有着京城百姓阶层特有的那种幽默、豁达和机智。有一段时间，他成了晓东的倾诉对象，总是一边开车一边耐心倾听晓东诉说求医的经历，还不失时机地给我们讲述对待疾病的正确态度。

说到做一个癌症病人家属，小贾的体会相当具体深刻，这是由于他的天性，也因为同病相怜。他告诉我们，他的岳母得了和我同样的病。"完全一样，肺癌脑转移。医生也说不行了。"他说，"我们想，既然没治了，就回家好好养着吧。也没什么治疗，就是想吃什么吃什么。嘿！到现在一年多了，还活得好好的！"他踩了一脚刹车，把车停在一个红灯前，眼睛透过风挡玻璃看着前方，用一种不容置疑的口吻继续说："所以，不要轻信医生的结论！"

小贾的故事是我们听到的很多这类故事的又一个。实际上，自从我们遭遇癌症，周围的人就不断给我们讲述这样一些故事。故事的主角一律被医生宣布为"癌症"，其中有些人不惜一切代价走上医生指点的治疗之路，结果却以异乎寻常的速度萎靡、崩溃、死亡。可是还有另外一些人奇迹般地活下来，就好像医生所谓的"死亡大限"对他们完全不起作用。

"至少，医生的第一个凶险的警告——不进行手术和化疗，病人就只有三个月，"晓东说，"已经被我们闯过来了。"

"我们看了那么多医生，几乎只有李金大夫关注我本人的症状，别的医生只知道看片子，对我这个病人甚至连看都不多看一眼。他们能不犯低级错误吗！"我受到好消息的鼓励，觉得精神不错，也加入了他们的谈话。说着说着越发来了精神，我说，如果我能起死回生，要为所有被医生宣布为"不治"的癌症病人写一本书，书名就叫《别让医生吓死你》。

小贾乐了："别忘了把我写进去，我的诊断比专家都强。"

我明白他是在说笑，也许是在利用眼前的机会鼓舞我们的信心。事实上，无论是小贾还是我，都不会狂妄到认为自己比专家英明。我们能够庆幸的，只不过是到目前为止没有犯下明显的错误。

　　看看已是午饭时间，我们决定吃完饭再回家，于是来到"金丰华"。这是我家附近的一家饭馆，坐落在一幢高层建筑底层临街的一面，装潢简单，色彩老旧暗淡，门脸又矮。店家显然不打算把个吃饭的去处弄成纸醉金迷的宫殿，只想博得一般工薪阶层的好感，所以菜品属于大众系列，色泽味道都不错，又便宜又实惠。几年来我们经常光顾，更由于我被医生"宣判死刑"那天在这里吃了顿午饭，所以它对我们来说已经是那段艰难时期的见证。

　　我们叫了清蒸鲈鱼和豌豆粒，再次点了疙瘩汤。疙瘩汤是一种掺了主食的汤品，以面粉为主料制成。这种北方的常见吃食与南方的菜稀饭有异曲同工之妙。烹制疙瘩汤在每家餐厅都有自己的独门秘籍，这里的与众不同，是用大量西红柿将汤色调制成玫瑰红，表面漂浮着几缕淡黄色的鸡蛋丝，色浓意淡，每一口都能牵动我们回想起那一天的情形。晓东后来说起来，一直把它叫作"最黑暗的一天"。我得知自己"癌细胞全身转移"后狼吞虎咽的情形，就像烙印一样刻在她的心上。

　　"那天，"她问我，"那个'死亡判决'，你怎么那么镇定自若呀？"

　　"可是我没觉得自己要死了呀！"我一边说，一边把一勺疙瘩汤送到嘴里，"你还以为我视死如归呀！"

　　她大笑。

　　"你那天一气喝了六碗疙瘩汤，我可根本就吃不下去。"

　　"那是因为你觉得我快死了吧！"

　　她又笑。

　　我们心情不错，既快乐又轻松。我们经历了从天而降的打击，经历了迢迢漫漫的求医问药，经历了死亡的恐惧，经历了艰难的抉择……然而我的生活居然重新回到正常的轨道上。我又能读书，能下厨房，能把玉米面和黄豆面混合起来蒸出一锅窝窝头，能开动榨汁机为老婆儿子榨鲜葡萄汁，还能独自开车到公园去散步。在晓东的日记里，我当时的情况是"满面红光，体重增加两公斤"。

　　父亲节那天，儿子为我祝福，用他的工资请我们吃饭。一家三口其乐融融，如同劫后重生。儿子不像今天很多孩子那样，依靠父母掏钱支撑自己的学业，又仰仗父母的关系打开职业之门。他喜欢自己决定自己的事情，还喜欢以他自己的方式帮助老爸渡过难关，那就是在我们毫无心理准备时送给我们一个又一个惊喜。这个晚上，他谈起大学毕业后的第一份工作，谈到他正在恋爱，谈到他已决定不到英国去陪伴热恋中的女友，他要留在这里陪我们。那女孩子说，在他一家人最困难的日子，她要在他身边。于是她也返回国内，一边陪他，一边完成自己曼彻斯特大学的硕士学业。她后来成了他的妻子。我亲眼看到他们携手走进婚礼的殿堂，才进了手术室。那一刻我的内心平静如水，实在是因为事事如意，了无牵挂。

　　感谢上帝，今生今世我已不可能得到更多！

第三章
做一个
聪明的
患者

"积极治疗"不等于"过度治疗"。对于我们这些癌症患者来说，仅仅凭借"坚强"是不够的。我们应当是一个坚强的患者，同时也应当是一个聪明的患者。在很多情况下，智慧比坚强更重要。

新的威胁悄然降临

没有寒暄，也不再费口舌斥责我的漫不经心。她全神贯注于影像的黑白世界中。当我们忍不住要问一句话时，她就摇头，以这种不容置疑的方式制止我们打断她的工作。然后，她开始在会诊记录单上描述她看到的东西。清晰精确，不容置疑。我意识到，自己找到了一个真正的医生。

我已经有了一些对待疾病的经验，还体验到生命的重建和精神的升华。我明白距离真正的康复还很遥远，但我相信自己走在正确的道路上。当时我一点也没有想到，一个新的危险正潜伏在我的胸腔。

第一次让我意识到新一轮威胁已经降临的人，是肿瘤医院的石木兰大夫。在她看来，我左肺上叶的病灶，正在发生细微变化，并且已经侵蚀肺膜。她断定，它是恶性肿瘤的概率在 90% 以上，所以建议我尽快请胸外科专家实施手术。

这一天是 2008 年 5 月 23 日，距我颅内病发并且查出肺部病变，已经一年有余。

我们看到石木兰大夫时，她正在端详一个病人的胸片，一只手拿着一个放大镜，另一只手抓着一张胶片，穿着白大褂，背对着我们。我们柔声向她问好，她只不过"哼"了一声作为回应，头也不抬一下。

这个70多岁已经退休的老医生，是京城最杰出的胸科影像学诊断专家。她拥有极强的专业精神和独立品格，以毕生所学专攻肺癌的影像鉴别和诊断。靠着这套独门功夫，她帮助了无数病人。她的故事在中科院肿瘤医院诊断大楼里是个小小的传奇。所有人都知道，这位影像诊断科的老主任仅仅通过CT胶片，成功地捕捉到自己体内的早期肺癌，然后又给自己选择了一位主刀医生，干脆利落地完成肿瘤全切除手术。直到这时候，她甚至没有把自己的病情告诉丈夫和女儿。她独自承受了这一切。出院之后没过多久，她就跑到西班牙，转了一大圈，然后回到自己的诊室，在伴随了大半生的读片灯箱前，重新启动自己的工作。预约她的门诊病人立即在门外排成长龙。

她的古怪脾气和她的专业水平一样有名，这一点我们在还没见到她时就有所耳闻。我们是通过一个共同的熟人牵线搭桥才知道她的，被告知这老太太的禀性异于常人，脾气不好，说话很冲，所以在走进她的诊室之前，我们已经做好思想准备。尽管如此，她的"怪癖"还是让我感到意外。

我原本以为，她会按照约定时间安排我们看病，还会提一提我们共同的熟人，不料她对"谁谁谁介绍我们来的"这样的话没有一点反应。我们必须排队挂号，然后坐在候诊厅里，耐心等待护士依次叫号，就像所有病人一样。整个过程中她不苟言笑，把全副精力专注于胶片上，耗费了好多时间，脸上一直挂着拒人于千里之外的神情。

直到一年以后，我们第四次去看她的门诊，她忽然谈到自己正在读的一本新书，我才知道她喜欢读书，而她早已知道这是我们共同的爱好。她用一种不经意的口气提到，"我知道你是记者"，"我看过你的书"，"我还买过你的书"。这是她第一次在看病之余说起题外话，也是第一次在话语中流露出一种亲切和悠闲。我有些意外，于是提议送给她一本我写的书，却被她当即拒绝。

"我自己买了。"她说，脸上的笑容在一瞬间便无影无踪。

在我求医问诊的经验中，大多数医生不是这样的。如果他们不认识你，他们会用几分钟就打发了你。如果你有熟人牵线搭桥，他们就会对你格外热情。他们不会让你花时间等候，却会在你身上花更多的时间。他们关心你的来头，在乎你的身份，在乎你的影响力。在你叙述病情时，他们会不失时机地插几句问话，不是问你的病，而是问你的来历。你是做什么的，你是怎么认识谁谁谁的，直到婉转地打听你的财力和头衔。他们会用很多话来谈论病情之外的事，包括他们自己的履历，或者他们的医术如何高明，治愈了多少病人，还曾未卜先知地做出多少英明的诊断。

眼前这老太太身上，居然看不到社会流行风气的一点影响。我猜想，此人一定是不食人间烟火的，我们自然也不能指望从她那里得到哪怕一丁点的特殊照顾。

耐心排队等待两小时之后，终于轮到我们进入石木兰大夫的诊室。

她抬头看我一眼，冷冷地说："你终于又来啦。"

她显然还记得八个月前晓东曾有一次来请她会诊。那一天，也是在这间屋子里，她把"不排除肺癌"几个字给了我们。当时她认为，"是与不是的可能性各占50%"。当晓东问"要不要做手术"时，她立即表示反对。她说："现在就下决心动那么大的手术，为时过早。"她显然感到，这个模棱两可的"诊断"并不能让我们满意。实际上，她自己也不满意。她批评北京医院做的 CT 扫描胶片质量不好，所以没有办法做出准确的诊断。然后，她要求我们三个月后再来，重做胸部 CT 扫描，而且必须在肿瘤医院做，还必须照她指定的方法拍片。她还说了一个奇怪的名词，叫作什么"结节三维成像"。

当时我从晓东嘴里听到这一过程，并没有领会其中的意味，对这位医生贬低其他医院的胶片也有些不以为然，觉得那不过是她为自己的医院兜揽生意，就像很多医生做的一样。我甚至没有把这次诊断放在心上。那些天"脑瘤"的威胁似乎正在离我远去，让我沉浸在乐观的情绪中。我仔细阅读石木兰大夫在病历上留下的文字，除了留下一个印象——"这老太太是我迄今看过的大夫中写病历最认真详细的"，也没有感到她有什么与众不同的高明之处。所以，我很轻易地把她的建议弃置一旁，没有按照她的嘱咐去做什么"三维成像"。

"他们不给我来一刀是不罢休啊。"那个晚上，我对晓东笑道，"看看锯开我的脑袋没指望了，就惦记着扒开我的胸。"

现在，当我们再次走进她的诊室时，已经过去了整整一年，而我们手上提着的还是在北京医院拍的普通 CT 平扫胶片，而不是她指定的"结节三维成像"。

"你不是不在乎吗？"她朝我瞥了一眼，带着几分讥讽的口吻说，"怎么还来呢？"

尽管我的怠慢让这老太太不满，她却没有像我担心的那样草率地应付我们。她一如既往地专注于她认为拍得很糟的那些胶片。

在一番仔细对比之后，她在病历上写道："左上肺结节，与一年前比较略有增大""轮廓欠清楚"。她说，这些都不是好兆头。但她仍然认定，仅凭这些就把开胸这样一个大手术搬上来，还是"证据不足"。

　　她再次回到一年前的话题，要求我们重新扫描拍片。这一回不是"三个月后"，而是"立即"。她甚至苛刻地指令我们把门诊医生开具的 CT 扫描检查单拿回来，经她过目才算数。我心中有几分疑惑，但还是老老实实地把那张检查单带回来给她看。她果然不满意，又在上面写了几行字。我看看，不懂，估计那是一些很特殊的要求。

　　我隐约感到她在心里已经有了倾向性意见，而且凶多吉少，只是在找到确凿证据之前，不能断言。于是我们拿着她"批准"的检查单匆匆去 CT 室拍片。如此在医院大楼上下奔波往复，不厌其烦，再也不敢自作聪明地把她的怪异要求不当一回事。

　　几天后，我们带着新片以及最后一点侥幸心理，再次来到石木兰大夫的诊室。就在胶片挂上灯箱的一刹那，我明白了她为什么会那么苛刻地要求那个所谓"三维成像"。我的左肺病灶以更加巨大、更加清晰、更加细腻的形态呈现在我们面前。

　　我第一次发现，原来同样都是 CT 扫描胶片，影像效果真的会有天壤之别。

　　"还是应该动手术！"她只看了一眼就脱口而出。

　　仍然没有寒暄，也不再费口舌斥责我的漫不经心。她全神贯注于影像的黑白世界中，用红铅笔在胶片表面圈出可疑之处，借助于放大镜和卡尺比较其中每一个细节。当我们忍不住要问一句话时，她就摇头，以这种不容置疑的方式制止我们打断她的工作。然后，她开始在影像会诊记录单上描述她看到的东西。清晰精确，不容置疑：

　　　　左肺尖可见一不规则的结节。可见毛刺。
　　　　可见胸膜凹陷，周围有磨玻璃密度。
　　　　与 2007 年 3 月 CT 片比较有增大，毛刺增多，形态不规则。

首先考虑肺癌。

我们问她，恶性的可能性有多大。

她很干脆地说："90% 以上。"

我对这样的判决已有预感。这是个坏消息，不是我想要的。但老实说，她赢得了我的尊重和信任。我已两次目睹她的工作和为人。她工作时的那种专注和执着让我钦佩。然而还有更重要的，她古怪和不近人情的禀性，更加叫我放心。因为她未被窗户外面正在流行的那些乱七八糟的风气污染。她从来不管对面的病人是什么来头，不问贵贱，不问贫富，也不问亲疏。没有人可以从她那里得到哪怕一丁点的特殊照顾，也没有人会真的被她怠慢。在对眼前的肺部影像做出描述时，她不会让病人其他方面的症状——比如脑瘤——干扰了自己的判断，而且她从不使用"基本上""待确定""待除外"一类含糊不清的词语，也不会用个问号来敷衍病人和规避责任。她从不标榜自己解决了多少疑难病例，也不贬低自己的同行。她不会对一件自己没有把握的事装作很有把握，也不会被任何权威的意见牵着走。在我接触的所有医生中，她几乎是唯一不会受到外来因素干扰、只是就影像论影像的医生。

我意识到自己的幸运。我找到了一个真正的医生，一个可以将性命相托的医生。

感觉不到的"敌人"才是最危险的

回望康复之路上的每一个脚印，我意识到，我当时犯了一个严重错误。脑瘤的危机很长时间里吸引了我的所有注意力，对于左肺上叶的那片阴影，我完全没有放在心上。我甚至感觉不到它的存在。我从来就不曾想到，最危险的"敌人"，其实藏在自己感觉不到的地方。这让我错失了在第一时间确诊肺癌的机会。

在石木兰大夫之前，我们也曾经历过一连串同样的"影像学诊断"，而大多数专家持有完全不同的看法。他们追随观察我的肺部病灶差不多一年了，诊断结果全都倾向于"良性病变"，比如是个结核，或者是炎症之类的东西。

所谓"影像学诊断"，就是仅仅凭借胶片影像鉴别病人到底得了什么病。在获得活体组织进行病理检验之前，这通常是医生看病下药的重要依据。

不过，在求医问诊的过程中，我总有一种感觉：医生们辨别胶片时，难免会被胶片之外的因素干扰。

比如，他们诊断我的肺部病灶时，如果知道我的脑袋里有个"肿瘤"，就会把心里的天平向"恶性"一边倾斜过去。

反过来，他们在看我的脑片时，如果知道我的肺上还有一处病灶，又会坚决地认定"脑瘤"是由肺上转移过来的，因而倾向于做出"肺癌晚期"的诊断。

一旦他们发现颅内"肿瘤"正在缩小，就会认为那东西原本不属于"恶性"，当然也就不会是从肺上转移来的，进而又会乐观地认定肺部阴影也只是个良性病变。

这中间的逻辑，自有通行的医学理论加以支撑。"人体是一元化的。"一位医生曾对我这样解释，"各部分有机地联系在一起。所以，当医生在一个人体内的不同部位同时发现病灶时，他们首先必须考虑，它们是有关联的。"

我的左肺上叶病灶，其实只是一片直径约 1.3 厘米的不规则阴影。这在大多数人身上只不过是炎症或者结核，所以通常并不会被当作严重问题。在例行体检中通常采用的 X 光片照射不到，病人也不会有任何不良感觉。老实说，如果不是因为脑袋出了问题，顺藤摸瓜，根本不会有人想到要看看我的肺上有什么东西。即使发现了，也不会在意。

我还记得上海专家首次会诊的情形。尽管脑部和胸部两组胶片全摆到桌面上，可是他们讨论的焦点自始至终集中于颅内病变的性质，只有在涉及是不是"转移瘤"时，才会想到肺上还有个东西。

一位胸科专家的话很明显地代表了这种倾向。"脑子里面到底是不是'转移瘤'？"他直截了当地问那些神经科专家，"如果不是，肺上的问题就非常好处理。我现在甚至都不用管它。"

我们都期望癌症的早期发现，医生们也在不断地向我们传达类似观念。可是且不说"早期发现"很不容易，即使发现了也很难引起足够注意。我就曾对晓东说："我肺上这么小一片阴影，要真是肿瘤，那你的肺不早就完蛋啦。"我是指多年前她患结核病，痊愈后肺上始终留着一大片阴影——比我那个"1.3厘米"要大很多。

可她对我的比较不以为然。她把我肺上这片小小的阴影看得很重，耿耿于怀，寝食难安。她的逻辑与医生的逻辑正相反：如果那是恶性肿瘤，那么脑子里的东西更加凶多吉少。反之，如果肺癌能被排除，脑子里的所谓"转移瘤"之说也就不攻自破。

这推理我当时也很赞成，不料其中隐含着一个错误，那就是：所有人——包括医生和病人——都认定脑袋和肺的两处病灶紧密关联。可是事情完全有可能是另一个样子：即使颅内病变痊愈，肺部病灶仍有可能为恶性肿瘤。也就是说，这两者是没有关联的。

我们固守着一个并不正确的逻辑。好在我们能够追踪观察肺部病灶，每隔几个月，我便做一回胸部CT扫描。晓东拎着这些胶片在这个城市里东奔西跑，寻求专家会诊。这段体验对我们来说算是极具教育意义。

我们很幸运地找到几位高人来审看我的胸部胶片，迫切希望得到一个确切诊断，可是很快发现，无论多么权威、多么高明的专家，也会意见不一。

众说纷纭、莫衷一是的情形，我在"脑瘤"的诊断过程中已着实领教了一回，如今在肺癌的诊断中又不可避免地再现。结核病专家信誓旦旦地说那是肺结核；肿瘤专家则认定"不能排除"恶性肿瘤；既非结核病也非肿瘤的专家则认为它还有可能是肺炎，或者其他什么稀奇古怪的东西。

实际上，"诊断"在医生那里是个极富弹性的概念。它完全不像我们外行想象的那样，具有非此即彼的含义。如果你在自己的病历上看到"不排除肺癌"几个字，那是指你的肺部病灶可能是恶性肿瘤，但也可能意味着那东西什么也不是。如果你看到的是"结核可能性大"，那也并不意味着就不是恶性肿瘤。所以我们必须学会听懂医生的言外之意，同时也要看懂他们的肢体语言。当一个内科医生避开你的目光，同时建议你去看外科时，就意味着他心里已经在设想你患了恶性肿瘤。如果一个外科医生大笔一挥，在你的病历上写下"开胸探查"，那就表明他知道的一点也不比你多。因为除非把你开膛破肚、撕心裂肺，他也不会知道那是个什么东西。他手上的动作很重要，通常能够传达更准确的信息。若是缓慢、收敛、从容，那么他就有可能已经成竹在胸。若是迅速、张扬、摆动幅度很大，那就表明他的内心其实犹豫不定，只是在掩饰什么，或者急切地想打发你走人。

有时候在肢体语言之外还会增加一些奇妙的专业术语，比如"诊断性治疗"。这在医生口中应用得极为频繁，值得为他们申报个什么发明奖。那是说，医生其实并不知道你得了什么病，却可以在你身上施展任何法术。在肿瘤治疗领域里，这好像成了相当普遍的应对疑难问题的妙方。可我对这个词产生了无限疑惑。

虽然常常模棱两可，医生却本能地让病人感到他们无所不能。我们总是不会把心中的失望——不是对绝症的失望，而是对医生的失望——持续太久，因为他们是那么神圣，脸上透出威严，说出话来头头是道。而且，说老实话，你病了，病入膏肓，不听医生的话又听谁的呢？所以，我还是把期望倾注在医生身上，并且努力学会使用医生的行为方式。我告诉自己，不要苛求医生句句是真理，只要能从每次会诊中得到一星半点有用的信息，就该知足。

癌症这种疾病，不仅在摧残病人的肉体，而且对于病人的智慧、修养、品格和心理来说，也是一场真正的挑战。发病的最初几个月，应该说是最危险，也是精神上最紧张绝望的阶段，很多人在这时便崩溃了。即使度过这段时间，病人的情绪也会在不知不觉中发生变化。病情平稳的患者会沾沾自喜起来，放松警惕；病情恶化的人会更加绝望，对很多信息的反应变得麻木和迟钝。我也是如此。全身的状况已经渐渐好转，一次又一次的核磁共振和CT扫描复查全都证明，头部病灶正在缩小，左肺上叶的阴影没有给我带来任何不适。这让我潜意识里多了一些乐观的情绪，以为危机正在离我而去。

事实上，不仅是我和我的家人，当时乐观的情绪也出现在医生中间。

每次会诊之后，我们总是把各路意见加以归纳，认真对照，结果发现医生们尽管结论不同，却在一个问题上是不约而同的，他们都认定我的肺部病灶没有长大。在长达一年的不间断观察中，每一次影像学检查报告单上都写着"基本同前"。就算那些最为缜密慎言的医生，也承认"基本没有变化"。

鉴于癌细胞的新陈代谢和生长速度远远超过正常细胞，所以通过影像来诊断恶性肿瘤的一个重要依据，就是观察病灶在一段时间内是否发生变化。所谓"基本同前"，也就是说，它没有长大和蔓延。事实上，大多数医生就是凭借这个理由认定，我可以"不用考虑"它是恶性肿瘤。

如今回望康复之路上的每一个脚印，我意识到，我当时犯了一个严重错误。脑瘤的危机在很长时间里吸引了我的所有注意力，对于左肺上叶的那片阴影，我完全没有放在心上。当初医生正是因为在我颅内和肺叶同时发现肿物，才会有"肺癌脑转移"之说，这一点也被我们忽略了。最重要的是，我身体的所有难以忍受的症状，都是来自脑部病变，而肺部病灶没有给我带来任何不适。老实说，我甚至感觉不到它的存在。我从来就不曾想到，最危险的"敌人"，其实藏在自己感觉不到的地方。所以，当石木兰大夫第一次向我发出警告时，我很轻易地把她的建议弃置一旁，没有按照她的嘱咐及时去做"三维成像"。

这让我错失了在第一时间确诊肺癌的机会。换句话说，我也许应当在好几个月前就走上手术台的！

现在，石木兰大夫以不容置疑的方式描述了它"增大""形态不规则""毛刺增多"。这都是恶性肿瘤的典型表现，也在根本上颠覆了所有乐观主义的诊断基础——"没有变化"。在我看过的所有医生中，她是"少数派"。事实上，她是唯一持有悲观结论并且提出确凿根据的医生，但我相信她的意见比我见过的所有医学专家的更具可信度。

我第一次切切实实地感到，我的左肺正潜伏着更大的威胁。

当天晚上，我和晓东开始讨论开胸手术的问题。我告诉她，我打算尽快手术。

这话题让她焦躁不已，茶饭不思。因为她知道这条路的前边有什么在等着我们。对于把自己丈夫送到手术台上这件事，她在内心深处始终抱着强烈的抵触情绪。由于我那么快地改变了对手术的态度，她有一种强烈的不安。

"这件事说到底是你自己决定。"她不断地重复，"说到底是你自己决定。不过，你可要想好了。你别忘了大多数专家都说你肺上的东西不是恶性肿瘤，至少还可以再观察。"

"医生都会犯错误。"我说。

"那些人也都是权威啊！"晓东说。

"就算是最好的专家也免不了。"我说。

"你能肯定石大夫就不会误诊吗？"晓东问。

"不能。"我回答，"但我能肯定，她犯错误的概率一定比那些医生低。"

我们相信什么样的医生

遇到一位真正可以信赖的良医是一种幸运。你最好能有这种
幸运，尤其是当你被宣布为"癌症患者"时，这是你的希望之
源。相反，如果你相信了一个不值得信赖的医生，那么你从一开
始就种下了失败的种子。

我们这一路走过来，遇到的医学权威真是不少。当初大多数医生都认
定，我的颅内病灶属于"恶性"，必须立即手术切除，否则定会贻误"最
佳治疗时机"，我却执意"继续观察"。如今大多数医生都说，我的肺部病
灶是"良性"的，可以"继续观察"，我却只相信石木兰大夫的"最悲观
的"判断，迫不及待地想要躺到手术台上去。现在看来，那一次我是对
的。可这一次，我还能不犯错误吗？

我对晓东说："我不懂医，但我懂人。我知道该相信谁。"

我对医生始终有着强烈的选择性。我会没有保留地相信一些医生，同
时对另外一些医生抱有强烈抵触的心理。不过，在大多数情形中，我只是
有保留地接受一位医生，听从他的一些建议，却又放弃他的另一些建议。

遇到一位真正可以信赖的良医是一种幸运。你最好能有这种幸运，尤其是当你被宣布为"癌症患者"时，这是你的希望之源。相反，如果你相信了一个不值得信赖的医生，那么你从一开始就种下了失败的种子。

我们到底凭什么相信或者不相信一个医生呢？当我逐渐康复后，很多人都这样问我。现在我就来试着回答这个问题。

当我看到一个夸夸其谈的医生、一个自以为是的医生、一个不懂装懂的医生、一个自吹自擂的医生、一个时不时地贬低同行的医生、一个不尊重病人的医生、一个对患者病情漠不关心却去关心人家身份地位的医生，我都会本能地生出排斥之心。我并不认为这样的医生在专业上会很糟糕。事实上，他们有时候的确能够表现得非常聪明和机敏，也能对你的病情做出正确推断，但总是过于轻率、武断和自以为是，而且不能给出令人信服的理由。这让你感到即便他是对的，也只是一时聪明，没有牢靠的根基。所以，我还是不能无保留地信任他们。因为我知道，所有的人都会犯错误，医生也是一样，而具有这些毛病的医生，犯错误的概率一定会更大，只是他们从来不会对病人提起他们的误诊、误治罢了。

我很庆幸，多年的记者生涯促使我学习怎样由表及里地体察人的内心，因而有了一些"读人"的经验。对人的了解和辨别，帮助我认识了医生的职业特点，以及他们作为人的长处和短处。

我一直很偏执地相信，决定一个医生是否可以信赖的首要因素，不是他的医术，而是他的医德，越是高水平的医生越是如此。举个例子：棋手的胜负，在九段之内者，棋术的高下更多地具有决定意义，但是在那些进入"超一流"境界的棋手中，我看来看去，最终决定胜负的不是棋术的高下，而是做人的高下了。

有位很优秀也很诚实的外科医生曾告诉我，一台手术实际上可以分成两部分，一部分是"责任活"。病人的肿瘤在什么部位，必须准确地找到它，剥离、切除、缝合，这是主刀医生的责任，做好了就是"手术成功"，做不好就是失职，所以每个医生都会全力以赴。另外一个部分，叫作"良心活"。肿瘤是否转移了？转移到什么地方？什么程度？近程转移还是远程转移？这是更加困难的部分。它需要医生的专业水准和临床经验，更需要医生的良心。因为，这是可以多做也可以少做甚至可以不做的部分。多做，需要医生投入更多的时间、精力，冒更大的风险；少做或者不做，仍然会是一台成功的手术。可是，对于病人来说，结果大不一样。这是因为，医生能不能把手术的这一部分做得干净彻底，关系着肿瘤的鉴别和分期，也决定着病人术后治疗的成败。

我之所以特别看重医生的道德水准，是因为这关系到我的生命。有时候，我面前的医生地位很高、头衔很多、名声响彻四方，而且的确医术精湛，还可以随口说出好多成功病例，但如果我感到此人说话行事格调不高，做人的水准值得怀疑，我便不会再去看他第二次。我一直认定，一个医术高超、名气很大的医生，一定也要拥有超越常人，甚至超越一般医生的道德水准。否则，他以往的成就很容易成为他犯错误的原因。

有些医生是让我真正信服的，不是因为他们特别权威，不是因为他们特别大牌，不是因为他们对我有一番特殊关照，甚至也不是因为他们说的话特别中我的意。而是因为，他们同时拥有以下九个特点：

1. 不自吹自擂。

我们总会遇到一些医生，他们没完没了地告诉你，哪一个病人如何无可救药，遇到自己便如何起死回生。他们从来不会提到自己没有治好，甚至误诊了的那些病人。可是我很明白，没有一个医生能够百分之百地治好他的病人，尤其是肿瘤病人。所以，如果有哪一位医生坦率地告诉我，他有哪一次错误地估计了病人的病情，或者告诉我，他没有治好的病人占有多大比例，那么我对他的信任就会大大增加。

2. 不贬低同行。

我一直认为这一点是做人的本分。可惜医疗领域里的确存在明显的互相贬损之风，如我在前面已经描述过的。当我对面的医生在说同行怎么怎么不行的时候，事实上，我已经在心里降低了对他的评价。

3. 不仅关注仪器检查结果，而且关注病人。

一个好医生每天都会被无数病人包围着。每个病人都会表现出孱弱、无知和喋喋不休。医生每天面对同样的面孔，回答同样的问题，经年累月，一成不变。你可以想象，只有那些最具慈悲心肠的人，才能始终不变地保持对病人的耐心和热情。

4. 只关心你的病，不关心你是多大的官，不问你有没有名、有没有钱。

当一个医生直接或者间接地打探我的职业和我的支付能力时，我通常选择转身走开。

5. 对求医者一视同仁。

记住，你依靠熟人关系，依靠权势名望，或者依靠塞红包寻找到的医生，并不一定是值得信赖的。一个真正可以信赖的医生，不会怠慢一个普通病人，也不会厚待一个有权有势有钱有名的病人。就算知道你有些来头，他也不会给你特殊照顾，比如让你加塞儿，或者在你身上花费更多的时间，而不管别的病人正在门外等待。

6. 不自以为是，坦率地承认自己也有不懂的地方。

你有时候会感到，医生在用一些模棱两可的词语，绕着圈子回答你的问题。这时候，你从他的犹豫闪烁和含混不清中，从他的肢体动作的细节，比如眼睛的转动和嘴巴的嚅动，能够很容易分辨出他是在谈论一个自己并不真正了解的问题。所以，如果一个医生对我说，"很抱歉这个问题我不太了解，我可以给你介绍一位这方面的专家"，我不会认为他无能，因为没有一个医生能够回答所有的问题。正相反，我会认为他是一个诚实可信的人。

7. 不模棱两可。

不能确诊时，不会在病历上画个问号打发患者走人，也不会用"要么手术，要么观察"这样的方式把难题交给病人，而是提出办法，搜寻那些有助于确诊的依据。

8. 言之有据。

能够确诊时，不仅告诉病人结论，而且告诉病人做出这个结论的根据。

9. 即使已经做出结论，也会特别注意那些不支持自己结论的证据，并且根据新的证据迅速校正自己的诊断。

如果特别有名望的专家能做到这一点，比如周良辅和石木兰，我就会特别相信他们。这两位大夫，一位在上海，一位在北京，一个是神经科，一个是胸科，差别何其大！可他们有一个共同特点：不仅不回避不忽视那些不利于自己的证据，甚至还能主动地利用最新医学技术去搜寻它们。由于新证据的出现，前者立即改变了自己的结论，后者当即把一个模棱两可的诊断变得确凿无疑。

"不要被那些表面的光环蒙蔽了"

他的口气很冲，脸上冷冰冰的，好像挂着霜。可是不知怎么回事，我心里感觉到踏实和温暖。我懂了，他是在用自己的方式表达对病人的关切和耐心，甚至不惜用他自己误诊的病例，让我这个外行了解这种疾病的复杂性和不确定性。

决定去做开胸手术后，我们面临的第一个问题就是选择手术医生。

像所有病人一样，我们在这种时候，也免不了受到医生名望、地位和资历的诱惑。几个月来，我借助各种渠道到处打听，手上早就有了一个长长的名单。可是对我来说，这些名字个个都很陌生，更别提还要鉴别其中的优劣贤愚。

我决定把对石木兰大夫的信任进行到底，于是请她推荐一位手术医生。

"刘向阳。"她没有任何犹豫地说出一个名字。

我在脑海中急速搜索，竟是没有此人。看我一脸茫然，她又告诉我，刘是肿瘤医院胸外科的医生，手术很扎实，而且细致入微。她提议我去看一次刘的门诊，讨论一下手术的可行性。

我嘴上答应，脑袋里飞快旋转的还是我那个专家名单。其中有一位，名气更大，又有很高职位，而且已经允诺亲自动手给我开刀。

也许我能听听她对这件事的看法呢！

没想到她哼了一声："别人我不评价。你让我推荐，我就推荐刘向阳。"

停了一会儿，她把目光从胶片上移过来，盯着我又说："不要被那些表面的光环蒙蔽了。"

这话不太好听，却与我的经验不谋而合。于是，我们以最快的速度去约刘向阳大夫的门诊。

见到刘向阳还不到一分钟，我就想到了"物以类聚，人以群分"的古训，不禁在心里笑出声来。这个宽肩圆脸、慈眉善目的中年男人，有着相当怪异的脾气，不通人情，不问世故，说话就像吃了枪药似的。简直和石木兰大夫如出一辙！

他冷漠的脸色令人生畏，但是没有一点矫揉造作的姿态。面对这样一个人，你的第一感觉不是亲切，不是热情，甚至也没有丝毫客套，却很真实。真实得让人觉得牢靠。当你小心翼翼地对他提出一个要求时，通常会被他怼回来。可是用不了多久你就会发现，他为你做的居然超过了你的期望。而且，不论他为你做出怎样细致周到的安排，都不会像一般人那样不失时机地表白和炫耀。等我有更多时间了解他之后，就进一步发现，他为病人做的一切，都是出于职业的操守和为人处世的本性，而不是带着什么别的动机。

我们对他的了解是从一个冷冰冰的声音开始的。

"怎么回事？"他问，同时用一只手把胶片举在眼前，像一堵墙把他的脸隔在我们的视线之外。

我们说了石木兰大夫的诊断意见，大概是提到了"恶性肿瘤"，他冒出第二个冷冰冰的问号："那你们找我来做什么？"

"想做手术。"

"手术？"他把胶片放下，说出的话越来越戗人，"那就说手术。不要说什么恶性的、良性的。"

我们不明白他是什么意思，或者是在和谁赌气，只好说是石木兰大夫建议我们做手术。

没想到，他的话头儿更硬："不要说别人说什么，做不做手术是你们自己决定的事。"

看我们张口结舌的样子，他开始解释他的看法，语气也缓和了一些："一般手术的术前鉴别是准确的。"他说，"你这个，不能百分之百地肯定，只是有倾向性。"

显然，他尊重石木兰，但并不认为石木兰的话就一定正确。

也许是为了让我们更慎重地考虑自己的决定，他接着告诉我一个"误诊"的病例：他曾经有一个病人，手术前大家都认定是恶性肿瘤，他自己也这样以为；于是打开胸腔，先切下一小块去做病理检验，结果还真的不是恶性肿瘤。

"你看看，百分之百认定是恶性的，结果打开一看还真不是。你怎么就说自己是恶性的呢？"

他的口气很冲，脸上冷冰冰的，好像挂着霜。可是不知怎么回事，我心里感觉到踏实和温暖。我懂了，他是在和我沟通，对我解释。他是在用自己的方式表达对病人的关切和耐心，甚至不惜用他自己误诊的病例，让我这个外行了解这种疾病的复杂性和不确定性。

我还能指望什么呢？在那种情形下，难道我还在指望有位高人"排除"我的肿瘤嫌疑吗？或者能够妙手回春，能够一劳永逸地扫除我的肿瘤之患？不是的。我没有那种奢望！我只不过是在期待一个能够对病人多些耐心、理解和善意的医生，一个能够真诚坦率地和病人对话的医生。

我告诉他，医生们的确有不同意见，针锋相对。大多数人都认为那是良性的，但是我对石木兰大夫有一种特别的信任。我还是相信她的判断。我甚至担心肺上的癌细胞正在急速扩张，就要突破胸膜的束缚蔓延到其他地方，所以才急着做手术。

看到他在认真倾听，脸色也越来越温和，我的胆子大起来，进一步表达我的急切心情："如果普通病房没床位，VIP（贵宾）病房也行！"这句话刚出口我就后悔不迭，因为我猜想，他这样的人大概不喜欢 VIP 病房里的那些人。

"VIP？"他那怪脾气果然再次冒出来，"你是来治病的还是来享福的？"那口气让我感到他岂止是"不喜欢"，简直就是"讨厌"。

"不是，不是，我只是想尽快手术！"我赶忙解释，又虔诚地问他什么时候才能入住普通病房。

他蹦出几个字来："要等。排队。"

我在脑子里急速地盘算这种局面：该不该请这个人给我做手术呢？

他不是一个容易相处的人，但我已经有了一种预感：他是个值得信任的人。

我决定等！不管多少天都等！就等刘向阳！

走上手术台的前夜

我躺在病床上冥想静思，看着窗前云聚云散，目睹身边的病友在垂死中挣扎，一分一秒地争夺生命的活力，默想自己也将经历完全一样的过程，忐忑不安而又满怀期待。整个天地仿佛与世隔绝，又好像把灵魂抛在地狱中修炼，对于穿门而入的嘈杂、叫嚷和呻吟，充耳不闻。

能够约到刘向阳做手术，叫我既安心又焦心。我已经知道这是一个可以信赖的人，可是他毫不通融地叫我排队等着。那一天我回到家里，还在不住估算他那个等候手术的队伍有多长。要等一周？也许更长？

谁知第二天早上医院便把电话打到我家，要我立即带上住院用品去办入院手续。

我们来不及吃早饭，匆匆赶到医院，隔着一面高高的柜台把住院单递进去。一个护士坐在里面，头也不抬，只把她年轻却毫无生气的声音抛出来。于是我们知道，那位出院病人还在病床上躺着呢，要到下午才能离开，我们此番赶个大早，只为填表签名、预付押金之类，然后还要再等上几个小时。这让我心里有点不快：既然如此，为什么不能让我们下午再来呢？

不料护士还没说话，旁边一人已经对我表示不屑。"别不知足啦。"他说，"我还不知道什么时候才能住进来呢？"

这时候我才发现，周围有不少病人也在排队办理入院手续。大家都是接到紧急通知匆匆赶来，数一数共有八人，可是当天出院的病人只有四个。

我忍不住向那护士打听，多出来的四位怎么办。

"挂床。"她从嘴里蹦出两个字。

我一下子没弄明白，心里琢磨：莫非要搭上下铺吗？

那护士抬起头来，看我一脸茫然，撇嘴一乐，开始用一种"你就知足吧"的口吻给我解释"挂床"的来龙去脉。"挂床"者属于住院病人，却又没有病床，只是按照住院的时间表，先完成手术前的各项检查。他们每天早晨 6 点以前赶到医院，完成当日检查之后便回家去，直到有病人出院腾出床位，才能住进来。由于病人的术前体检通常要花好几天，所以这办法既能提高医院病床的周转率，又能让病人更快地完成手术。

我费了好大劲儿，终于弄清"挂床"的妙处，心中不快顿时烟消云散，同时还为自己没有被"挂"起来感到庆幸不已。

我们离开医院，到市中心的一座公园里去消磨时间。临近中午，饥肠辘辘，在公园门口找个饭馆坐下。

晓东问："说吧，想吃什么？"

"涮羊肉。"我不假思索地回答。

她一听这话，笑了，二话不说点了一大盘羊肉。老实说，这东西并不适合我。医生无论中西，大都认为羊肉属于"发物"，对肿瘤病人不利。

所以，这一年多来，晓东始终禁止我吃羊肉。可现在我们彼此心照不宣：这是我住院前的最后一顿饭。当然是想吃什么就吃什么。

我埋头碗里，狼吞虎咽，眼皮也不抬，全然一副慷慨就义之前最后一顿的样子。晓东看着我，自己却不动筷子。

因始终为即将到来的手术而纠结，她终于忍不住问："你说，到底是不是恶性的？"

我说："不管'是'还是'不是'，我都会很高兴。"

"为什么？"

"如果不是，我会为我逃过一劫而高兴。如果是，我会为我做出一个正确决定而高兴。"

我的病房在医院外科大楼二层东侧。这是一座崭新的建筑，拥有高大的前厅和宽敞的走廊。我在这家医院里往来奔波已有数月，满眼都是混乱、污秽和垃圾，充斥在院子内外各个角落。可这大楼里却是光线充足，干净整洁，也没有一般医院里那种叫人恶心的污浊气味。医生大都拥有宽敞的办公室，与病人的居住区比邻而处。墙上挂着医护人员的工作守则，上面记载了"不许接受病人红包"之类的规定。

我住在一间带卫生间的双人病房，房门对着一扇巨人的玻璃窗。靠窗的床上有个病人，躺在那里，浑身上下缠着粗一根细一根的胶皮管子。管子的一头分别插在他身体的不同部位，另一头不是连在形形色色的仪器上，就是吊着只大塑料瓶，一股暗红色的血水顺管子淌下来，滴滴答答的，没完没了。床边那个呼吸机显示，他的危险期还没过去。

他看上去和我年纪相仿，脸色惨白，挂满痛楚，嘴唇紧闭，气若游丝。看得出来，他正强忍着撕心裂肺般的疼痛，只是在实在忍不住的时候，才把嘴唇松开一下，吐出一声轻轻的呻吟。他的家人围在病床边，满脸的焦虑和无奈。

我在自己的床边坐下来，小心问候他的家人，很快就知道他和我有着同样的遭遇！他患的是肺癌，刚刚完成切除手术。我们之间也许只有一个区别：他的肿瘤在"右肺上叶"，我的"肿瘤"在"左肺上叶"。

我当即想到，这就是我的一个活生生的榜样——他所经历的一切我都将经历。

肿瘤医院的病房有一种奇异的气氛，阴郁，孤寂，加上绝望，难免造成一种虚幻无助的心境，让你从心底体会到人类的渺小和脆弱。我在这病房里静静地度过了四天，每天除了遵照医生吩咐完成一两项例行检查，其余时间就是躺在病床上冥想静思，看着窗前云聚云散，目睹身边的病友在垂死中挣扎，一分一秒地争夺生命的活力，默想自己也将经历完全一样的过程，忐忑不安而又满怀期待。整个天地仿佛与世隔绝，又好像把灵魂抛在地狱中修炼，对于穿门而入的嘈杂、叫嚷和呻吟，充耳不闻。

这天下午，我的寂静突然被打破。医生护士接踵而至，唤醒了我的胡思乱想。

麻醉医师杨萍站在病床前问东问西的时候，我意识到手术如期而至。这个不高不矮、略微发福的中年女人，一眼看上去就是一个说话爽快、行事干练的人。她详细询问我的身体状况，多少体重、多少血压、有没有什么慢性病、是否曾经做过手术。她的一只手插在白大褂的口袋里，另一只手伸出来，随着说话的节奏轻微摆动。临走时她告诉我，她是受刘向阳之托来看我的。我的手术将由刘向阳主刀，而她将负责整个过程的麻醉。对，我想起来了，刘向阳向我介绍过她，说她是这家医院最好的麻醉师。

麻醉医师刚刚离去，一位年轻医生跟着进来，要"病人家属"去完成手术前的签字手续。我说，我自己签好了，起身跟着他来到医生办公室。他先向我申明，这次手术只管肺，不管脑，接着就列举种种可能出现的危险情形，总之是叫我授权医生采取任何他们认为必要的办法去应付意外，而所有的结果必须由我自己承担。说得明白一点，就是我有可能死在手术台上——可他就是不肯把这句话说出来。我知道，这是所有外科医生在手术前的必要步骤，也不多问，当即签名了事。

然后，真正的主角来了，是刘向阳大夫。让我意外的是，他不再像我们第一次见面时那样满脸冰霜，说话时也不是一个字一个字地往外蹦了。他告诉我，手术时间已经确定在周一上午，又对我详细描述了手术方案。也许是考虑到我就要上手术台了，不想让我过分紧张，所以他的态度友善，语调和缓。他再次提醒我，我的病不是百分之百地确诊，所以他不会把整个肺叶一刀切去了事。他计划把手术分成两步，先取局部组织做病理检验，再来决定是否实行根治术。这让我想起住院第一天，两位年轻医生看着我的胸片窃窃私语，大约并不认为我的那小小阴影是个多大的威胁。我猜这也许是这个病区里医生们的倾向性看法，所以便说，我明白这个办法很周全，但是如果真的证明石木兰大夫的判断是对的，请选择一种最彻底的手术方案。

"我不担心你多切，"我说，"就担心切不干净。"

他笑了，叫我放心。这是我第一次看到他的笑脸。大约是我对石木兰大夫执着的信任让他有些感动，这位铁面医生的口气越发温和起来。他告诉我，可以放我一天假，"回家好好过个周末"。

回到病房倒在床上，我让自己从这一连串的医生会面中摆脱出来，重新检讨自己在整个的选择过程中是否犯了错误。还好，没有发现什么疏漏。

于是我打道回府，在心里暗自庆幸：不管下周一会发生什么，我至少暂时摆脱了医院里紧张压抑的气氛。

假如这是我的"最后一天"

天边的彩霞由橘红而橙黄，转瞬又变成浓郁的蓝灰。暮色苍茫，万物悠悠。这漫长的夏日终于落下帷幕。我回到家里，由于猎取到大自然的精彩瞬间，内心充满阳光，耳边一个声音忽然响起："叫清晨的日光从高天临到我们，要照亮坐在黑暗中死荫里的人。把我们的脚引到平安的路上。"

我躺在手术台上，仰面朝天，正对着一盏硕大的无影灯。在眼角的余光里，麻醉师杨萍出现了。紧接着，一个罩子从脑袋的右上方伸过来，停在脸前。罩子形状如碗，由一根管子连接着我看不见的地方。

我心里一紧：这是麻醉剂！只要往我口鼻上一扣，我便立时人事不省。等到再醒过来时，也许只不过经历一场虚惊；当然更可能是石木兰大夫的预料成真，我的左肺已经不知去向，胸腔里面空空荡荡如同一间闲置房；或者还有第三种可能，眼下就是我今生今世的最后一刻——我永远醒不过来了。

这么一想，耳边隐约响起"这是最后的时刻"的歌声，不由得问杨大夫："什么时候我能醒过来啊？"

她笑了："你想什么时候醒，我就让你什么时候醒。"

我也笑了，本想让自己看上去大无畏一点，不料问出一个最傻的问题。

也许是感觉到我的紧张，杨大夫停下手里的工作，对我说："石木兰就是在这里做的手术，也是我们这帮子人。"

她的口气似乎很是以此为荣，还证实了这医院里的一个传闻：几年前石木兰大夫通过胶片影像断定自己患了肺癌之后，当即为自己挑选一位医生做了手术。那人正是刘向阳。

最妙的是，我现在正躺在同一间手术室里。

我点点头，心里感激杨大夫用这种方式舒缓我的情绪。一不留神，罩子已经落在脸上，覆盖了嘴巴和鼻子。我使劲睁了一下眼睛，想要再看一眼这个世界。就在这时，我看到了刘向阳。他穿着墨绿色的手术服，一个硕大的口罩遮盖着整张脸，露在外面的一对眼睛看着我，无话，可我似乎感觉到有一种力量源源而来，注入我的身体。

我昏睡过去。失去知觉前脑子里的最后一个画面，竟又是那个金光四射充满灵性的瞬间。

…………

手术前的那个周末，我从刘向阳大夫那里获准一天假期回家，不免喜出望外。

我很希望抛开所有的紧张、焦虑和恐惧，从容不迫地走上手术台，就如同电影里英雄豪杰的慷慨就义。可是在手术单上签名时，那位年轻医生描述的可能发生的种种可怕后果，在我脑子里留下一幅幅恐怖画面。突然，我仿佛又有了死到临头的感觉。既然医生说了什么事情都有可能发生，那么这也许真的就是我今生的最后一天！

该如何度过这"最后一天"呢？

我当即想起有一次朋友聚会，席间一人提出一个问题：假如明天就把你拉出去毙了，那你今天最想做什么？当时这不过是个佐餐的玩笑，只为了调动众人情绪，所以大家只是哈哈一笑了事。

没想到，现在竟真的轮到我来回答这个问题了。

我最想做什么？

"扛上相机！"我对自己说，"去拍片子！"

我差不多整个下午都待在都市中心的一个公园里。这是6月的第一天。老天有眼，天气真是不错。夕阳徐徐落下，给整个城市洒下一片金色的光辉。只有最干净通透的大气层，才能把阳光渲染成这种色调。

柳枝已经浓绿，马尾松也抽出翠绿色的长丝，一场夏雨洗去了春天的风尘，空气里飘散着野草的味道。我让自己的双脚自由自在地朝前迈去，只管欣赏湖畔风光。水面苍茫柔顺，有如一块硕大的翡翠，从脚下伸展出去，铺向天边。一群野鸭掠过树梢，翅膀拍打着金色的阳光，发出呼呼声响，引导我在一丛丛的芦苇中穿过。

这比医院的病房更幽静，更有趣，也比盘算手术的成败更愉快。

傍晚我坐在湖畔，享受着"最后一天"的慵懒和疲倦，同时把相机架好，打开镜头，对着湖心岛上郁郁葱葱的芦苇荡。那是野鸭、鹭鸶和天鹅的栖息地。每逢夕阳西下，它们就会出来嬉戏觅食。这是野禽世界中最为灵动的瞬间，也是湖面上最灿烂的时刻。

在落日的最后一缕光辉中，湖心岛忽然动起来。鸣声大作，野鸟纷纷飞出，像是田径场上发令枪响，热血男儿奔腾向前。动物世界的狩猎时刻开始了。

接着，我看到了一个大家庭，由一只母鸭和至少15只刚出生不久的小鸭组成。母鸭率先扑入水中，她显然是想跨越整个湖面，把她的孩子们带到对岸的荷塘深处。那里食物充足，又很安全。

孩子们争先恐后，紧随其后，渐渐组成"一"字纵队。母与子相依相随，缓慢而坚决地移动着它们的亲情和渴望，在这片如画的水面上组成一道风景。由近而远，我的视野全部由不同层次的绿色统率着，干净而不单调，宁静而又跳跃着生机。野鸭的队列与荷叶的背景交相辉映，是线条与色块的组合。线条构成的轮廓为高调的亮光，色块为低调的暗影。明暗分布恰到好处，时空浑然天成，恰如大自然的淡笔浓墨，挥洒出一幅以生灵为主题的田园画卷。我不禁惊呆了，由衷感谢上帝赐予我这幅充满圣灵的图画。

天边的彩霞由橘红而橙黄，转瞬又变成浓郁的蓝灰。暮色苍茫，万物悠悠。这漫长的夏日终于落下帷幕。

我回到家里，由于猎取到大自然的精彩瞬间，内心充满阳光，耳边一个声音忽然响起："叫清晨的日光从高天临到我们，要照亮坐在黑暗中死荫里的人。把我们的脚引到平安的路上。"（《圣经·路加福音》）

即使这真的就是今生最后一日，我也已经感到心满意足！

我怀着这种满足和感恩之情回到医院。护士小姐尾随而来，先是令我不得吃晚饭，然后又给我一瓶"开塞露"，叫我清晨起床后自己塞进肛门，排空大小便，因为人在麻醉状态中将会出现大小便失禁。最后，她安慰我不必紧张，夜里如果睡不着觉可去护士办公室领取安眠药一片。我想到有可能把人家的手术台弄得一片狼藉，不免有点紧张，就说："安眠药不必了，'开塞露'倒是必需的。"

我躺在床上胡思乱想了好一会儿，最后决定什么也不想了。不过还有一事，委实放心不下，不得不做，于是拿出手机给儿子发出短信一则：

"我相信明天手术会成功。但万一发生意外，你一定要照顾好妈妈！你和王恬搬回家住一段时间。有你们在她身边，她会好过些。——爸"

今生今世真的可以无牵无挂了！

我在心里默默想象另一个世界的模样，不知不觉竟又编出一首打油诗来：

他乡寻故友

迷途拜大师

梦里携天使

世外遇相知

了犹未了日

不了也了之

念着念着睡了过去，醒来天已大亮——果然不需安眠药。

打起精神，滴水不进，一丝不苟地执行了护士昨晚的命令，然后仰面躺到手术推车上。护士准时来到，一袭淡蓝色的工作服，一望而知来自手术室。

我被推出去，穿过长长的走廊，家人全被挡在身后。视线中除了护士毫无表情的脸之外，别无他物。

忽然间，载着我的推车停下来，眼前豁然开朗，原来已经进入一个长条形状的大厅。我微微抬头，左右一看，不禁一乐。我看到手术推车正依次开进来，靠墙一字排列，应该有十几辆吧。每辆车上都有一人横卧，身上盖着一样的墨绿色被单，十几个脑袋一起伸在外面左右张望。看来这些人都面临着和我同样的命运。不知怎么，我忽然想起有一次采访屠宰场时，看到的那一排排待宰的猪。

经过一番等待之后，推车再次起程。我猜测这是到达手术台的最后一段旅程。心底一片宁静安详，口中再次吟出那几句打油诗。

…………

　　醒来时我已经躺在自己的病床上，不知道什么时候离开了手术室，那些身穿手术服的医生护士也都踪影全无。视线里面模模糊糊的一片人影，像是亲人和朋友，又像陌生人。我试图动一动胳膊，可是麻醉药的作用仍然强大。

　　我周身麻木，动弹不得，脑子里面一片空白，没有任何意识能够进入。这种感觉好像曾经在睡梦中出现过。

　　我又睡过去。

　　阳光从窗户那边照过来，有点晃眼，让我再次醒过来。接着我看到了晓东。她的脸离我很近，几乎贴到了我的脸上。我隐约觉得自己又回到人间了。是的。我又看到她了。我使劲了动嘴。我后来始终不记得当时说了什么。下面的话是她在我完全清醒之后告诉我的：

　　我问："那是什么？"

　　她俯身在我耳边："是恶性的。已经全切除了。"

癌症病房

比照自己 30 年前那次住院经验，我想来想去，觉得除了打针输液，其他那些本该是护士做的工作，几乎全由我的家人和这位护工做了。所以，尽管我已支付医院若干"特级护理费"，还是心甘情愿每天另付一笔钱给她。可惜这钱必须交给居中推介的"服务公司"，至于这位可敬可叹的护工能够从中得到多少，我不得而知。

手术留存"左肺上叶等五个标本"的检验结果——正规说法叫"病理诊断报告"，很快送到我们手里。它确凿无疑地证实了石木兰大夫的诊断：

腺癌。
肿瘤侵及脏层胸膜。

我很庆幸做了一个正确的决定——立即手术，同时庆幸手术过程没有出现意外。然而，尽管我已做好充分的心理准备，自以为足够乐观豁达，可手术带来的痛苦还是大大超出我的想象。

临床那位病人的景象，现在在我身上如出一辙地重现。我周身上下插满胶皮管子，连连扯扯，头顶上的血压仪嗡嗡作响，供氧器咝咝吐泡，呼吸机的荧光屏上跳跃着绿色的荧光，使这间已经充满紧张气氛的病房更加紧张。

麻醉剂的作用迅速消失，痛苦每一分钟都在加剧，还伴随着高烧带来的昏沉。强烈的创痛并不是发生在沿肋骨切开的那条 30 厘米长的刀口，而是在胸腔里面，以至于撕扯全身的神经。

最要命的是，我必须按医生的要求不间断地大声咳嗽，让气流冲进胸腔深处，再爆发出来。医生告诉我，这是每一个完成胸科手术的病人必经的步骤。人体原本拥有五个肺叶，左二右三。肺叶本来是个充满气泡的膨胀体，在经过这样一次手术后，我的左肺已被切除一叶，另一叶的空气也全被挤压出来，扁平如纸。所以只有拼命咳嗽，强令气流进出，将保留下来的肺叶充气膨胀，填补空洞的胸腔，如此才能最大限度地补偿已经失去的呼吸功能。咳嗽本来不是难事，但现在，由于胸腔内部那些新鲜未愈的创伤，这轻而易举的过程变成反复施加的酷刑。我可以听到呼吸里带着沉重的挤压声，每次吸气都要使足全身力气，而每一次咳嗽都好像有无数尖刀从里到外割开我的胸膛，又好像有一块灼热的顽石在五脏六腑肆意碾压。我想今后我再也不会随便使用"撕心裂肺"这个词了——要不是经历了眼前这一切，我怎么也不会懂得什么叫作"撕心裂肺"。

我已经连续 48 小时不能入睡。楼里楼外的所有声音，都在我的听觉中被无限放大，汇集成搅扰人的噪声。走廊里的消毒水味顺着门缝钻进来，变得更加难以忍受。到了第三天夜里，疼痛终于击垮了我的意志。我不得不要求医生给我注射一支吗啡。一针下去，果然疼痛大缓，浑身舒适，居然能够小睡一会儿。醒来后第一个念头就是担心"吸毒成瘾"，所以再也不敢索要吗啡，宁可睁着眼睛，忍着剧痛，挨过漫漫长夜。

晓东昼夜守候在我身边，悉心伺候。儿子也是寸步不离，表现出从未有过的耐心和体贴。有一阵子我觉得自己实在是脆弱不堪，幸好有他们在！否则我恐怕真的熬不过去了。

这里是京城规模最大的肿瘤专科医院，医疗技术和设备都令我放心，尽管十分陌生，却非常容易适应。可惜与陌生人之间的相处就不是那么容易。医生和病人彼此彬彬有礼，按部就班，护士们也能做到招之即来，有求必应，但总像隔着一层纸，永远不能形成默契和共鸣，也不带任何情感。

其实情感这东西不仅难以言传，就连意会也很不容易。每天的查房时间，医生都会鱼贯而入，依次站在你的病床前，嘘寒问暖。可是你会觉得这一切都是在完成既定程式，就像数学家在解开一道数学难题，一个步骤接着一个步骤，精准无误而又冷漠无情。没有人会琢磨你的心情好坏。他们关注的只是你的呼吸和脉搏。

医院通常要为这种手术的病人安排"特级护理"，我也不能例外。这在医院的护理级别中算是最高等级。不过，我很快就发现，所谓"特级护理"并不意味着无微不至。护士们个个年轻漂亮，衣着光鲜。无论高矮胖瘦，脸上表情都是一样的庄重，声音也是一样的干燥平稳，回答你的问题时不会停下脚步，头也不会抬。她们通常坐在叫作"护士站"的高高柜台后面，或者是在病人看不到的其他什么地方，和病人的联系纽带，是一个对讲机和高音喇叭。喇叭悬在我的脑袋上面，所以，我总是在昏睡中被里面突然爆出的女高音惊醒——不是呼叫病人去护士站"取药"，就是催促病人家属去"缴费"。

在接受了连续几天的"特级护理"之后，我惊讶地发现：这里的护士都不会笑。值班护士每日例行的工作就是两次测量体温，另有若干次扎针输液。不过，她们永远不会在病床边坐下来。当她们出现在我眼前时，总是匆匆忙忙，同时还会伴随一声高叫。要么是一声"量体温"，伸手递过一支体温计，转身便走，剩下的事情就全是我自己的了。要么是一声"输液"，然后抬起一根纤纤玉指，在我苍白松弛的皮肤上摸索一番，于是便有一阵针刺的疼痛从我的手背上传导过来。接下来，我就只能自己盯着吊瓶里的药水滴滴答答，随时准备冲着对讲机呼唤一声"药没了"。护士倒是招之即来，也不废话，唰的一下拔出针头，飘然而去。

我对护士的职责完全不懂，只不过在30年前曾有一次住院经历。记忆中的护士不是这样的。那时候医院设施相当陈旧，墙壁斑驳，地下裸着水泥，没有落地窗，也没有电视机。病房很大，里面放着八张病床，却没有卫生间。护士们没有那么玲珑娇俏，可是个个亲切可人，说话细声软语，笑容总在脸上，从早到晚围着病人转，送药送饭，嘘寒问暖，教轻病人做康复锻炼，又为重病人洗脸擦身、接屎接尿。我还记得临床一位病人便秘，好几天不能正常大便，那个小护士急得下手去抠……

现在，这种种画面不知怎么竟又全回到眼前。30年来世道变化不小，我曾写过一本书描述这种种变化，所以对于变化早有刻骨体会，可是我怎么也想不到，这世道变来变去，怎么把个护士变得不会笑了呢！

其实会不会笑并不重要。护士不论多么和蔼可亲，毕竟不是亲人，不能奢望太多。想来医院也知道自己的护士不能满足护理需求，所以弄了个服务公司，为病人提供临床护理的专门服务，那叫作"护工"，说是代替家属照顾病人的。

我们请来的这位"护工"，是个来自安徽乡下的中年妇女。短发圆脸，身强体壮，殷勤周到，又能吃苦耐劳，笑脸迎接年轻护士们居高临下的眼光和呵斥。她每天工作24小时，白天守着我的病床，寸步不离，夜里就在床脚下铺块纸板，和衣而卧。我这里一翻身一咳嗽，她便立刻跳起来，问我有何需要。最难得的是她虽无大学文凭，也没读过护校，却懂得护士的全套功夫。取药、喂饭、翻身、擦澡、接屎尿、吸氧气、读体温、观察血压高低和脉搏快慢，教给我怎样呼吸、怎样咳痰、怎样恢复胸肺活力、怎样在床上舒展四肢，还能精确地预测什么时候我的疼痛可以缓解，什么时候可以下床走动。等到我如期下床后，又能指导我做一些简单的康复锻炼。

比照自己30年前那次住院经验，我想来想去，觉得除了打针输液，其他那些本来是护士做的工作，几乎全由我的家人和这位护工做了。所以，尽管我已支付给医院若干"特级护理费"，还是心甘情愿每天另付一笔钱给她。可惜这钱必须交给居中推介的"服务公司"，至于这位可敬可叹的护工能够从中得到多少，我不得而知。

但是，对我这个病人来说，有了这位护工，这家医院才有所谓的"特级护理"。

家人和友人

对一个癌症病人来说，仅仅依靠现代医疗设备、技术和药物，是件非常愚蠢的事。就算你很幸运地遇到一个妙手回春的医生，也不能代替一切。这是因为，治疗的过程既是物质的，也是情感的。医学说到底不光是科学，还是一份爱；不光是器物，还是心。

如果没有看到我在自己家里悠闲自在的样子，你就很难想象，一间真正有利于癌症病人康复的病房，与那种医学意义上的病房之间有多大区别。

每天晚饭后，窗外天光渐暗，暮色覆盖了都市的喧嚣，音乐就在屋里升起来，其中伴随着木鱼有节奏的敲打声，悠远飘逸，从容淡定。那是一曲吟咏佛陀的颂歌，出自我为自己选定的一套特别节目。我斜靠在屋子正中的长沙发上。这位置距离电视屏幕不远不近，又是环绕音响的中间。

我让自己沉浸在纯净柔和的韵律中，品味其中细节。有时我会站起来，走上几步，享受一下光着脚走在木质地板上的温润感觉。如果觉得体内有一点不适，比如胸闷了——这是肺切除手术后的后遗症，或者头痛了——这是颅内病变的症状，我可以随时躺下来，头枕沙发扶手，舒展四肢，无拘无束，闭目凝神，让意念随着呼吸在自己身体里上下游走。音乐缓缓流动，丝丝入耳，仿佛来自天外的抚慰。这时候，我能体验到一种人与神之间的联络与沟通。心静如水，物我两忘。

就这样过了半小时，也许一小时，身体内的不适感竟奇迹般地渐渐缓解。我重新换张光盘，听一段侯宝林的相声，傻笑一会儿，又打开电视，看一段《动物世界》，闭目养神片刻，睁开眼睛回到现实世界，满足于世俗的安逸和快慰。那些故事庸俗节奏缓慢没有悬念的电视剧，也能让我看到结束。晓东笑我看电视的品味越来越低。我回答，我要感谢电视剧的导演们，他们弄出来的这些东西，挺适合我这种病入膏肓、反应迟钝的人。

我是迫不及待地离开医院回到家里的，甚至没有等到拆去缝合伤口的那一排金属钉。说老实话，我不喜欢医院。医院是救命的地方，却不是养病的地方。病房是个公共场所，不是私宅。医生护士不论多么和蔼可亲，也不是亲人，所以我在医生护士面前多少需要注意一点礼仪，也难免会有男女有别的顾虑。一想到薄薄被单下面的自己赤身裸体，就会心跳加快，完全不像在家里时可以随心所欲。

病房设有一个带洗澡设备的卫生间，这让我感到社会的进步。记得很多年前生病住院，病人都是使用公共浴室，一层楼也只有一处，我就算深更半夜想要小便，也必须沿着走廊走上很长一段路才能到达。眼前这病房让我不必再有这样的麻烦，可是每次使用还是会被"锁门还是不锁"这问题困扰一阵。锁，要是出了紧急情况怎么办呢？不锁，这屋里至少有一半人不是你的家人，人家要是闯进来又该如何？

诸如此类的问题还有很多很多。空调要不要使用？窗户要不要打开？

房门要不要关上，以便把噪声和消毒水的味道隔在外面？被子要不要掀开，以便让自己透透新鲜空气？要是在自己家里，这些事都可以由着性子来，完全不是问题。可惜这里不是我的家！电视机就挂在头顶上，屏幕里的光芒永无休止地跳动，似乎是这间屋子里唯一能让我转移注意力和放松情绪的东西了。可我要是真的想看，就只能扭着脖子，斜着眼睛，让身体保持一种极不舒服的姿势。如果我不喜欢，也不能关闭电视，不能更换频道，不能调节音量，因为旁边那位病友正目不转睛地盯着屏幕呢，我无法判定他是不是有和我一样的好恶。

邻床病友好几天来总是苦着个脸，一言不发，我甚至一度怀疑他是哑巴。有一天他忽然冲我开了口。我猜想一定是同病相怜的缘故，所以他开门见山，直抒胸臆。他告诉我，他很郁闷。不是因为得了这种病，也不是因为手术后的身体疼痛，而是因为"这地方太没人情味，住了这么多天，还处处陌生"。

手术后的第九天终于传来好消息。医生拔去我身上所有的管子和瓶子，还告诉我伤口愈合得不错，我可以等到拆线后出院，也可以现在就走。我毫不犹豫地选择后者，在与医生约好回来拆线的时间后，迅速逃离。

一路上，汽车每一次轻微颠簸都会牵出胸腔深处一阵疼痛，我却义无反顾，头也不回，心里念叨着脱离病房有如脱离苦海。一会儿又觉得自己有点过河拆桥，进而想到医院的种种好处，不禁骂自己比医生护士还要无情无义。说到底，人家除了没有冲你微笑之外，也实在挑不出别的什么毛病。

但不知为什么，总是觉得有什么地方不对头：我做了一个正确的决定，却一点也不觉得自己正确；经历了一次成功的手术，却感觉自己更像是一个被现代医学的冷漠包围着的孤独无助的人。这好像一点都不合逻辑。

一进家门我才明白，我是在为失去家里那种温馨、纯粹、从容不迫和自由自在的感觉而不安。

对一个癌症病人来说，仅仅依靠现代医疗设备、技术和药物，是件非常愚蠢的事。就算你很幸运地遇到一个妙手回春的医生，也不能代替一切。这是因为，治疗的过程既是物质的，也是情感的。医学说到底不光是科学，还是一份爱；不光是器物，还是心。

所以，没有哪个病房能比一个家更适于我们康复。

我的家坐落在京城一条交通干线的北侧。门前一条双向十车道的马路，连接着东西两边最繁荣的商务区。确切地说，这只是一栋普通的居民楼，是这座城市里最常见的那种钢筋混凝土结构的建筑。由于 2008 年北京奥运会就要召开，而这条路又是民众去往奥体中心的必经之路，所以楼房外墙刚刚被涂上新鲜涂料，整个墙体都被染成淡黄色调，亮丽可人。

八年前我们把家搬进来时，对房子精心做了一番装修。窗户加装了三层玻璃，为的是隔绝外面马路上呼啸而过的汽车噪声。屋内覆以大面积的木料，边角全部以柚木包饰，每个细节都十分精心，还刻意强化了木材纹理的本色，为的是避免华丽浮躁之气，保持天然和内敛的风格。半开半合的白炽灯饰，调低了屋内的光线，在不经意间渲染着一种温馨和柔情。我和晓东都非常喜欢这房间装修的品位，它融合了我们共同的喜好和默契，也符合我的本性。但是从那以后，我因为在上海工作的缘故，很少在这里住，只有妻子和儿子在这里朝夕共处，相依为命。如今，我终于可以栖息在自己的小屋里了。

儿子把自己的房间腾出来，成了我的临时病房。事实上，除了床头那台制氧机显示出主人是个病人，这里更像一间书房。这是一间朝南的房间，拥有充足的阳光和一个男孩子杂乱无章的堆积物品。我刻意要求屋内一切东西全都按照原样摆设，因为这房间带着我对儿子成长过程的全部记忆。我一生中值得珍惜的东西并不太多，这些记忆便是其中最动人的部分。这记忆曾伴随我度过了别妻离子的寂寞，现在，它也将帮助我度过生命中最困难的时光。

感谢上帝赐予我这"康复病房"。虽然没有了跑前跑后的医生，没有了那种被称作"特级护理"的医疗服务，没有了细心周到的护工，没有了救死扶伤气息十足的呼吸机、氧气瓶和输液吊针，但是这个"病房"丝毫不缺少助我战胜疾病的力量。

我很幸运，在那些最困难的日子里，有家人陪伴。晓东不仅伺候我的日常起居，还分担着我的精神压力。她原本是个乐天、率性的人，胸无城府，肚里永远藏不住话，无论喜怒，总是明白无误地挂在脸上。她从来不喜欢在压力之下生活，稍不顺心，情绪就会勃然爆发。可是，在我被医生宣布"死期"时，她似乎在一夜间学会了承受压力，学会了隐忍和控制自己的情绪。有很多次她实在压抑不住，躲到我看不见的地方大哭一场，然后擦干眼泪，回到我的面前，故作一副没事人的样子。只有一次，她也许是悲痛欲绝，压抑不住，突然爆发出来。她痛不欲生的样子在我面前暴露无遗，于是我明白了，她承受的精神压力比我还要大。也正是那一刻，我意识到自己一身系着两条性命。我不能放弃，我必须好起来。

我们结婚已经26年，彼此相知很深。她从小娇生惯养，又很任性，有时候，她的坏脾气真是让我惊讶。可是在经历了最初的悲痛折磨之后，她逐渐变得坚强，开始表现出一种理性和从容。过去很多年里，她说话总能逗得我哈哈大笑，现在，她的乐观天性重新主导了家中的气氛，幽默的禀赋也回来了。这带给我无尽的快乐，让我常常忘记自己的病入膏肓之躯。

肺癌切除是我此生经历过的最严重的肉体伤痛。晓东则因我的恶性肿瘤终于被证实无疑，在精神上备感沉重。她承担着巨大压力，还要昼夜服侍我，助我很快形成新的作息习惯——早睡晚起，一日五餐，准时开饭，午饭后再踏踏实实地睡上一会儿。遵循一种稳定的、没有任何不确定因素的规律度过每一天，会让我有一种舒服安定的感觉。

今天回想起那些困难的日子，我能感觉到，在我的情感世界里起着支撑作用的，既不是来自医生的好言安慰，也不是自己的坚强意志，而是来自家人的关爱。

然而这并不是唯一的。

我们又开始迎接久违的友人。说是"久违"，其实只不过是隔了刚刚过去的这几个星期。他们从我的新一轮坏消息中解脱出来，估摸我又恢复了人样，就一个接一个地登门探望。我注意到他们进门时不再手捧鲜花，脸上却多了轻松的笑。

这是一个细微的变化。过去18个月里，他们的心情被我的病情左右着，阴晴不定，忽悲忽喜。先是在北京、上海两个城市昼夜奔波，接着又到香港、美国和欧洲，为我求医问药。一边传递振奋人心的消息，一边极力掩饰内心的悲伤。进门的时候手捧鲜花绿叶，表情肃穆，让我想到遗体告别仪式上的那种场面。而现在，没有了鲜花的环绕，没有了沉痛的脸。大家说话更随意，笑声也更响亮，不用顾忌医院里那种肃穆绝望的气氛，也不用担心搅扰了同病房的病人，于是就像彼此约好了似的，他们不再勾起哀伤的话题，尽力营造快乐的气氛。老实说，这让我轻松极了。

我在客厅的沙发上坐定，听着大家的祝福，体会着每一个人的良苦用心，情真意切。这真是一种上天的恩赐。我知道现在的都市人每天匆匆忙忙，争分夺秒，很少有人愿意把时间无谓地花在别人身上。可是这些朋友肯在我这里坐上好几个小时，如此兴致勃勃，只不过是为了让我开心，给我信心！

　　他们讲述的故事大同小异，尤以癌症可以治愈为首要话题。这和他们过去探访时讲的故事不大一样。那时候，他们搜集了许多"医生误诊"的案例，这一回眼见木已成舟，就鼓励我做个"抗癌英雄"。他们来自不同的阶层，年龄各异，性格有别，说话时的情绪要么沉重，要么轻松，要么伤感，要么喜悦。他们讲的故事发生在天南海北，内容却又惊人的相似。我刻意积累，认真领会，不知不觉中已在心里留下一本"世界抗癌英雄谱"。

　　我猜想，他们恐怕是一次次地从这些故事中得到鼓舞，开始觉得癌症这东西没什么了不起。它不是绝症，只不过是一种慢性病。

　　了解到有那么多人遭遇癌症还能快乐地活着，我觉得自己已经算是相当幸运。我的身体的确已经元气大伤，肺癌的帽子也不折不扣地戴在头上，还有一个"脑转移瘤"，就像一把悬在头上的"达摩克利斯之剑"，随时都有斩落下来的可能。但是，这本"抗癌英雄谱"中的人物，哪一个不是历经百般病痛折磨之后重获新生！比起他们，我至少还躲过了化疗和放疗之苦呢！

我为什么不化疗

我有时候会恍惚产生一种感觉：癌症患者的治疗如同博彩。你想想，当赢的概率只有2%，而输的概率高达98%的时候，你会下注吗？更何况现在我们不是博彩，而是在选择拯救生命的道路。

我对化疗没有先入为主的成见，只是因为与癌症结缘，才留了一点心。结果发现，迄今为止，还没有哪一种疗法能像化疗一样声名狼藉，却又如此广泛地被应用在病人身上。

我已经知道，癌症治疗有它独特的困难之处。你如果得了别的什么病，手术的成功就意味着已经治愈。你如果得了癌症，手术的成功仅仅意味着治疗的开始。此后化疗、放疗，或者别的什么"疗"，轮番上马，都是正常的程序。所以，我在忍受着术后创痛的同时，也纠结于一个问题：到底要不要做化疗？

出院前，刘向阳大夫曾给我一个忠告，就是"不建议你去做化疗"。他说这话时，脸上一点也不掩饰对化疗的反感，让我感到其实他真正想说的是"反对"，仅仅由于医生的职业戒律，才使用了一种比较委婉的表达方法。我当时就想，我现在这种情况，如果换作他，他恐怕是不会去做化疗的。

刘向阳大夫的医疗思想是个多元的复合体。在外科方面，他倾向于积极的手段。比如，他能熟练地实施微创手术，却很少采用。他认为那样做不利于彻底清除癌细胞。手术的最大难题，不是切去肿瘤，也不是创伤愈合，而是阻止癌细胞的扩散，也叫"根治"。为了达到根治目的，他下刀既狠又准，尽可能彻底地清理病人体内的可疑组织。但是，谈到其他医疗手段，比如药物治疗，他坚决反对种种"过度行为"。中医很多抗癌药，他认为都是"忽悠"；西医很多昂贵的"特效药"，他也不以为然。所以，他才会给我这么一个忠告。

可是石木兰大夫一听就乐了。"这可不是他的强项。"她说，"我也不行。"

很显然，她恪守着职业守则，对于自己专业之外的事绝不妄加评议。禁不住我的一再要求，她才推荐我去看一位内科专家——冯奉仪。

"要不要化疗，"石木兰大夫说，"应该听她的。"

于是我去寻找冯奉仪大夫。

我对这次门诊有一种特别的期待，就像几周前对刘向阳的期待一样。就诊之前我特别做了一番功课，把自己对化疗的了解细细梳理一遍，做好与专家对话的准备。对于化疗的种种批评之声，多少年来一直没有停止过，而且越来越强烈。比如"刘太医"就坚定地认为，"化疗是把杀人刀"。这话的意思是，化疗无异于医生在谋杀病人。

我想，这种评价过于极端，对化疗来说也不公平。的确有很多癌症病人在化疗之后迅速衰竭乃至死亡，令人对化疗生疑。但是，也确实有很多经过化疗的病人延续了生命，甚至痊愈，让人相信是化疗之功。我的母亲就是一个例证。她77岁那年得了胃癌，在实施胃切除手术之后辅之以化疗药物。手术大夫当时对我说，她活不过一年了，可是到现在已经过去十年，她仍好好地活着。我在人民日报社的一位值得尊敬的上级，也有大体类似的经验。她在十年前患卵巢癌，手术之后每隔一段时间就会发现转移，可以说癌细胞在她全身到处乱跑，每一次转移便进行一轮化疗，她经历着"转移—化疗—再转移—再化疗"的巨大痛苦，但是到现在仍然从容不迫地活着。

目前全世界至少有三分之一的肿瘤患者使用了化疗。毫无疑问，化疗有很多成功的案例。同样没有疑问的是，化疗也有很多失败的案例。它的弊端和它的优点一样令人印象深刻。

过去几年，全世界有很多研究者发现，用化疗对付肿瘤收效甚微，而它的副作用大大超出人们的想象。一些正在用于临床的化疗药物，杀死的正常细胞远远超过它们杀死的癌细胞，结果导致病人普遍出现感染、发烧、脱水、呕吐、厌食和全身衰竭。一项研究令人信服地证明了，化疗副作用的实际发生率要比临床试验预测的水平高 3~4 倍，而没有经过化疗的患者，接受急救和入院治疗的比例反而较低。这一结论是在调查了至少 3.5 万名经过化疗的癌症患者后得出的，所以应当具有相当大的参考价值。（详见《研究显示：乳腺癌化疗副作用严重程度超出预想》，2006 年 8 月 17 日搜狐网）另外一项研究则发现，化疗或者放疗甚至还在导致癌细胞的加速扩散转移。（详见 2007 年 4 月 10 日《深圳特区报》，A14 版）

在国内，不少医学专家表达了几乎相同的观点。他们认为，化疗在治癌的同时可能导致新的癌症。（详见《业内人士披露：化疗可能诱发新的癌症》，2006 年 4 月 27 日搜狐网，据《金陵晚报》记者陈艳萍报道）很难在临床病例中找到直接证据支持这一观点，但是我发现，类似的现象已经出现在汤钊猷教授的实验室中。汤是复旦大学附属中山医院肝癌研究所所长，同时还是中国工程院院士。过去几十年，他以外科手术加上化疗、放疗的方式治疗肝癌，功高望重。可是他发现，尽管他领导的肝癌研究所完成的小肝癌切除病例增加了至少十倍，患者的"五年存活率"却没有明显提高。于是，他开始检讨自己的治疗方法是否有弊端。2009 年 10 月，汤钊猷教授在医学前沿论坛上提醒他的同行，手术、化疗和放疗这类传统疗法潜伏着巨大的危险，因为它们在治癌的同时"也可能致癌"。

在人的各种特质中，我最佩服的就是自我反省的精神，尤其那些功成名就、资深位重之人，还能从容平和地检讨自己的得失，就更加令我敬重。汤钊猷教授在中国肝癌治疗领域里享有极高声誉，兼有医生和科学家的双重身份，所以他的"反省"对我来说分量格外重。他连续 15 年的研究令人惊讶地证实，某些手术，尤其是那些已经错过根治的最佳时期，只是勉强完成的"姑息性切除"，可能促发残癌细胞的侵袭转移。在另一项动物模型研究中，他还发现，在肝癌小鼠接受放疗的两天内，癌细胞停止生长，可是等到 30 天后，癌细胞迅速显示出肺转移倾向，居然比那些未经放疗而休养生息的肝癌小鼠更高、更活跃。（详见 2009 年 10 月 15 日《健康报》，记者胡德荣报道）

这是小鼠，人会怎样呢？汤钊猷教授没有断言，只是用了"也可能"三个字。我以自己见到的癌症患者来考量，其中很多人的情形，和汤钊猷教授实验室里小鼠的情形竟是如出一辙。

也许正是由于有了这些研究结果，美国临床肿瘤学会才会在 2006 年洛杉矶年会上指出，肿瘤患者根本就无须采用化疗。（详见 2006 年 6 月 14 日《科技日报》，记者倪永华据《德国世界报》报道）在临床治疗领域里，即使是化疗最坚定的维护者，也不得不承认，这是一种不分青红皂白的治疗手段。它能杀死癌细胞，同时也在肆意摧残病人的健康细胞。

但是在我看来，问题的关键还不在这里，而在于，化疗的结局不论成败顺逆，其潜在逻辑都是一样的。那就是，认定癌细胞是我们不共戴天的敌人，必须将其彻底剿灭。蒋介石当初肃清共产党时有个口号："宁可错杀一千，决不放过一个。""化疗"也是这个逻辑。为了杀死一个癌细胞，甚至可以把病人折腾得吃了就吐，滴水难进，全身衰竭，羸弱不堪。这不符合我刚刚建立起来的理念：癌症不是绝症，只不过是种慢性病（关于这一点，我在后面还会详细谈到）。我需要的是"持久战"，甚至是"与癌细胞和平共处"。任何速战速决、你死我活的想法，只是一种奢望，其结果很可能适得其反。

见到冯奉仪大夫时，我脑子里全是这些想法，既坚定又模糊。

冯是肿瘤医院胸内科的资深医生。在肿瘤治疗的领域里，如果说外科医生"就知道动刀子"，那么内科医生就是对"化疗"情有独钟了。所以，我做好准备听她大讲一番化疗的好处。可是很快我就发现，冯奉仪大夫不是这种有偏向的人。她在对病人叙述化疗的好处时，不会回避那些不利的事实，同时还能以相当专业的立场，把一些模糊不清的事实表述得异常清晰。这一切对我做出正确决定至关重要。

她先是阅读我的肺切除手术病历，然后听我叙述发病的全过程。没想到，这位胸科专家被我的脑片吸引了全部注意力。她盯着那个乒乓球似的阴影，好一会儿，又抬头把我打量一番，眼里满是疑惑，似乎不相信这个病人现在还能这样坐在这里，还能这么清晰地陈述病情。

在把注意力重新转到那堆胶片之后，她很快发现我的颅内病灶已经明显缩小，忍不住连声说："有意思，有意思。"同时把胶片一一摊开，招呼她的几位学生过来，"你们看，你们看。"

"多长时间了？"她再次确认我的病史。

"一年半。"我回答。

"做过什么治疗吗？"她又问。

"你是说在开胸手术前？"我反问。

"对。"

"没有。"

"就是说，你没有对脑子里的病灶采取过任何治疗？"她将信将疑。

"喝'牛筋汤'算吗？"我说。

她笑了，不置可否。

我也笑了。我想这是用不着回答的问题。让一个西医专家说，"牛筋汤"能治肿瘤，那就好比让一个天文学家说，蚂蚁能让太阳消失。

冯奉仪大夫的专长并非神经科，可是，我的"脑瘤"有如此乐观的表现，已经足以让她认定，这是一个孤立现象，不是转移瘤，进而断定，我的肺部肿瘤尚未转移，因而属于"早期"。

一个胸内科专家如此明确地把我的肺癌和脑瘤分别对待，这是第一次。

我大大松了一口气，看来我基本上可以摆脱"晚期"的困扰了。

我试探着提出那个最迫切的问题："还需要做化疗吗？"

她回答得很干脆："可做可不做。"

"化疗的副作用我知道一些。"我问，"我现在想知道，它有多大的好处？"

"像你这种情况，可以把治愈率从 60% 提高到 62%。"

这答案既清晰又精确。然而她还是担心我不明白，接着解释，医生所说的"治愈率"，更专业的说法叫"临床治愈率"。癌症患者经过治疗后，在五年之内没有再发现可见的转移或复发病灶，叫"五年存活"，在医学上就叫"治愈"。早期肺癌患者手术后的"五年存活率"为 60%。而手术之后再做化疗的病人，可以把这个数字提高到 62%。

"提高两个百分点。这是一个平均统计数。"她尽可能客观地向我表述化疗的作用，然后，用征询的眼光看着我，等待我的决定。

"那我还是不做了吧。"我说，"冒那么大风险，只为两个百分点，好像不值。"

冯奉仪大夫所说"60% 的五年存活率"，我不是第一次听到。可以说，这是一部早期肺癌患者的"生死簿"。我还听说，这个数据涵盖了全世界迄今为止全部的治疗成果。所以也可以说，这是现代医学的"生死簿"，而非阎王老爷的"生死簿"。

一种药物的疗效如果真正科学可信，它就应该具有足够多的临床病例统计，并且加以对照。比如说，我们在一项临床试验中，将2万个完成全切除手术的肺癌患者分为两组，每组1万人。其中一组采用化疗，而另一组不化疗。最后我们可以在"化疗组"中得到6200个存活五年以上的病人，而"非化疗组"里只有6000人。如此，我们就可以说，"治愈率从60%提高到62%"。

然而，如果认为这场试验的结论到此为止，那就是只知其一，不知其二。

从理论上说，"62%的五年存活率"，同时意味着还有"38%的五年死亡率"。

可是，既然这是一个平均数，实际的进程也就很自然地具有差异性。具体到"化疗组"的每个病人，都有更多生的希望，也有更多死的危险。医学所谓把"五年存活率"提高两个百分点，是在表明它增加了"生的希望"。

现在需要追究的是，"化疗组"中那"未能存活五年以上"的3800人，如果没有采用化疗手段，是否有人能"存活五年以上"呢？换句话说，化疗在延长了一些人生命的同时，是否也缩短了另一些人的生命呢？

这个问题的重要性在于，如果答案是肯定的，那么，"从60%提高到62%"，这些数字虽然在统计上没有错误，却极有可能掩盖了另外一个事实：化疗也增加了死亡的危险。

我曾拿这个问题问过很多医生，可惜没有人能够给我一个答案。

我对医学完全是个外行，要想为这样的疑问找到答案，只能依靠逻辑和常识。

现在，我们可以对上述那次临床试验做一个假设："1万人的化疗组"中有200个人原本是可以存活五年以上的，却因为化疗摧毁了体内的免疫系统，导致并发症，或者是全身衰竭之类的问题（这是我们在癌症患者临死之前常见的现象）更快地死亡了，同时还有另外 200 人经过化疗把生存期延长到五年以上，那么，最终结果还是"3800∶6200"。

"治愈率从 60% 到 62%"的结论没有改变。可是具体到每个病人，"化疗"的结果就不会是一个，而可能是三个：

1. 延长了存活期——你花钱受罪得到了回报。只不过概率很低，你只有 2% 的机会。

2. 没有延长也没有缩短存活期——你除了花钱和受罪之外，一无所获。根据统计，这种可能性很大，达到 98%，也即本来就该活的 60%，再加上本来就该死的那 38%。

3. 缩短了存活期——你花钱受罪的结果是更快更痛苦地死亡。这种结果，迄今为止没有人能给我们确切的统计，所以我们只能借用医生诊断疾病时常用的那个词——"不排除"。

从统计学的角度看，第三种结果和第一种结果的概率应当是正相关的——在平均数"62%"不变的情况下，"延长存活期"的人数增加或者减少，也就意味着"缩短存活期"的人数会相应增加或减少。

我猜想，冯奉仪大夫应当是考虑过这些可能性的，不然她就不会对我说"可做可不做"。

可惜大多数医生不是这样。他们的问题在于，当他们把化疗这种治疗手段摆在病人面前时，只不过描述了"生的希望"，却不能表述"死的危险"，也不能让病人清晰地意识到多种可能性。

换句话说，如果我选择成为"化疗组"中的一员，我就有 2% 的可能性成为幸运的人——原本活不过五年，结果是延长生命到五年以上；有

98%的可能性是花钱受罪，却根本不会改变本来的结果——该活还是活，该死还是死；当然还有可能成为更倒霉的人——原本还能多活几天，结果弄巧成拙，花钱受罪还找死。

我有时候会恍惚产生一种感觉：癌症患者的治疗如同博彩。你想想，当赢的概率只有2%，而输的概率高达98%的时候，你会下注吗？

更何况现在我们不是博彩，而是在选择拯救生命的道路。

所以，当医生们信誓旦旦地描述某些治疗方法的效果时，我们必须彻底弄清他们的话到底意味着什么。

16个月前，医生们告诉我必须实施开颅手术。那时候他们认定，我的脑袋里长了肿瘤。"恶性"的可能性在98%以上，"良性"的可能性不能说没有，即使有，也不超过2%。我还记得医生们当时坚决主张立即手术的理由："作为医生，我们不可能考虑一个2%的可能性，而放弃98%的可能性。"

现在，在谈论化疗的时候，医生告诉我，它可以使"五年存活"的概率提高2%。我理解这话的潜在含意是，它有98%的可能性是完全无用的，甚至是有害的。

这前后两个2%，如果分开来看，医生说得都不错，在病人听来也是理所当然。可是如果把它们合起来加以对照，就会发现，这里面有一种颇为奇特的逻辑：同样是"2%"，在前一种情形中，医生"不可能考虑"；在后一种情形中，它却成了医生出手下药的理由。同样是"98%"，在前一种情形中，医生可以力主采取坚决措施；在后一种情形中，却又可能完全被漠视。

所以，我决定不化疗。

我不是第一次"拒绝治疗"。就像此前提到的，我曾经拒绝了开颅手术，拒绝了脑穿刺，拒绝了"控岩散"，拒绝了一些所谓"抗癌新药"。同时，我并没有拒绝所有的治疗，比如我接受了肺癌全切除手术。这样看来，我并不是"拒绝治疗"，而是"拒绝过度治疗"。

别让医生治死你

"积极治疗"不等于"过度治疗"。对于我们这些癌症患者来说，仅仅凭借坚强是不够的。我们应当是坚强的患者，同时也应当是聪明的患者。在很多情况下，智慧比坚强更重要。

癌症患者的治疗之路上有很多疑难。其中有一些可以不必认真，至少不用太过纠缠。不过，有一个问题千万要警惕，这就是"过度治疗"。

一百年来，人类用于癌症研究和治疗的花费，增加了几十倍甚至几百倍，可是中晚期癌症患者的平均治愈率几乎没有提高（我们在治疗方面所取得的成果，实际上主要得益于检查手段的日益进步，从而使越来越多的早期发现成为可能）。我们能说癌症治疗的所有成就和所有新药都是骗人的吗？能说病人的所有期待和所有花费全都白搭了吗？显然不能。

事实上，我们的确看到很多癌症病人经由现代医学的治疗长期存活。既然如此，为什么显示癌症患者总体治疗水准的"平均治愈率"并没有明显提高呢？

我猜只能有一个解释：那些最新最先进的治疗手段和药物所产生的疗

效，几乎被它们给病人带来的摧残抵消掉了。所以，在一些病人延长存活期的同时，另一些病人也因为"过度治疗"缩短了存活期。说白了，就是更快更痛苦地死去。

我遇到过很多满脸悲怆、眼里充满期待的人。这些人不是癌症患者，就是他们的家人。他们在经历了最初的打击之后，能想到的唯一的事，就是去找最好的医院、最好的医生、最好的医疗技术和最好的药。他们也许以为我一定是受益于这些"最好的"，所以不断地问我："哪里的医院最好，上海的还是北京的？""你看的是哪个医生？""你采用了什么方法？""你吃了什么药？"……他们用了所有精力去寻找所谓治疗癌症的新技术。有"手术"，有"化疗"和"多药联合化疗"，有"放疗"和"超大剂量放疗"，有"伽马刀""氩氦刀""质子刀""光子刀""R 刀""中子刀"，有形形色色的中西医新药，甚至还有"烫死疗法""冻死疗法""饿死疗法"……

可是大多数患者都忽略了一个问题：这些所谓"癌症患者的福音"，或者所谓"攻克癌症的曙光"，其实潜伏着巨大危险。

我这样说，是因为身边发生的一些事引起了我的疑虑。

我的一位同行不幸患了淋巴瘤，那时候他正当壮年，有一个受人尊重的岗位。他恪尽职守，有兢兢业业之心，无哗众取宠之意，所以在公众中享有很高声誉。这样一个癌症患者，正具备了医生下重手出狠招的两个条件：有一副好身板，而且不缺钱。他进了最好的医院，请了有名望的医生，享有最新、最周到的医疗条件。于是，他开始接受一轮又一轮的化疗，就这样过了十个月。医生后来接受记者采访时承认，"他那个时候白细胞降到零，意味着身体无免疫功能了"，同时还说，"实际上还有一些并发症"。2009 年夏天，他在最后一次，也是"更大剂量的一次化疗"之后不久，撒手西归。他"化疗了九个疗程，他是个坚强的男人"，报纸在宣布他去世的消息中这样说。

然而，他的治疗被不少人认为是一次失败的努力。患者的"坚强"毋庸置疑，可是这没能挽救他的生命，甚至有可能助长医生的"过度治疗"。有些人甚至极端地指出，这是"西医杀人"的典型例证。人们当然不会指望一个身患癌症的人还能长命百岁，但是他们全都认定，这个"医治无效"的病例更准确地说是"医治失败"。有个名叫张明的人在自己的博客上指出，这次失败的治疗"原因只有一个，那就是过度的化疗"。

张明不属于那种疾恶如仇的外行人。他是国家注册执业医师，还拥有"主任医师"的头衔，所以他的质疑中有很强的专业味道。"就淋巴瘤来说，"他写道，"目前无论中医、西医，治愈率都非常高，五年存活率50%左右，相比肺癌仅10%的存活率，可以说是一种比较容易治愈的疾病。"接着他又指出，这种一轮接一轮的化疗"太残忍和太不人道"，"正是这最后一次大剂量化疗"给了病人"致命一击"，"导致全身功能衰竭而亡"。这等于是在暗示，在这一失败的病例中，医生是"杀手"，作案工具就是化疗。（详见"39健康网"，张明博客）

张的批评看上去有些偏激。他"中华中医药学会肿瘤专业委员会委员"的身份，显示了他的专长是中医，所以有人怀疑，他对化疗的攻击只不过是中西医的门户之争。我对中西医之间的相互贬损多少抱着一点警觉。不过，由于身边接二连三地发生差不多同样的病例，更由于设身处地，同病相怜，我还是很认真地把张明的话琢磨了一番，希望能够去伪存真，看看那些带偏激情绪的言论中是否也有几分真相。

根据张明的描述，这位患者"患病前身体素质非常好"，"可以说就是不治疗也能活十个月，而且生活质量也不会这么差"。这个情节让我怦然心动，不由得再次想起我那位死于肝癌的亲戚。那时候，我的脑子里也充满了这个念头：就算不治疗，他也不至于活不过三个月啊。

对待癌症不应麻木不仁，不容讳疾忌医，医生主张"积极治疗"也是有根据的。尽管如此，我还是很坚定地认为，"积极治疗"不等于"过度治疗"。

"过度治疗"这个词，不是我的发明。医学行家们在描述肿瘤治疗现状时，早就频繁地使用了这个概念。它意味着医生使用了超过疾病所需，或者超出患者肌体承受范围的治疗手段。根据美国癌症研究协会 2009 年发布的一项报告，健康的免疫系统是预防癌症最重要的部分。而过度治疗会破坏患者的正常器官、组织和机能，令病人增加不必要的痛苦，甚至不能正常新陈代谢。结果是，患者迅速衰竭或者出现其他并发症，加快了死亡的进程。

要想界定"过度治疗"与患者死亡之间是否存在直接的或间接的因果关系，并非没有可能。2010 年 3 月，我在媒体上看到一则新闻，上海一个患者在查出癌症之后仅仅两个多月便去世了，家人以"过度放疗"为由提起民事诉讼。两位精明的律师居然在患者病历中找到了有利于原告的证据：医生为病人放疗 13 次。"在已引发极度'低血小板血症'的情况下，仍持续不断地给患者进行致死性的放射治疗，导致患者全身弥散性血管内凝血而发生死亡"，最后一次放疗距离病人去世仅仅 11 天。这一案件最后以病人家属获得 9 万元赔偿、"医院当庭承认错误"了结。（详见《过度放疗送了她的命》，2006 年 4 月 10 日新浪网，据《劳动报》报道）

对逝者家属来说，意识到"过度治疗"的恶果为时已晚，然而诉讼结局毕竟可以算作不幸中的一个幸运。因为要想证明"过度治疗"与患者死亡之间的因果关系，并不是一件容易的事。事实上，"过度治疗"在大多数情况下是很难追究的。患者家属或者旁观者即使心存怀疑，也很难拿出确凿证据来指控医疗中的过失。比如张明对那个病例中"过度治疗"的质疑，就仅仅是建立在常识和推理的基础之上。

尽管如此，这一病例还是促使我去搜寻一些资料，结果让我着实吃了一惊。原来近几年有很多人指出"过度治疗"给癌症患者带来巨大伤害，而且，这种伤害相当普遍地存在着。

有一项统计称，由于过度和不合理的治疗，"致使至少15％的患者加速死亡"。另外有个说法，叫作"三个三分之一"：

死于癌症的人——
三分之一是吓死的；
三分之一是治死的，也就是"过度治疗"导致病人无法承受而死；
三分之一是病死的，也可以说是癌症本身造成的死亡。

还记得我刚刚发病不久，曾听到纪世瀛说过类似的话，当时以为这不过是外行人的愤世嫉俗，或者是给予我的好心安慰。如今我却惊讶地发现，原来这"三个三分之一"竟是出自肿瘤医学界的内部，并且相当频繁地被一些医学专家阐述，包括陈焕朝和汤鹏。这两个人，前者是湖北省肿瘤医院院长、省抗癌协会理事长（详见《三分之一癌症患者是被吓死的》，2010年4月20日汉网，据《楚天都市报》报道）；后者是中华医学会肿瘤分会委员、海南省抗癌协会副理事长、省医学会肿瘤分会主任委员（详见2010年4月13日《海南特区报》）。另外还有几位，虽然没有直接说到"三个三分之一"，但也在异口同声地斥责"过度治疗"。其中包括中国人民解放军150医院院长高春芳（详见《道德缺失及经济利益导致过度治疗》，2010年3月7日中国经济网），南方医科大学博士生导师、南方医院副院长、广州抗癌协会理事长罗荣城（详见《生命不息，化疗不止》，2006年9月27日《青岛晚报》），以及卫生部副部长黄洁夫。后者曾说："很多药不是该吃的，却在吃，很多治疗是不需要的，却在做。"为了引起更多人的关注，他在全国政协会议上把这个问题提交给所有医药卫生界的委员，还向大家推荐德国人尤格·布莱克的著作《无效的医疗》。他说："在美国，40% 的医疗是无效的；在我国，这种现象也已经非常突出。"（详见 2010 年 3 月 18 日《当代健康报》）

2008 年秋天，也即我决定不做化疗的几个月后，适逢上海抗癌协会癌症康复与姑 tb 息治疗专业委员会学术年会召开。上海《新闻晚报》发表的一则消息说，"过度治疗"正在损害患者的肌体，"甚至危及了他们的生命"。这是与会的 400 位国内外专家对肿瘤的"过度治疗"达成的共识。

我很快就看到了这次会议提供的一些调查数据：

——目前我国有 80% 的癌症晚期患者在有意或被迫接受着超过疾病治疗需要的"过度治疗"。

——全球肿瘤患者有 1/3 死于不合理治疗。

——因为"过度治疗"盛行，癌症患者的死亡率上升了 17 个百分点。

看到这么多的"圈内人"痛斥"过度治疗"，并且使用一些相当具体的数字，我觉得很不寻常，所以想知道这些数据是否精确无误，是否有根据。

于是我开始到处搜寻，结果看到了一些让我惊讶不已的事实。它们来自一个美国人的报告。

此人是美国哈佛大学医学院的肿瘤专家，名叫厄尔。在对 1991 年至 2000 年死亡的 215 488 个癌症患者的最后治疗状况进行了一番调查之后，厄尔提出，有超过 10% 的晚期癌症患者在临终前两周还在接受化疗。

根据患者临终前的一个时间段，厄尔界定了"过度治疗"的标准。鉴于化疗这种医疗手段的性质，我猜想它不应当被用在一个垂死者身上。所以，我一眼就看出"厄尔标准"在逻辑上的合理性——如果一个病人在化疗之后很快死亡，那么就只有两种可能：要么是医生根本没有意识到病人已经命在旦夕，因而使用了这种完全不该使用的手段；要么是化疗导致了病人加速死亡。

厄尔在第42届美国临床肿瘤学年会上提出他的报告，时为2006年6月。这个会议在美国亚特兰大举行，世界各地近3万名肿瘤专家参加，包括80多位中国肿瘤学专家。根据厄尔的研究，实施在临终病人身上的化疗一直在增加着——1993年这个数字为10%，到1999年增加到近12%。调查还显示，临终前一个月在重症监护室里接受化疗的癌症患者比例从7.8%增加到了11%。（详见《专家称15%癌症病人被医死》，2009年12月21日"39健康网"）

尽管厄尔只是证实了"过度治疗"的普遍存在和日益严重，我们还是能清晰地看到"实施在临终病人身上的化疗"与"死亡"之间的关系。

所有这些汇集而成的一幅幅图画，着实令人震惊。你可不要以为这只是美国癌症患者的危险。实际上，危险离我们很近很近。根据中国抗癌协会肿瘤转移专业委员会在2009年提供的一项资料，目前，美国肿瘤病人五年存活率达81%，而我国肿瘤病人五年存活率仅10%。（详见2009年4月15日《法制晚报》，记者王敬霞报道）差距如此之大，应当能够间接地证明，中国人遭遇的"过度治疗"比美国人更甚。

癌症病人是否正在被治死？严格说来，无论"15%""17%"，还是"1/3"，都只是一种未经临床医学证明的"治死率"。但是，没有人能够否认"治死"的事实普遍存在。所以，这个问题也许应当这样来问：究竟有多少癌症病人正在被治死？

你只要知道每年全世界有大约 1000 万癌症患者去世（其中有接近 200 万人是中国人），就可以很容易地估算出，在一连串艰难痛苦的治疗中，"被吓死"和"被治死"的人一定数量巨大。可惜的是，我们这个世界每天投入无数人力物力，去证实形形色色的"治愈率"，这给病人带来巨大的期待，同时却只有很少的人能够认真面对"治死率"的问题，其结果是误导病人走上"过度治疗"的歧途。

我见过不少苟延残喘的癌症患者：面无人色，口舌溃烂，头发脱落，四肢肌肉萎缩，把咽下的每一口饭、每一滴水都吐出来，惨淡羸弱之状已无人形。如此大规模存在着的悲惨景象就像电影一样在眼前闪烁，让我备感失望，同时加深了我的疑虑，随之而来的想法也就更理智、更现实。

癌细胞各色各样，病人的肌体更是千差万别。治疗手段究竟是激进一些好还是保守一些好，每个医生都会有自己的观念，每个病人也都会有自己的体验。同一种治疗手段，用在这个人身上恰到好处，用在另一个人身上就可能是"过度治疗"。这中间包含了科学性和必然性，也充满玄机、侥幸和偶然性。即使一个医术精湛、一心向善、绝无私念的医生，也难以做到处处周全。也许正是这个原因，全世界迄今为止对于癌症的临床治疗模式，主要是由"试验"主导的，一种方法不行就换另外一种。

然而生命是我们自己的，不容我们有一点闪失。

我们当然可以说："我很坚强。无论多么痛苦的治疗我都能扛。"我敬佩和尊重那些用坚强意志与疾病做斗争的人。可是，我这样喋喋不休地对自己说个没完，主要目的不是激励自己"坚强地面对死亡"，而是提醒自己赢得更多活的机会。

我想说的是，假如我的"坚强意志"不仅不能遏制癌细胞的扩散，反而成了"过度治疗"的怂恿者，进而与癌细胞沆瀣一气，里应外合，让我的羸弱身体更加羸弱呢?

很明显,对于我们这些癌症患者来说,仅仅凭借坚强是不够的。我们应当是坚强的患者,同时也应当是聪明的患者。

在很多情况下,智慧比坚强更重要。

我会接受本该属于我的治疗,并且做好准备承担这种治疗带给我的所有痛楚。同时我也会尽可能为自己避免"过度治疗"。就算我的疾病已经不治,我也希望能够安静、从容地走完我的最后一段生命之旅。

说到眼前,仅仅是体内的癌细胞就已经够我应付的了,我可不希望雪上加霜!即使它是披着"专家"的外衣或者什么"医学新成果"的光环,我也不要!

最好的武器是自己的身体

我们最自然也最普遍的一种心理状态，就是过高地估计医生的力量和药物的作用，过低地估计自己身体的力量。

朋友带来一份礼物，令我又惊又喜。它不是任何灵丹妙药，而是一个消息，或者可以说是一个信念。

"癌症是有可能自愈的。"这位朋友说。

他告诉我，这不是他在忽悠，而是美国癌症研究协会的研究结论。这项研究结果在 2006 年末公布，里面有数据：平均每 100 位癌症患者中间，至少有 10 个人，在不接受任何治疗或者仅仅接受少量治疗的情况下便能够痊愈。

美国癌症研究协会把这种现象叫作"自愈"，或者"自然消退"。

在对众多癌症患者进行了长时间的追踪观察之后，他们捕捉到至少 176 人属于不治而愈，而且还发现，这些"自愈者"中只有 2 例转移、10 例复发。由此便得出又一个结论：癌症一经"自然消退"，就很少复发。（详见《美国癌症协会称：最好的"抗癌药"是人体免疫力》，2011 年 5 月

16 日人民网）

美国人在癌症治疗的研究方面总会出现一些出人意料的结果。他们不仅令人信服地证明了"过度治疗"的普遍存在，现在又令人惊讶地证明了"不治而愈"的存在。

我第一次听说这件事时，觉得真是一个不期而遇的惊喜，它可能会颠覆一直以来我们对癌症的了解。

可我又不敢轻信。过去几年，我们看惯了国内那些形形色色的"研究成果"，总是打着冠冕堂皇的招牌"忽悠"患者，从中渔利。我担心，这帮子美国人会不会也是如此这般，背后有一群行业利益的谋取者呢？

于是我投入浩如烟海的资料中去查询此事，结果意外地发现，这"美国癌症研究协会"竟是世界上规模最大的癌症研究机构，已经拥有超过一百年的历史。1907 年，这一机构由一群有志于攻克癌症的医生和科学家创办，到如今，其会员遍布世界各个国家。它的癌症研究范围广泛，成绩卓著。它每年举办的年会和专题会议，吸引了全世界癌症研究领域上万人参加。它出版的五种科技期刊，代表了癌症研究和治疗领域公认的最高水准。

看起来，它与那些代表行业利益的"协会"有些不同。这增加了它在我心中的可信度。

当然不能就此断言他们的"癌症可以自愈"的结论无懈可击，但我能够感觉到这项研究是严肃的，所凭借的临床检验样本数量（大约 1760 人）虽不够大，但也不能算小。

一旦确认这一点，我立即意识到，它对所有癌症患者来说意义重大。

我能想起来的第一件事就是，当医生向像我这样的病人建议做化疗的时候，他们会说，能让治愈率增加 2%。这促使无数病人走上化疗之路。可是现在我们忽然发现，每 100 位癌症患者中间有 10 人——也即

10%——可以自愈。如果是真的，那么是否意味着，我们如果选择不做化疗，痊愈的概率是做化疗的 5 倍？同时是否也意味着，如果选择化疗，由此损害健康细胞和免疫机能，将会降低甚至丧失自愈的可能性？

对于大多数癌症患者来说，"10% 的自愈率"也许并不算高，可是我觉得这个比例已经相当了不起。我们此前曾提到，中国抗癌协会肿瘤转移专业委员会的一项调查得出结论，"目前我国肿瘤病人五年存活率仅 10%"。现在我们对比美国人的这项研究结果，也可以说，医学界花费了那么多的人力物力，发布了那么多的"新技术"和"特效药"，给病人带来那么多的"曙光"和"福音"，结果呢，所能获得的"五年存活率"——也即医生所谓"临床治愈率"，并不比"不治而愈"的比例更高！

我们是不是可以进而提出一个更极端的问题：如果所有癌症患者全都听之任之，不去医院、不看医生、不手术、不打针、不吃药、不化疗、不放疗，最后的结果会不会比现在的"治愈率"更糟呢？

这个疑问一度在我头脑里占据了统治地位，久不能解。我不是医生，对于癌症是个外行，只不过作为病人看到了正在发生的一些事。有些癌症患者在不知不觉中自愈，从来没有经过临床诊断，所以就连他们自己也不知道自己体内曾经生出肿瘤。另外一种情况发生在那些做到"五年存活"的病人中间。癌症患者一经诊断，几乎全都迫不及待地求医问药。一旦真的好转甚至痊愈，他们就会说是什么方法或者什么特效药物挽救了他们的性命。医生也会将他们作为自己的成功病例到处宣扬。可是没有人会想到，他们中间有些人，本来是能够"不治而愈"的。

那么，我不治而愈的"脑瘤"到底是不是脑瘤呢？当初医生告诉我，它不是脑瘤的概率不会超过 2%。现在他们又告诉我，如果是脑瘤，它"不治而愈"的概率只有十万分之一。同时又告诉我，这概率只具有统计学的意义，在临床上谁也没有见过。看来，除非锯开我的脑袋，否则谁也不能肯定那究竟是个什么。

不过，我能相当肯定地说，我们国家肿瘤治疗领域是没人相信"不治而愈"的。医生们普遍信奉着一个逻辑：恶性肿瘤不经治疗不可能逆转，能够自愈的肿瘤就不是恶性肿瘤。所以，如果真有哪一位肿瘤病人"不治而愈"，医生们八成会说，"那就不是恶性的"。你要是问他们当初为什么那么肯定地说人家是"恶性的"，他们就会说，那只是一次简单的"误诊"。

我们最自然也最普遍的一种心理状态，就是过高地估计医生的力量和药物的作用，过低地估计自己身体的力量。

过去很长时间里，我对这条道路上的情形不能感同身受，尽管知道一些所谓"攻克癌症"的病例，也都是医生、专家以及江湖郎中的叙述，再经媒体渲染以及口口相传，构成了我的看法。那时候，我无论如何都不能想象癌症患者的实际情形。直到自己也成了他们当中的一员，站在治疗之路的十字路口，面临方向的选择，这才明白，原来还有许多事实是我从来不知道的。

肺癌切除手术令我元气大伤，可是这次经历让我对人体的力量感到非常惊异。我惊异于它对生命的忠诚，更惊异于它对外来伤害顽强的抵御能力和修复能力。

手术后的最初三天是一段难熬的时光。剧烈的疼痛，加上艰难的呼吸，还有持续高烧不退。每天大部分时间昏昏沉沉。在短暂的清醒之时，我感觉到生命的渺小和脆弱，不免想到自己就要完蛋了。但是从第四天开始，我不再发烧，所有那些难以忍受的疼痛也开始减轻，在随后的几周里，呼吸逐渐通畅，从腋下到后背那道一尺长的伤口每天都在显现愈合的征兆。生命的活力回归我的体内，其经过犹如死灰复燃，枯木回春。

　　这种感觉相当奇妙。我开始回味这次死去活来的体验，试图弄清楚身体内部究竟发生了什么。

　　如果能够看到自己体内的微观世界，我猜想那里必定出现过一幅可怕和震撼的图景——天塌地陷，断壁残垣，一会儿像是翻江倒海，一会儿又像冲天而起的熊熊火焰，就像好莱坞电影中展示的世界末日。也许那里经历了一场战争，如果真是这样，那场面必定相当残酷，血流成河，尸横遍野。手术造成的创伤，正在吸引病菌组成的军团大举入侵。但是我的身体里分明有一种强大的力量，或者可以说是一支尽忠职守的"卫队"。来犯之敌越是强大，它们就越是顽强地坚守着自己的阵地，前赴后继，浴血奋战，直到打败所有敌人。

　　这幅图景越是清晰，也就越让我相信人体的力量。这可不是痴人说梦。事实上，我们每个人都有一套自我修复系统，是与生俱来的。大多数人在生理科学方面都是外行，并不了解自己体内的这套修复系统，但是许多研究证明，它的确存在。（详见《别让不懂营养学的医生害了你》，中国青年出版社，第40页）

　　你的体内有大约100万亿个细胞——每个人都是如此，每个细胞的直径约为0.05毫米。这些细胞共同组成了人的完整肌体。但是，没有一个细胞能够永垂不朽。事实上，人体每分钟产生大约3亿个新细胞，同时又有差不多同样数量的细胞死去。所以，就单个细胞来说，我们体内每时每刻都在上演死亡与新生的悲喜剧。它们总是不断地新生又不断地死去。这就是所谓"新陈代谢"。遍布全身的血管——这些血管如果连接起来，长达99 770公里，可以绕地球两圈半——把新鲜的营养输送到身体的每一个角落，又带走所有废物，从而推动着有肌体的生生不息。

　　现代医学诞生之前，人类已经繁衍、进化、成长了几十万年。那时候，人类依靠什么战胜疾病呢？我们没有足够的根据解开远古之谜，但至少可以看看眼前。如果你的肌肤受伤，比如被刀子割破，皮开肉绽，血流如注，你在随后几天里可以很直观地观察到伤口生长愈合的过程。老的、坏死的组织逐渐结痂脱落，新生的肌肤异常完美。我猜想，这就是自我修复系统在起作用。

然而，人体的伟大之处，不仅仅在于它有一套自我修复系统。

现在让我们回到美国癌症研究协会的那个调查结论上来。

为什么有一部分癌症患者能够不治而愈呢？医学科学家们针对这个问题展开了新一轮研究。结果证明，人体免疫系统的和谐是促使癌细胞自然消退的主要原因。

人体内有一套完整的防卫机构——免疫系统。人体的免疫机能主要依靠白细胞。白细胞有很多种，其中 T 细胞、B 细胞和 K 细胞具有一种特殊能力：杀灭自身的癌细胞。

正常人体内的细胞日夜不停地进行新陈代谢，每天新生的大量细胞中，可能会出现两三个异常细胞。这两三个"不良分子"如果不能被消灭，在外因和内因的配合下，就有可能发展为癌细胞。

在正常情况下，人体免疫系统随时都在监视这些"不良分子"，一旦发现被致癌物接触过的细胞要"投敌叛变"，成为癌细胞，就会立即动员"正规部队"将其歼灭。这在医学上称为"免疫监视功能"。

这情形看来很像一场纳米世界里的战争。身体内部的免疫细胞能否协调一致地发挥作用，是制胜的关键。对抗过程大致是，发现癌细胞的异常信息后，T 细胞首先出击，与癌细胞接触并牢牢地将其粘住，用它的酶迫使癌细胞膜的通透性发生改变，于是癌细胞内部的钾离子大量流出，同时又有钠、钙离子及水分大量注入。如此一来，癌细胞便失去了渗透的平衡，很快就呜呼哀哉。

B 细胞依仗着另一种能力投入这场战斗。它能立即合成特异的抗体——免疫球蛋白，分布到全身体液中，形成"体液免疫"的战场。B 细胞杀灭癌细胞的威力甚大，可惜"寿命"不长，数天即会消失。同时它还能产生一种叫"细胞毒"的物质，也可起到破坏癌细胞的作用。另一方面，如果人体的免疫功能被抑制，甚至被破坏，以致免疫系统紊乱、懈怠、虚弱不堪，就会让癌细胞逃避免疫监视和免疫防御。（详见《6 招教您提高免疫力》，2010 年 4 月 3 日新华网）

这样看来，作为癌症患者，我们和健康人的最大区别，不是我们的身上有癌细胞而人家没有——事实上，每个人都会产生癌细胞，而是我们的免疫系统不够强大不够活跃不够和谐，因而被癌细胞钻了空子。

抵御癌症的最好武器是我们自己的身体，而不是什么新奇的"特效药"。癌症患者最重要的任务，应当是找到一条正确途径，促使自身的免疫系统恢复到正常状态。就像美国癌症研究协会的预言：人类最终消灭恶性肿瘤不是依赖化学药物和放射线，而是依靠肌体内的免疫和谐。

但是很可惜，迄今为止治疗癌症的许多手段和药物，有一个先天弊端，就是一边杀死癌细胞，一边颠覆患者的免疫系统。这种治疗的潜在逻辑，是以药物或者身体之外的力量来取代体内的免疫系统。

让我奇怪的是，从来没有哪位医生对我说过，癌症患者具有"自愈"的可能性。他们习惯于绘声绘色地给病人讲述诸如此类的病例：谁谁谁"不听我的话，很快就不行了"，谁谁谁"吃了我的药，肿瘤就消退了"。他们对于"不治而愈"的漠视和否定，与他们对于"过度治疗"的热衷和追求，恰成鲜明的对照，也在不知不觉中对病人造成了一种精神压迫——癌症不经治疗就没有好转的可能，叫作"不可逆转"。这与美国抗癌研究协会发现的"不治而愈"的诸多病例有着巨大矛盾。

"照你说，我们就不用治疗，只要等着自愈就行了？"有位癌症患者这样问我。

我想这问题还是应当和医生讨论。你要是一定要我回答这个问题，那么就让我告诉你：我们既有"不治而愈"的病例，也有"放弃治疗"以致死亡的病例；既有"积极治疗"最终康复的病例，也有"过度治疗"更快死亡的病例。所以，我只会对你说：对于治疗，盲目地全盘接受，或者盲目地全盘拒绝，都会铸成大错。

作为癌症患者，我们应当——

　　有足够的坚强，去接受那些你应当接受的治疗；

　　有足够的勇气，去拒绝那些你不应当接受的治疗；

　　有足够的智慧，去分清哪些治疗是你应当接受的、哪些治疗是你不应当接受的。

第四章
康复
九策

_我看到一种新的可能性，所以决定把对"治疗"的理解前所未有地扩展开来，去尝试这种可能性。这些办法，不用你鞍马劳顿倾家荡产地求医问药，只需拥有足够的信念、理智、毅力和耐心，以及亲人和朋友的关爱。

非医学意义的治疗

我看到一种新的可能性，所以决定把对"治疗"的理解前所未有地扩展开来，去尝试这种可能性。这些办法，不用你鞍马劳顿倾家荡产地求医问药，只需拥有足够的信念、理智、毅力和耐心，以及亲人和朋友的关爱。

我手术出院后朋友们纷纷来访，开始了又一轮探望。很多人听说我没有接受化疗和放疗，甚至没有带回一片药来，不免觉得意外。大家不约而同地问一个问题，你现在就没有一点治疗措施吗？

我知道"病去如抽丝"的道理，更明白癌症与其他疾病在治疗方面的最大不同在于，手术成功不是治疗的结束，而仅仅是开始。一刀切掉恶性肿瘤虽然不易，更困难的却是阻止肿瘤的复发和转移。我还听说癌细胞的转移概率在手术后的第一年为90%，此后逐年递减——第二年70%、第三年40%、第四年20%，即使在医生所谓"临床治愈"也即五年之后，仍有5%的转移率。（后一个说法来自中国台湾的一位肝癌患者。在大陆，我曾很多次向医生询问这个问题。没有一个准确回答。但医生们倾向于认为癌症患者手术后的前三年是最危险的阶段，而到五年之后，复发或者转移的概率已经大大降低，一般不超过 10%）所以，对于癌症不加治疗，听之任之，是不行的，即使在完成了一次成功的手术之后，仍须再接再厉。

可是，从正统医学的立场来看，你不打针，不吃药，不让医生用什么"射线"穿透你的身体，或者用什么"伽马刀"朝身上招呼一通，还能有什么治疗呢？难怪朋友们都会用一种疑惑的眼光看着我，也难怪那些癌症患者的家人在给我打来电话时，总是不能满足于我的一些大道理。

他们不住地问这问那。把他们那些悲伤、绝望、急切的问题归结起来，主要就是想要知道，他们应当去找哪家医院？去看哪位医生？什么治疗办法最为有效？有没有什么特效药？西医好还是中医好？积极治疗好还是保守疗法好？他们不约而同地流露出一种倾向：既然得了这种危险的疾病，那就要不惜一切代价地求医问药。

可是，在谈论"有没有治疗措施"这个问题之前，我们最好先来想想下面这些问题：

你是否认为，信念、理智、勇气和毅力也是治疗？

你是否认为，亲人和朋友的关爱也是治疗？

你是否认为，建立一种更适合你的生活方式也是治疗？

你是否认为，改善日常饮食起居的每一个细节也是治疗？

你是否认为，沐浴在明媚清澈的阳光里也是治疗？

你是否认为，拥有一种愉快轻松的精神状态也是治疗？

你是否认为，散散步、吸几口清新空气也是治疗？

你是否认为，甚至坐在天地之间无所事事、胡思乱想，也是一种治疗？

像很多癌症患者一样，我在很长一段时间里并没有想过这些问题，当时我满脑子想的都是，到医院去寻找最佳治疗方案。直到手术后出院的那一天，刘向阳大夫的一番话颠覆了我的思路。

当时他只给我开了出院单，却没有药方。这意味着我将两手空空地回家去，一味药也没有。我不免有点惊讶：难道我就不再需要治疗了吗？

于是我一个劲儿地问他，回家后还应当采取一些什么治疗措施。

"不要以为只有手术、化疗、打针吃药才是治疗。"他回答，"其实，走路也是治疗，吃饭也是治疗，呼吸新鲜空气也是治疗。"

这话让我看到一种新的可能性，至于未来的前途究竟怎样，不能确定。好在我已弄清楚"过度治疗"的恶果，并且选择了拒绝，又明白最好的依靠其实是自己体内的免疫机能，本来也不打算将过多精力用来寻求什么灵丹妙药。所以我决定，把对"治疗"的理解前所未有地扩展开来，去尝试这种可能性。回家后我要做的是，尽力改善自己的生存环境，还有生活习惯，包括每一个细节，以便能够维护和增强我的身体素质。

这不是一朝一夕之功，我已经做好准备打一场持久战，不再期望速战速决。

在我看来，癌症患者的康复前途取决于三个因素：

第一是癌细胞本身的性质，也就是我们通常所说的恶性程度和发展程度；

第二是患者的身体素质和精神状态；

第三才是治疗。

首先需要明确的是，第一条是我们无法改变的。也就是说，如果我们患的是一种极端恶性的肿瘤，那就真的只好听天由命。好在肿瘤患者中，这种无可挽救的病例只占很小比例，对大多数患者来说，癌症只不过是一种慢性病，而不是绝症。正因此，决定康复前途的第二和第三个因素才格外有意义。而正是第二和第三个因素有着很大的改善空间。

我们当然可以经由医学意义上的治疗来抵御癌细胞，但更有效、更少副作用的途径，很可能是非医学意义的治疗。

"非医学意义的治疗"是我自己杜撰的一个词。它能鼓励我这个医学外行，坚定地走自己的康复之路。没有量化的标准来确定它的"疗效"有多大，我的标准就是"自我感觉"——能够给我带来身体舒适和精神愉悦的办法，我就尽力地、持续地去做。

我把这些方法归纳起来，叫作"康复九策"。

康复九策

❶ 树立正确的治疗理念。

❷ 改变自己的生活方式。

❸ 每天做好五件事：吃、喝、拉、撒、睡。

❹ 适量散步。

❺ 多晒太阳。

❻ 深呼吸。

❼ 修炼一副好心情。

❽ 沐浴在家人和友人的关爱中。

❾ 做自己喜欢的事。

　　我将详述这些内容，同时我猜想它也是因人而异的。我自己感觉良好的办法，不一定在别人身上也会好。应当提醒你的是，癌症多种多样——仅仅肺癌就有 4 大类 20 多种，因此任何治疗方法的一个重要前提就是，"因人而异"和"因时而异"。每个人都需要根据自己的情形去认真体会。

　　不过，有一点可以肯定，这些办法，不用你鞍马劳顿倾家荡产地求医问药。你只需要拥有足够的信念、理智、毅力和耐心，还有亲情和友情。

三项基本原则

这些原则虽然不会直接杀死癌细胞，却是患者康复之路上的最好航标。

下面三项基本原则是我几年来的切身感受，我一直把它们铺垫在内心深处。

我有一个很坚定的信念：这些原则虽然不会直接杀死癌细胞，却是我康复之路上的最好航标。

第一个原则：癌症是一种慢性病，不是绝症。

我第一次听到这种说法是在 2007 年 6 月，那时候我正深陷在"脑瘤"带来的焦虑和绝望之中。

有一天，晓东遇到她的英语老师迈克，一个通达、敏锐、善解人意的美国人。他主动询问我的病情，很快便感觉到晓东眼睛里的悲伤，于是他说："癌症是一种慢性病，不是绝症。这是美国人对癌症的理念。"

为了证明这个观点，迈克开始讲述他 80 多岁的姑妈。"在她的一生中，癌症已经伴随她好几十年了！"他说，"她在 20 多岁时得了喉癌，又转移了，动过好多次手术。到现在，她还好好地活着。"

晓东回家后，立即把迈克的故事讲给我听。我其实早就知道，一些癌症患者出奇的长寿，即使在我们国家，这样的病例也不罕见。其中一个病例，是北京医院神经内科的李金大夫告诉我的。她认识的一位妇女，20 世纪 50 年代患了淋巴瘤。"诊断没有问题。当时医生说顶多活一年。"她看着我说，"结果是，这人现在还活着。这不是故事，是真事。"

尽管如此，"癌症只是慢性病，不是绝症"这个说法，我却是第一次听到，所以颇感意外。从那以后，我一直试图得到更多的证据，来检验这个说法是否正确。

我得到的证据越多，也就越感到意外。因为我发现，"癌症只是慢性病"的说法，不仅仅是流传于民间的声音，实际上很多治学严谨、医术精湛的医生也持有这种看法。世界上一些最权威也最负责任的医学机构，还曾发布类似的结论。

一项来自美国的调查表明，美国的癌症患者被确诊之后平均存活 11 年，这同其他一些慢性病患者——比如冠心病和糖尿病——的平均存活期差不多。上海中医药大学教授何裕民在对一位中国记者列举这些数字后说，根据这些情况，世界卫生组织得出一个明确结论："癌症是一种慢性病。"（详见 2008 年 11 月 16 日《武汉晚报》）

这样一个结论，彻底颠覆了以往我对癌症的了解。癌症这种一般人眼里的"绝症"，原来并不比我们最常见的一些"慢性病"更糟。

我开始告诫自己：首先，不必绝望；其次，不能急躁，不能急于求成，尤其不能设想毕其功于一役。

第二个原则：要和平共处，不要你死我活。

癌症患者们到处求医问药，为此不辞劳苦，倾家荡产，驱使已经衰弱不堪的身体饱受治疗痛楚，一边还在鼓励自己"要坚强，要勇敢"。他们这样做的时候，几乎都抱着一种强烈的期望，那就是把癌细胞斩尽杀绝。

可是他们从来没有想到，这是一个不可能实现的目标，也是一个完全没有必要的追求。

我曾经看到一些材料，介绍了世界各地一些研究者的记录，这包括诺贝尔生理学奖得主贝奈特（F. Macfarlane Burnet）的研究成果。他曾相当具体地描述了人体内癌细胞的生成和死亡。他说："正常人每日产生大约 10 万个癌细胞。可是一般人的免疫系统都能有效地将这些癌细胞予以破坏。"诸如此类的研究直接或者间接地证明，癌细胞的产生，是人体内一种正常的生理现象，是人类进化的结果，或者说，是人类成长过程的副产品。（详见《专家谈癌症自然疗法》，《健身科学》2005 年 11 期）

一些研究者还证实，死于"非癌症原因"的病人，大约有 22% 的人生前曾得过恶性肿瘤而未被发现。另外一项类似的研究曾在日内瓦医学院进行。那里的研究人员对 280 个死亡病例做了尸体解剖，结果发现 48% 的人体内存有 1~3 个恶性肿瘤。这些样本的平均年龄为 75 岁，而他们的直接死因都不是肿瘤。

"与癌共处"最负盛名的例子，是日本的金婆婆和银婆婆。2000 年和 2001 年，这对孪生姐妹分别在 107 岁和 108 岁时先后去世，前者死于心脏衰竭，后者死于衰老。（详见《金、银两婆婆》，2005 年 1 月 31 日搜狐网，据《广州日报》报道）由此她们创造了双胞胎的最高寿命纪录，被载入《吉尼斯世界纪录》。令人惊讶的是，两位老人过世后，医生发现她们体内竟留存着多种癌细胞，而她们在生前竟都没有任何症状，当然也从未被诊断为癌症。

这一情节后来被中国台湾一位医师注意到。他叫陈艺，也是（台湾）"中华自然疗法世界总会创会"总会长。他在自己的文章中得出结论：长寿者们"百分之百是与癌细胞共处的"。还说："癌细胞的产生是正常生理现象。能否维持内环境的动态平衡，才是发病与否的关键。"

应当说，所有这些研究都给我留下极深印象。我很容易联想到，如果这些结论的潜在逻辑成立，那么我们对待癌细胞最好还是"和平共处"，而不是"你死我活"。因为只有一种办法能够"把癌细胞斩尽杀绝"，那就是驱使患者走向死亡——不分善恶地杀死所有细胞。

事实上，与彻底剿灭癌细胞比起来，与癌细胞和平共处也许更容易些。我们只需要记住一个事实，癌细胞不是敌人，它不过是我们身体的一部分。

第三个原则：量力祛邪，尽力扶正。

如果我们希望与癌细胞握手言和，就必须改变我们生活中一切与此相悖的事。

最危险、最急迫的"与此相悖的事"，我们已经知道，是过度和不当的治疗。所以，当我们选择治疗方案时，必须保持高度警觉。不仅要了解它的疗效，尤其要明白它的副作用。不仅要了解它的"治愈率"，尤其要了解它的"治死率"，或者叫"伤害率"。

有个名叫约翰·罗宾斯（J. Robbins）的美国人，强烈质疑治疗癌症的一些流行手段。在一本名叫《还我健康》（Reclaim to Our Health）的书中，他列举种种证据来表明他的批评不是无源之水。其中写到，美国曾对一些经常使用化疗和放疗的医生做了一次调查，在回答"如果他们自己或自己的家人得了癌症，愿不愿意接受他们经常替患者所做的放疗或化疗"这个问题时，大多数医生令人惊讶地选择了"不愿意"。他们的一个理由是，这些治疗带给患者的痛苦实在是太可怕了。罗宾斯据此尖锐地指出，其实医生们都知道化疗和放疗不能治愈癌症。

罗宾斯的书在 1995 年出版，影响很大，几年后以简体中文在中国大陆出版，竟是无声无息。中国似乎从没有过类似调查，但我的确看到有些医生也有同样倾向。我认识的一位外科医生，亲自操刀为他的父亲切除了肿瘤，此后他决不同意让自己的父亲做化疗或者放疗。就像那些美国医生回答调查者时所承认的，这些治疗给患者带来的痛苦实在太可怕了。

然而最可怕的，不在于这些治疗带来的痛苦，而在于这种痛苦的性质。

我们知道任何治疗都有副作用，却很少想过，副作用的性质是不同的。手术对人体的副作用是明显的和直观的。昏迷，失血，肌肤乃至骨骼的创伤、发炎，甚至还会伤及神经，但总的来说，这些都是短时间的。最重要的是，手术基本不会伤害患者的免疫系统和自我修复系统，所以虽然带来巨大痛苦，却能很快复原。

化疗和放疗就不同了，它们在短期内带来的痛苦看上去不如开刀那么紧急、那么剧烈，但是对人体的损害是更深层次的，也更长远。其中最要命的就是破坏了患者的免疫系统和自我修复系统，以及新陈代谢的能力，因而造成一种几乎无法逆转的损害。恰恰是这种损害，使我们失去了对付癌细胞最重要的基础。

基于这些理由，我决定在选择治疗方法的时候遵循一个原则，叫作"量力祛邪，尽力扶正"。

"祛邪"，就是直接杀灭肿瘤细胞的种种治疗手段；"扶正"，就是以一种更自然、更符合人体新陈代谢规律的生活方式，来增强自己的免疫能力和自我修复能力。

所谓"量力祛邪，尽力扶正"，概括起来如下：

首先，不管使用哪种治疗手段"祛邪"，都只能作为辅助手段，而不能设想取代自己身体的免疫能力和修复能力。

其次，对所有以"祛邪"为目的的治疗，都必须特别慎重。不管动什么刀、打什么针、吃什么药，必须有一个前提：不能损害我的免疫机能，也不能阻碍我以更健康、更符合人之本性的方式——比如饮食和睡眠，恢复和增强免疫力。

再次，对那些虽不能直接"祛邪"，但有可能"扶正"的办法，须以更积极、更有耐心的态度去做。事实上，这几年来，除了肺癌切除手术，我还吃过一些中药汤剂，使用了一种叫作"胸腺五肽"的西药。这些"治疗"，都属于"调理身体功能"，提高自身免疫力，而非毒杀肿瘤，因而都遵循了"扶正"的宗旨。

其实，"祛邪"和"扶正"并不是什么新鲜观点，它们千百年来一直都是中医治疗的基本逻辑。可惜的是，重"治"轻"养"，长期以来是癌症治疗中相当普遍的现象，大多数人很容易高估"祛邪"的作用，低估"扶正"的作用。

老实说，我自己很长时间里也只是相信"扶正"有好处，对于"扶正"能否帮助我对付肿瘤，却不能肯定。直到我见到"刘太医"，才受到启发。"刘太医"有一个针对慢性病的观点，叫作"三分治，七分养"。尽管我对此人的诚信有疑问，也不能认同他的很多治疗癌症的观点和方法，但他的这几句话在我看来言之成理。只不过，我不想把"养"泛泛地归结为"养生"。对于一个慢性病患者来说，也许把"养"定义为"非医学意义的治疗"更有针对性，也更能激励自己选择一条正确的康复之路。

导致治疗失败的思维模式

❶ 癌症是不治之症。我的日子已经不多了。

❷ 治疗就是彻底消灭癌细胞。我与肿瘤不共戴天，你死我活。

❸ 医生比我懂。我必须听医生的。

❹ 越大牌的医生越可靠。

❺ 我很坚强，我很勇敢。治疗带来的痛苦再大我也能扛。

❻ 有一种特效药，有一种特效治疗手段，有一种特效祖传秘籍，有一种特效食物。

❼ 越新奇、越昂贵的药就越好。

❽ 高营养的食物越多越好。

改变自己的生活方式

过去几十年，我已经习惯于忙碌。而现在，我发现自己挺容易地习惯了无所事事。我学会了享受散淡庸常之乐；学会了静静地迎接日出日落，云聚云散；学会了享受阳光；也学会了享受风雨雪雾。在忙碌了大半生之后，可以这样来体验生命，真是奇妙。

我在康复之路上走过的每一天，都是从一小杯咖啡开始的。不是指望咖啡治疗肿瘤，只是因为它已成为一个标志，引导我换了一种生活方式。

我喝咖啡的历史并不长，人到中年以后才开始。尽管喝咖啡从来没能代替喝茶的习惯，却在不知不觉中成了生活中的必需。有时候，为了买到一包新鲜且烘焙适当的咖啡豆，我不得不驱车穿过大半个城区。我不喜欢速溶咖啡，不喜欢泡咖啡馆，也不喜欢那种用电动器具磨出来的咖啡粉。我一直觉得，手工研磨才能达到咖啡的最佳境界。而且，一定要使用传统的手摇设备，自己动手，现磨现煮，才有味道。也只有这样，才能让咖啡保持最新鲜可人的状态，其颗粒的粗细也才能最适合自己的口味。事实上，我品味咖啡的过程是从研磨咖啡豆开始的，这中间包含的形色味韵，是速溶咖啡或者咖啡馆里的机磨咖啡完全没有的。

每天清晨起床之后，穿衣洗漱只需要 5 分钟就够了，我却要用 20 分钟来为自己烹制这杯咖啡。当研磨机的摇柄在手里慢慢转起来时，我能听到咖啡豆被碾轧的沙沙声，清晰而纯粹。一种久违了的、生活中最原始、最质朴、最干净的香味从指尖飘出来，从容不迫地在我周围散开。然后，我把咖啡粉放进咖啡机里，随着水温的升高，一股琥珀色的水柱飞流直下，渐渐注满杯盏，浓香弥漫在整个房间。这时候恰逢朝阳升起，阳光透过树梢。我来到阳台上，迎着金色的光芒，杯中青烟一缕，丝丝缠绕，色调绚丽却又淡若薄云。

我坐在早晨的阳光里，一小口一小口地浅酌细品，任由咖啡在舌尖停留许久，慢慢让咖啡伴随着新鲜空气一同进入体内。我不在咖啡里加奶，也不加糖或者其他任何佐料，我喜欢原始纯正、不加掩饰的味道，喜欢阳光浸在咖啡里的色彩。这时候，咖啡的香味是单纯和富有生机的，同时又是多种味道的混合体。一种隐含着甘甜的清苦，一种洋溢着醇香的从容，一种包含了朴拙与华丽、沉稳与激情、原生态和现代感的平衡。我能感觉到，我在享受的不仅是咖啡，更是一种完全不同于以往的生活。

这种闲情逸致在我生病之前是不可能拥有的。过去很多年里，早晨总是一天当中最为紧张的时刻。为了追赶时间，匆匆塞上几口面包，用隔了一夜的开水冲一杯速溶咖啡，一边大口豪饮一边打开电脑开始工作。有时候清晨醒来会冒出一个强烈的念头：要是今天我想不起来该做什么事情，就这么无所事事地待上一天，该有多好！可是这想法从来没有实现过。如今，我忽然发现，渴望很久的悠闲宁静和无欲无求，居然来到身边，而我多年以来一直纠缠其中的那些东西——紧张、焦虑、忙碌、不知疲倦地追求更高目标的心理状态，也都离我远去。

　　很多朋友希望我能卷土重来。他们期待着在书店里再次看到我的新书，所以每次来看我时，都会问我还写不写东西。

　　我总是回答："不。"

　　"那你每天做什么呢？"他们的声音带着明显的失望。

　　"不做什么。"

　　这时候，我能感觉到他们眼中的疑惑。我明白，如今身体健康、精神正常的人们，很难设想一种长年累月无所事事的生活是什么样子。即使是病入膏肓之人，要想习惯闲散寂寞，无欲无为，也不是一件容易的事。

　　过去忙的时候，我们总希望能够闲下来，等到真的闲了，却发现，闲比忙更让人难以忍受，于是又开始怀念那些忙碌的日子。这是人之常情，也是癌症患者最具诱惑力的精神陷阱。

　　一般来说，当疾病刚刚袭来时，你很难摆脱对于疾病的忧虑和恐惧。一轮治疗过后，病情通常会进入一个稳定时期，这时候你会因为无所事事而心神不宁。于是你那被压抑了很久的野心和欲望又蠢蠢欲动，你试图让你戛然而止的事业卷土重来。你的内心回到了过去，重蹈覆辙，又一次进入争分夺秒和不知疲倦的精神状态。周围的人纷纷夸奖你在疾病面前勇敢坚强，不失时机地说你气色多么好，一点不像病人，你自己也为此感到得意，不知不觉又回到现代生活形形色色的焦虑中。不是为了钱少困扰，就是为了钱多困扰；不是为了升迁太慢而郁闷，就是为了升迁太快而紧张；虽然不会再成为阶级斗争的牺牲品，却重新陷入办公室里的钩心斗角。然后，忽然有一天，医生告诉你，你身上的肿瘤复发了，转移了。于是你不得不再次止住自己的野心和欲望，回到医院，开始新一轮的恐惧和绝望。

　　还好，我没有掉进这个陷阱。这要感谢一个人，毕淑敏。很多年来，她是一位卓有成就的作家，她的小说为世人熟知，但是大多数人并不知道她早年的行医经历，以及她在成名之后以大量时间、精力投入心理咨询的事业。那一天，在静静地听完晓东叙述我的发病经过之后，她说：

"这是他自己的身体以一种最强烈的方式发出警告，必须有一个彻底的改变。"

她的话给了我很深的触动。我第一次用批判的眼光打量自己过去这些年里"每天12小时，每周7天"的工作节奏。也就是从这一刻起，我开始考虑：也许，彻底改变自己比求医问药更重要！

可是，什么叫"彻底改变"？又改变什么呢？

大多数癌症患者的注意力都用于寻访名医，还有那些让他们生不如死的药物。他们以为，只有医院、医生、种种现代医学手段和所谓"特效药"，才是癌症患者的唯一生路，却从来没有想一想，实际的情形有可能是另外一个样子。

我虽然看不到癌细胞的生长，但我能够看到田野上杂草丛生的情形。你拿刀割，用火烧，用除草剂除，它一时没了，很快又会长出来。为什么呢？因为让它生长的环境——阳光、土壤、雨露，都还存在。我猜想，癌细胞的情形也是一样的。如果我们不能追本溯源，改变促使它滋生蔓延的起因，那么，不论你有多么了不起的治疗手段和药物，都难免会是"野火烧不尽，春风吹又生"的局面。

现在的问题是，为什么癌症的治疗会那么困难？为什么没有一种药物能够有效杀灭癌细胞，使其不再卷土重来——就像抗生素对付病菌一样？

道理其实很简单。因为大多数癌细胞的生成和蔓延，并非直接源自病毒或者病菌，而是由于自身正常细胞的退化和变异。换句话说，它是我们身体的一部分。就好像人类刚刚出生时都是同样健康可爱的婴儿，但是其中一些人后来学坏了，变成危害社会的人。如果对这些人不加控制，再加上诸多社会因素的催化，他们就会越来越坏，直到扩大为有组织的帮派，乃至造成更大规模的危害。我猜，我们体内的癌细胞，大概也是这种情形。

那么，究竟是什么东西让一个好细胞变坏的？

为了对这情况多少有一些了解，我请教了一些医学专家，还查阅了一些书刊资料。可惜我没有得到清晰的结论。导致癌症的原因极为复杂，而且因人而异、因地而异，医学界至今都没有彻底搞明白。即使那些最有经验的专家，说到这个问题也是见仁见智。我把他们的看法归纳起来，并且用一句外行的话来概括，那就是：癌症的发生，是因为你身体里多了一些不该多的东西，少了一些不该少的东西。而这种情形，主要是伴随着人类的进步、富裕和他们对于享受的追求而发生的。

下面几方面的原因是专家们公认的：

1. 遗传；
2. 环境污染；
3. 包括饮食在内的生活方式和生活习惯；
4. 精神压力。

好了。我们已经知道，癌症的治疗不能"头痛医头，脚痛医脚"，必须"追根溯源"；我们也知道了，癌症的发生源自几个最基本的因素。那么，我们现在应当如何追根溯源呢？

首先是遗传，我们身体里的遗传基因，来自我们的父母，或者我们家族中的任何一位长辈。比如我的父母都有癌症病史，而我的家族长辈中还有好几位癌症患者。毫无疑问，从遗传角度看，我得这种病的概率会高于常人，而遗传基因是不能改变的。所以我决定，对于做什么都改变不了的事情，就不再去想它。

其次，来看环境。我们生活于其中的环境每天都在恶化，其中一些因素，有可能诱使我身体内的癌细胞活跃起来，还有可能让所有的治疗事倍功半，甚至完全没用。有些患者也许看明白了这种局面，所以离开充满躁动、喧嚣和污染的城市，搬到宁静悠闲山清水秀的乡村。在我看来，这是癌症患者渡过危机最健康、最有效的办法之一。但是做到这一点有很多困难，所以只能量力而行。

最后是生活习惯和精神压力。把这两项合二为一，其实也就是：改变自己的生活方式。我意识到，在这方面，我的确有很多事可以做。

北京肿瘤医院院长游伟程教授有个理论，促使细胞癌变的原因，有先天遗传因素，但主要是后天综合作用的结果。确切地说，癌症 80% 以上与环境因素及生活方式有关。（详见《80% 癌症与社会环境有关》，2008 年 5 月 4 日 "39 健康网"）这种说法意味着，改变自己的生活环境和生活方式，不仅可以做，而且不会白做。因为，这能在很大程度上让体内的癌细胞失去滋生蔓延的温床，就如同失去了阳光、雨露和空气的野草。

我的日常起居习惯彻底改变了。我每天花上半小时喝一小杯咖啡，再花上一小时吃一顿早饭。我再也不会匆匆忙忙地赶去上班，当人们夹在拥挤的车流里干着急的时候，我正在餐桌前消磨时间。早餐通常吃杂豆煲汤、鲜磨豆浆、鸡蛋、新鲜薯类、玉米、全麦面包和蔬菜水果，这些东西一道道被端上来，像一顿法国大餐一样前后有序。

凭着从窗口透进来的阳光，我可以感觉到时间的流逝，至于到底几点，我就不知道了，反正也不重要。对我来说，时间不再是金钱，不再是完成工作进度的承载体，它只不过是我告别死神走向康复的桥梁。手表早已不知丢到何处，手机也不再如影随形，电脑里的工作日程表已经空白了很久。精心安排采访顺序、排列访客日程、分秒必争地追赶写作进度，已是非常遥远的事。在我以往的生活中每每激起无限激情的那些东西，现在都已看淡了。许多对于现代人来说的必需品，对我来说已经变得陌生。我也不再纠缠于都市的喧闹、奢华和欲望，不再到酒店里吃饭，不再到讲台上演说，不再拜访那些达官显贵，不再汇入街上的车水马龙，没有了夹在地铁车厢里几乎成了肉饼的那种感觉，没有了西服革履、灯红酒绿的场面，也没有了不咸不淡的应酬。正装全部被压在箱底，一双布鞋和一双凉鞋就足以让我度过四季时光。

我每天的很多时间是在户外度过的。在湖边踏青，在林中漫步，深深地吸进野草和泥土的味道，或者坐在阳台上，阅读一本 40 年前读过的老书。我习惯了安安静静地坐在音乐里闭目养神，习惯了眺望远山近水和蓝天白云，习惯了悠闲自在地吃一顿午饭，再美美地睡上一个午觉，然后等待黄昏的降临。

遵循一成不变、可以预知的生活节奏，让自己有一种安全感。这样的生活方式，那些胸怀大志的人可能不会接受，但是对我这个命在旦夕、无欲无求的人来说，却是最适合不过。过去几十年，我已经习惯于忙碌。而现在，我发现自己挺容易地习惯了无所事事。我学会了享受散淡庸常之乐；学会了静静地迎接日出日落、云聚云散；学会了享受阳光，以及阳光下的绚丽多彩；也学会了享受风雨雪雾，以及风雨雪雾之中的悠远清新。这时候，不会再有欲望和焦虑来打扰我的生活。在忙碌了大半生之后，可以这样来体验生命，真是奇妙。

做好五件事：吃、喝、拉、撒、睡

我特别看重这五件事，把它们当作我走向康复的生生不息的力量之源。

朋友们见我起死回生，脸上重现红润，不免惊喜万分。他们曾无数次地登门看望，以一种尽可能随意的方式表达好意。大家都表情凝重，话不多，还压着声音，眼圈也变了颜色。满屋鲜花翠柏，一派"沉痛告别"的气氛。渐渐地，大家看我神清气爽，衣食住行已如常人——至少表面上看不出两样来，便又开始无所顾忌地高谈阔论，传递消息，谈论我的病，也谈论趣闻逸事。话多了，音量也大了，家里笑声朗朗，恢复了往日气氛。

这样过了一年，又过了一年，朋友们的眼睛里流露出奇怪和征询的神色。他们觉得我应当做点什么事情才好，听见我总是回答"什么也不做"，不免疑惑起来。

这也难怪，在大家眼中，我从来就是个不能不做事的人。

其实，所谓"什么也不做"，也只适用于社会生活方面。说到个人，我每天生活中仍有很多重要的事，需要认真对待。于是我换了一种方式来回答那些关心我的朋友：

"每天做好五件事：吃、喝、拉、撒、睡。"

此时此刻，对于那些和我有同样遭遇和同样需求的病友，我想告诉他们，我特别看重这五件事，把它们当作我走向康复的生生不息的力量之源。

◎ 吃

"只要能吃，就死不了。""刘太医"第一次给我看病时曾这样说。他这句话我始终没有忘记。不论此人说了多少不实之词、做了多少欺世盗名之事，我一直相信，这句话是有道理的。

癌症病人的治疗途径五花八门，医生们也是见仁见智。不过，大概任何人都不会否认饮食对于病人康复的影响。不过，说到吃什么和怎么吃，又是说什么的都有。

有一段时间，我到处寻找"健康饮食指南"。结果发现针对癌症病人列出来的食谱，数不胜数，可以成为其中一大分支——包括一个很长的"抗癌食品单"，以及一个更长的"绝对禁食单"。

让我疑惑不解的是，不同的"指南"常常是互相矛盾的。这个医生告诉我"不要吃"的东西，那个医生则不以为然。反过来，这个医生认为"可以吃"的食物，那个医生又大摇其头。如果我忠实地执行一位医生的医嘱，那就可以吃河鱼，不能吃海鱼；可以吃猪肉，不能吃羊肉；可以吃母鸡，不能吃公鸡。这种"禁"与"不禁"，有时候还会因地域的不同而完全颠倒。我在北京生活时，总是被告诫可以吃鸭，不可以吃鸡。但是我在深圳疗养时，一位癌症患者告诉我，他奉行的准则恰恰相反：可以吃鸡，不可以吃鸭。北京一位有名望的中医告诉我，可以吃有鳞鱼，不可以吃无鳞鱼。我便经常为自己的午餐准备一小盘黄鱼。后来我到上海乡下疗养，当地的小黄鱼是我最喜欢吃的，于是每日一盘，从不间断。忽然一天一位朋友来访，我请她吃饭，她看了我的餐桌就说，黄鱼是发物，她自从患乳腺癌之后，就再没吃过。

素食主义者们列举种种理由来证明，拯救癌症患者的唯一途径是杜绝荤腥；而几乎所有笃信西方医学的专家都认定，这样做会导致营养不良，进而降低病人的免疫力。在我仔细搜集的一些癌症病例中，的确有些人坚持素食，但也有些人什么都吃，这两类人中都有长期存活的病例，也都有迅速死亡的病例。所以，我根本不能就此判断孰是孰非。

有些成名人物不断发掘出"抗癌食品"，诸如红薯、牛蹄筋、绿豆、泥鳅之类。在他们的书里，这些东西被描述成"灵丹妙药"，具有治疗肿瘤的奇效，可以取代其他食品和药物。但是另外一些研究者认定，"说食物能抗癌，缺乏明显证据"。即使某些食品中真的含有抗癌物质，可以提取出来制成抗癌药，也不能把这些食品简单地等同于"抗癌食品"。这是因为，单一食品中含有的这类物质少之又少，按照一个人每天可能的食用量，根本不会产生抗癌功效。（详见2011年6月29日《生命时报》）

我不懂营养学，在饮食方面也是个外行，但是我以普通人的逻辑来度量，总觉得，任何一种食品，不论是果蔬还是鱼肉，也不论红薯、绿豆，还是蹄筋或者泥鳅，都包含着人体需要的成分。但如果把它们的好处推向极端，说成可以取代一切，还能围剿杀死癌细胞，那就既不符合逻辑，也不符合常识，还会带来很大的副作用。另一方面，如果我们认定所谓"抗癌食品"全是痴人说梦，因而对饮食漫不经心，那也是害人害己。

所以，我给自己制定的饮食原则是"足够"，不是"绝对"。所谓"足够"，就是根据自己的感觉，多吃那些有益的食品，同时在各种食物之间维持一个均衡点，而不是完全偏向某一种饮食。

具体来说，有"四足够"：

1. 足够杂

我每天吃的东西不会少于 25 种，包括 5~8 种谷类、3~5 种豆类、1~2 种薯类、至少 6 种蔬菜、1~2 种鱼和肉（以鱼和禽肉为主）、3~5 种干果、2~3 种水果。

2. 足够粗

这是指粗粮或者富含粗纤维的薯类、蔬菜、水果。事实上，我很少吃精加工的米和面。每天吃的谷类，有超过三分之二是糙米、全麦面，以及红米、黑米、薏米、大麦、荞麦、玉米、小米之类的杂粮。红薯是我每天早餐必备的食物。在上午和下午的加餐，我不再吃任何精美细腻的糕点，取而代之的是一些干果和鲜果。

3. 足够素

素食主义者不断阐述吃肉的害处，但我直到今天仍然不是一个素食主义者。

我知道有一些研究表明，过量食用动物蛋白可能加速癌细胞的生长，可是这些研究并没有否认适量的动物蛋白仍是人体必需。我始终没有找到证据证明素食可以战胜肿瘤，也从未亲眼见过哪个长寿的癌症患者只吃素食。另一方面，在我周围，有的癌症患者什么都吃也能长期存活。我只是凭借直觉认定，荤与素各有好处，也各有不足。营养（蛋白质）过剩与营养（蛋白质）不良，都不是好事。

所以我给自己规定的原则是："足够素"，但不"绝对素"。

我一方面大大减少了肉类的摄入量，一方面让自己的饭桌上始终保持一定比例的肉食。具体来说，肉食（以鱼和禽类为主）大约占每天食物总量的10%，其余全部是谷类、薯类、豆类、蔬菜和水果。重要的是，由于减少了肉食，所以有必要增加植物蛋白的摄入，以弥补动物蛋白的不足。这也是我大量食用大豆和谷类的原因。

4. 足够天然

今天市场上精细加工的食品越来越多。你会发现，这些食品的色泽越来越鲜亮，形状越来越好看，味道越来越鲜美，也更易于储存。

事实上，如今食品加工过程中合法使用的添加剂种类数以百计，此外还有一些非法使用的添加剂。添加剂的滥用损害了食品中有用的成分，还不可避免地增加了有害成分。

除此之外，饭店所谓的"食不厌精"，也让我们在享受美味的同时把营养化为毒素。比如一片肉、一条鱼，在经过一番油炸炭烤之后，原本可以成为营养的蛋白质很有可能变成有毒物质。我把这叫作"过度烹调"。

全素餐馆为了让素食产生肉类大菜的色泽、美味和形态，也就变本加厉地"过分烹调"。我不免担心这种素食产生的副作用以及造成的污染，比肉食犹有过之。

我说"天然"，就是针对这种局面。

我尽量去买各种原生态的食物，不买过度加工的食品。我原本特别爱吃油炸食品，每天早上吃一根油条对我来说是一大享受。但是现在，我已杜绝任何油炸食物，也几乎不去餐馆吃饭。我在家里采用的烹调方法主要是：煮、蒸、焯以及少量的炒。无论素菜还是荤菜，除了盐之外不加任何调味品。

这种饮食方式在开始时让我觉得不那么美味，但是习惯之后，品出各种食物最原始的味道，那就别有一番滋味。

◎ 喝

水对于人体健康的重要价值，我是通过一本书才在脑子里大大强化起来的。书名叫作 Your Body's Many Cries for Water，中文版书名为《水是最好的药》。作者是个美国人，名叫巴特曼，医学博士，还是盘尼西林的发现者和诺贝尔奖获得者亚历山大·弗莱明的学生。

这位医生和他的同行不一样，他治病救人的"秘密武器"不是什么新奇药物，而是水。他说自己"只用水就治愈了3000多位患者"。这是因为，"许许多多疾病的病因仅仅是身体缺水"。他把这些病统称为"慢性脱水症"，公开宣布这是他在整个医学界的"第一个发现"。

我对他如此极端的结论并不完全相信，对他用水治病的业绩也抱有怀疑态度，但是认为自己读到了一本好书。

对我来说，他的"人体内的水调节理论"，既新颖又具启发性，而且简单实用。

鉴于我们的身体原本就是一个复杂的储水系统——水占体重的75%，水的数量和质量对于人体的重要性是显而易见的。同样显而易见的是，大量喝水加快了体内废物的排泄，而排泄正是我们祛除体内毒素最重要的途径。

明白了这一点，我便把"喝"看得与"吃"一样重要。我每天要喝大约2400毫升水，其中大约两成在早晨起床后喝，四成在午睡后喝，一成晚饭后喝，其余部分则分散在上午和下午。虽然我并不相信巴特曼博士所谓"水是最好的药",更不相信水的万能疗效,但我的确把"喝水"看作自己对付疾病的一个步骤。我不是在感觉口渴时才喝水,而是定时定量地安排我的"喝水",就像吃药一样。

◎ "拉"和"撒"

我去看病时,医生通常会问我"大便如何"。我知道,"问诊"是医生对病人做出诊断前的必经步骤。所以,通过医生问什么和不问什么,我可以大致估摸出医生关注的焦点所在。医生关注病人的大小便——西医和中医都是如此,这说明无论现代医学还是传统医学,都会把"拉"和"撒"分别作为诊断依据。

一些最直截了当的理论还试图证明,只要"查看粪便的颜色",便可以判断自己是否得病,因为"粪色是食物和食物消化情况的综合反映"。他们还找到一个令人印象深刻的词语来概括这种理论,叫作"粪色革命"。

把"粪色"的临床诊断价值抬高到如此地步,我并不完全信服。但是我相信,只要排泄功能正常,每天的"拉"和"撒"能够保持一种正常状态,那就没有什么可担心的。所以,我"治疗"的一个方面,就是很认真地对待每天的排泄。

每当医生问我"大便怎样"时,我总是回答:"正常。保质保量。"

在大多数情况下,医生都会会心一笑。

所谓"保质保量",首先是尽量让每天的排泄有规律。比如说大便次数、时间,每次大便的多少,小便间隔的时间,一昼夜小便的总量……此外还有,大便的形状和颜色,小便的颜色。这些都是越稳定、越有规律就越好。

在大多数情况下,我的确能够做到"保质保量"。即使出现短暂的不正常，也能很快调整过来。

重要的是，应当通过饮食而不是药物来调节"拉"和"撒"。有位中医曾经给我开了一剂汤药改善大小便，我服用之后的确灵验。但我很快就发现，通过调整饮食也能达到同样效果，于是立即停止服药，此后也不再依靠药物调节大小便，而是依靠饮食。比如，增加富含粗纤维的食物，可以很容易地使大便更加通畅；早晨起床后大量喝水，可以很快让小便变得清澈。

◎ 睡

我把良好的睡眠看作康复之路上的力量之源，这首先是出于一种直觉。

在我发病早期，总是昏昏欲睡的状态（后来我才知道，嗜睡是脑瘤患者的典型症状之一）。我很快发现，每当我睡上一个好觉，头痛和眩晕的感觉就会减轻，精神也好起来。所以，我尽可能地让自己每天都有充足的睡眠——能睡就睡。

借助于"脑瘤"带来的嗜睡感，我很容易地改变了几十年来晚睡晚起的习惯，形成"早睡早起"再加一个"午觉"的作息规律。每天的睡眠时间不少于 8 小时。

不久后我经历了肺切除手术，脑袋里的"肿瘤"仍然顽固不化地待在那里，所以身体更加虚弱。这种情况让我对睡眠质量更加敏感。每天清晨和午后醒来时，我能清晰地感觉到刚刚睡醒的这一觉给身体带来的影响。如果睡好了，我会觉得精神好些，就像那种久违了的健康时期的感觉重新回到自己身上。如果这一觉睡得不够深、不够实，那么整个下午和晚上都会无精打采，陷入一种病态的疲倦。

此后我接触到一些涉及睡眠的资料和书刊。这才发现，原来睡眠在医学领域也是一门学问。在美国和欧洲一些国家，都有"睡眠研究协会"。美国癌症研究机构甚至发现，睡眠与癌症之间有着一定的关联。他们的一项调查发现，睡眠可以影响人体激素的平衡，而激素失调会对一个人患上癌症产生影响。研究者们还进一步指出，一个每天睡眠少于 7 小时的女性，患癌的概率要比睡眠充足的女性高 47%。（详见《女性睡眠时间少于 7 小时患癌风险增 47%》，2010 年 9 月 17 日人民网）

　　一个名叫查理斯·艾德茨考斯基的英国人，曾写过一本奇特的书，专门讨论睡眠，书名就叫《深睡眠》。他写道："我们通过睡眠强迫身体和大脑停止工作，进行内部修复。"（《深睡眠》，北方文艺出版社，第 16 页）

　　此人是英国皇家睡眠研究和药物治疗学会的主席，也是当今世界睡眠研究领域里的权威。尽管他阐述的控制睡眠的技术过于烦琐和玄妙，但是，他的"睡眠直接关系到人体健康"的理论，看上去能够自圆其说。所以，我还是相信他论述的基本精神。

　　既然睡眠直接关系到人的健康，并且是人体自我修复的过程，那么很显然，一个癌症患者的康复，必定在很大程度上依赖于"每天睡个好觉"。

　　对于大多数癌症患者来说，"一天两天"睡个好觉并不难，最大的困难在于"每天"。我们闭门在家，无所事事，又有患病的困苦和恐惧聚集在心。这样一年两年、三年五年，让自己始终保持一个良好的睡眠状态，而且不依靠任何药物，的确不容易。所以，在我看来，"睡"的关键不是生理问题，而是心理问题。

每天步行五公里

我沿着湖边小路用力跋涉。每一脚都踩在没有人迹的积雪上。转了一圈回到起点，看到的还是自己的脚印。于是沿着这脚印继续向前，渐渐感觉到全身发热，一直热到手指尖。我似乎听到身体里血液加速流淌的声音。当时我只不过是把这当作生命之路上的"最后的疯狂"，怎么也没有想到，这竟给我带来意外的收获。

清晨，窗外漫天飞雪，天空低沉，气温已经降到零下十几摄氏度。我推开门，迎着风雪走出去。花园里面万籁俱寂，湖边积雪齐膝，往日常能看见仨俩邻居漫步，而今天踪迹全无。

昨夜风疾雪骤。强大的寒流由北向南，呼啸而来，由于受到城市的阻拦，拼命挣扎，加速旋转，卷起千堆雪，覆盖了这片湿地。远山近坡，雾色蒙蒙，反射着一片耀眼的光芒。种种生机盎然的色彩都消失了，剩下的只是一片洁白。京城已多年没见过这样的大雪了。

冷空气直扑在脸上，凛冽刺骨，仿佛在考验我的毅力和决心。我把双脚在厚厚的积雪里交替踩下去，发出嘎吱嘎吱的响声，身后留下一串深深的脚印。我陶醉在把脚深深踏进积雪再用力拔出的感觉里，生怕有一点遗漏。在我的记忆中，这感觉只是 40 多年前在北国边境地区的乡间生活时曾经有过。

我沿着湖边小路用力跋涉，每一脚都踩在没有人迹的积雪上。转了一圈回到起点，看到的还是自己的脚印。于是沿着这脚印继续向前，又转一圈，再一圈。我的呼吸越来越深，肺腑大幅度地扩张和收缩，全身热起来，一直热到手指尖。我似乎听到身体里血液加速流淌的声音，意识到这是出汗了，于是停下来，仰面朝天，把清新的空气深深吸进胸腔。

我家小区里的这片湖泊，有个尽人皆知的名字，叫作"大湖"。其实它并不大，说是池塘也许更加合适。要是搁在江南，它一定算不上什么——那里的水实在太多了。可是北京水面奇缺，能够拥有这样一片天然水域真是不易。夏日碧水粼粼，满眼生机；冬天冰雪皑皑，寂静如睡。在喧嚣和欲望塞满每个角落的都市里，这简直就是最后的伊甸园。

不过，我对它的格外偏爱还有另外的缘由：过去几年，我每天生活的一个重要内容就是湖边漫步。无论风雨雪雾，没有间断。

这片湖水目睹了我起死回生的每一个细节。

当初，我被"脑瘤"引发的症状折磨着，头晕目眩，失去平衡。颅内肿物挤压了小脑神经，进而牵扯到四肢，我哪怕挪动小小一步都很艰难。医生们把"尽快实施开颅手术"当作挽救我的唯一办法，而他们的预言为我描述了除死亡之外最黑暗的前景：即使手术完全成功，最好的结果也只是维持现状。

那些天，我不住设想自己终生瘫痪在床的情景——这就是我的"现状"，也即医生所谓"最好的结果"。我知道，比起"医治无效，于 ×

年 × 月 × 日 × 时 × 分去世"，这结果只能算不幸中的大幸，便对晓东说："只要不让我成为植物人，就算全身瘫痪、双目失明，我也能快乐地活着。"

这话一半是为了安慰家人和自己，另外一半则是抱了不得不接受现实的心态。等到独自一人时闭目静思，不免后悔：在我能够健步如飞的那些日子里，为什么没有更多地使用自己的双腿？在我视力正常的时候，为什么没有更多地用眼睛来欣赏大自然的景象？

也是在这时，我开始默默念叨那句早就知道的老话："有些东西，你总是要到失去时，才会知道它的珍贵。"

我不是人类学家，说不清楚人类进化的种种奇妙环节，只记得小学课本里好像说过，人类从古猿进化而成，直立行走是其中的关键。这样看来，正是因为直立行走的需要，才促成手脚的分化，人才有可能成为今天这个模样，而不是像狗一样用四肢爬行。

至少从进化论的逻辑来说是如此。

可是现代生活似乎终止了这一进化过程。人类发明了形形色色的玩意儿来代替自己的双腿，用电梯爬楼，用汽车走路，用缆车登高，用飞机跨越万水千山。从"马车时代"到"轿车时代"，宁愿坐在大街上拥塞的车流中等上几个小时，也不肯下车走上几步。双腿双脚走路的功能日益退化，却越来越多地被用来达成别的目的，比如打斗、娱乐、恃强凌弱、在竞技场上争夺金牌，以及展示性魅力。

可惜，这些都是我在已经无法走路时才想到的。在此之前的很多年里，我已不知不觉地很少走路。有时候看到几位老人在路边散步，不由自主地在头脑里冒出自己的晨练计划，却又为种种借口拖延，始终没有实现。"等忙过这一阵再说吧，"我总是对自己这样说，"来日方长。"

谁能想到，我在一夜间就成为强弩之末。

来日无多，再也没有理由继续拖延。既然现在我还没有惨到全身瘫痪的地步，既然上帝给我留下的唯一可能性就是走路，那就让我抓住最后的机会去感受迈开双腿的滋味。

当时我只不过是把这当作生命之路上的"最后的疯狂"，怎么也没有想到，这竟给我带来意外的收获。

医生预告我的"死期"的第二天，我已不甘心终日卧床。我尝试着翻身下床，站在地板上，试图迈步。也许是头晕目眩的感觉真的减轻了，也许是内心深处担心自己很快就会全身不遂，再也走不成了，更有可能是我极力想在家人面前有个好的表现，来证明医生只不过是在危言耸听，我的病还没糟糕到那种程度。我扶着墙慢慢走，走到头再折回来。第一天，走了三个来回。第二天，走了五个来回。从此，室内散步就成了我每天必修的练习课。两周以后，我走出家门，来到院子里，借助家人的搀扶和一根拐杖的支撑，走了十几分钟。奇怪的是，我并没有感到任何不适。

这让我增添了巨大的信心。我走路的时间渐渐多了，距离越来越长，速度也越来越快。大约半年后，我不再需要别人搀扶，也不再需要拐杖之类的依靠。又过了半年，我每天走路的时间增加到一小时。

每次散步后总会觉得疲劳。我知道，疲劳是肿瘤病人身上最顽固的症状，稍动即累，不动也累，而且如影随形，经久不退。不过，散步之后的疲劳和那种倦怠病态的累是完全不同的。这是一种舒展和轻软的累，有点像一个健康人在长时间运动之后的感觉。

正是在散步的过程中，我学会了区别两种不同的累——"健康之累"和"病态之累"。它们在我的体内同时存在，相互纠缠，从里到外，此起彼伏。日复一日，那种舒适轻松的"健康之累"越来越清晰。我不免又想起刘向阳大夫在我出院时说的话，"不要以为只有手术、化疗、打针吃药是治疗，其实，走路也是治疗"。

我开始庆幸自己歪打正着：一种"末日心态"驱使之下的反应，在不经意间引领我走上康复之途。对我来说，它甚至成了一种有效的"抗癌药"。而且，它不用我花钱，不用我看医生的脸色，也没有任何副作用。

意识到这一点，是我康复之路上的一个重大收获。我的"走路计划"变得更加积极、更加坚定。

我开始把走路当作重要的治疗手段。"每天步行五公里"，从不间断。每次散步由慢到快，逐渐达到正常速度，随着步伐的节奏把新鲜空气吸进肺腑，然后深深吐出，直到周身发热。为了寻找一个适合走路的环境，我在这片安静的湖畔绿地住下来。这里远离都市的喧嚣，远离滚滚车流和难闻的汽车尾气。

这个大雪纷飞的冬天，是我在病中度过的第四个冬天，在那以后，我又经历了两个冬天。五年多来，我每天走过的路程加在一起，已经超过8000公里。这相当于我从北京出发走到西藏拉萨，又走回北京。

我觉得自己做了一件了不起的事，对自己身体的信心前所未有地强大起来。每次漫步湖边，总是神清气爽，呼吸顺畅直达肺腑深处。已经失去的体能在不知不觉中回来了，病入膏肓的疲惫和倦怠也渐渐远去。想想当初，我竟还准备着自己要全身瘫痪、双目失明呢！

日光浴

这时候，治疗已经成了我的一种享受，我的生命再次被阳光照亮，生机和活力不知不觉重新回到我的身上。就算太阳并不能助我除掉肿瘤细胞，维生素 D 的功效也没有那么神奇，我也知足了。

我有一个出版界的朋友，是那种热爱户外运动、保持着健康体魄和肤色的男人。他来看望我的那天，我正走在湖畔小路上，全身沐浴在午后的阳光里。他注视着我——他心目中一个病入膏肓的人，上下打量，眼睛里迅速聚起难以置信的神情。

"你怎么一点也不像个病人？"他说，同时挥舞了一下紧绷在短袖 T 恤衫里的胳膊，伸到我面前，"看看你，晒得比我还黑。"

这是一个烈日炎炎的夏天，周围树木郁郁葱葱，天气酷热难耐。周围游人稀少，仅有的几位也都躲在凉亭里，我却特意挑选了一处没有树荫的石凳坐下。

阳光从头顶洒下来，明亮异常，把我们的身影投在地上，线条清晰。

泥土路面在我们脚下散发着太阳的炽热。

我俩一同把胳膊举起来，迎接灿烂的阳光。我的皮肤看上去黑里透红，似乎很接近小说家笔下的那种古铜色。

我的这位朋友有个先入为主的印象：癌症病人应该是面色苍白，躺在床上，气若游丝，淹没在一片昏暗的气息中。不料，他眼前这个人竟和想象中完全不同。

他望着我，还有我身上炽热的光芒，迷惑不解。

我告诉他，这几年来，我一直在一丝不苟地执行一项计划：日光浴。不是追求什么健美的肤色，而是希望自己的身体拥有更强大的力量去抵御疾病。

我的"日光浴"是不分酷暑寒冬的，也可以说是"冬晒三九，夏晒三伏"。

冬日里外面天寒地冻，我在室内靠窗的地方席地而坐，赤裸上身，让阳光直接照在我的皮肤上，同时透过玻璃窗欣赏外面的冰天雪地。等到春天来临，天气转暖，我就可以坐在室外朝南的露台上，悉心体会乡下老汉背靠南墙晒太阳的乐趣。夏天原本是个酷热难耐的时节，现在却成了我的黄金季节——其实对我来说，没有哪个季节不是黄金季节，因为我可以让自己的大部分皮肤暴露在阳光下。我通常只穿一条短裤，旁若无人地漫步在小路上，同时刻意地绕开树冠林荫。随着炽热的空气吞噬整个城市，街头和广场变得沉闷无声。路人行色匆匆，走在高楼的阴影里，躲避着烈日，就连处处绿荫的公园也杳无人影，一向悠闲自在的游人全都不见了踪影，只剩下几位不怕酷暑的老人坐在树荫下纳凉，一边远远地用目光追着我。在这些知冷知热的人看来，我的行为真是太古怪了。

癌症患者最困难的一件事就是户外活动。有一段时间，我感觉自己也逃不过同样的命运了。运动原本是我的爱好，比如游泳、登山和滑雪，此外我每天还在健身房里度过大约一个小时。可是在疾病猝然降临的日子里，这一切都不行了。我无法再走到户外去享受一下人在天地间的感觉。那时候，我最担心的事情甚至不是我体内的肿瘤细胞，而是不得不像只老鼠一样整天躲在昏暗角落，遵循着一种消沉萎靡的节奏，没有蓝天白云，没有风雨雪雾，也没有阳光。想到即使是一个健康人，过这样的生活也会完蛋，我不禁一阵沮丧。

那些天，家里气氛低沉，亲友的看望和问候也特别多。每天都会带来一些不知道从哪里听来的好消息——不是哪位癌症患者延年益寿的故事，就是在什么地方又有了一种什么"抗癌新药"。每个人都想逗我开心，可是我反应迟钝。因为我知道，癌症患者的康复之路上，坏消息总是绵绵不绝，而好消息通常都会言过其实。

直到有一天，我接到妹妹从欧洲打来的电话。她劝我尽可能走到户外去晒太阳。

"体内维生素 D 的水平对于肿瘤患者的生存至关重要。"她解释说，"尤其是肺癌患者。"而晒太阳正是提高体内维生素 D 水平的最佳途径。

她的声音里充满了乐观的调子。我完全可以想象电话那头她的样子。她对于这类消息一向抱着怀疑态度。这一回，不会是让谁给忽悠了吧？

我这样想时，一定是流露出什么情绪传递到电话那头。

"你最好试试，"她不屈不挠地说，"至少没什么坏处。"

为了让我对这个建议给予足够的关注，她又给我发来电子邮件，附带了一份医学研究的报道。我从中第一次知道，"补充维生素 D 和晒太阳，能延长早期肺癌患者的术后存活时间"。

阳光与肺癌患者康复具有相关性的结论，来自美国哈佛医学院和公共卫生学院联合开展的一项研究。

我们已经知道，早期肺癌患者在手术之后的"五年存活率"为60%。这是一个平均数，具体到每个人就很不一样，有的长些，有的短些。那么，为什么会有这样的差别呢？一定是有原因的，可惜一直没有人能够解释清楚。现在，哈佛医学院和公共卫生学院的这项研究指出，体内维生素D的水平对于肿瘤患者的生存至关重要。

研究者抽取1992年至2000年接受治疗的456位早期肺癌患者的病历，进行对比分析，结果发现，同维生素D水平低、手术后晒太阳少的人相比，维生素D水平高、晒太阳多的患者术后"五年存活率"能够明显提高。在一项公开发表的研究报告中，专家们进一步指出，根据"五年存活率"这一分界点，维生素D摄入量高的患者"五年存活率"为72%，而维生素D摄入量低的患者"五年存活率"仅为29%。（详见《维生素D有益肺癌患者恢复》，2006年8月16日《医药养生保健报》）

这是什么意思呢？

这就是说，只要多晒太阳，肺癌患者就有可能把手术后平均的"五年存活率"提高12个百分点——从60%提高到72%！

相反，待在昏暗的房间里，终日不见阳光，就有可能把"五年存活率"降低31个百分点——从60%降低到29%。

这结论立刻触动了我。因为在我手术之后，一位肿瘤专家在谈及化疗的效果时曾告诉我，化疗能让我的术后"五年存活率"提高两个百分点——从60%提高到62%。换句话说，在防止癌细胞复发、扩散和转移方面，坚持"日光浴"和补充维生素D所能获得的正面效果，有可能相当于化疗的6倍。

而且还有更重要的：它没有什么副作用，也不花钱。

这一研究结论真的能够成立吗？

维生素 D 为什么有助于患者抵御癌细胞的侵蚀？

晒太阳和这些又有什么关系？

这些问题对我的意义显然非同寻常，也激起了我的好奇心。随后的几天，我把注意力转向搜寻关于维生素 D 的更多资料，像个初入医学院的年轻学生一样满怀热情。

我很快就了解到这方面的一些知识。

原来，维生素 D 是一种固醇类衍生物。它通常被用来调节体内钙、磷代谢和平衡，以维持骨骼健康。近几年，欧美国家越来越多的研究发现，维生素 D 还具有另外一些奇特的功能，其中之一就是"预防慢性代谢性疾病"。

在许多专家看来，肿瘤细胞的滋生、突变和暴发，在本质上正是一种"代谢性疾病"。

有一种理论认为，每个人体内都存在癌细胞，每个人生活的环境都存在着诱使正常细胞癌变的物质，只是外界的致癌因素不同，自身代谢废弃物的能力也不同，这决定了肿瘤会不会发生、什么时候发生。当体内某一部分的代谢功能和免疫力相对较差时，身体代谢的废弃物便会聚集在那里，导致正常细胞变异，进而形成肿瘤。所谓"癌细胞的转移"，也是肌体废弃物不断寻找自我净化能力薄弱的部位，并重新集结的过程。一位名叫孙传正的中国医生，正是依据这种理论，把癌症叫作"全身性代谢废物稽留综合征"。

另外一个美国人，柯林·坎贝尔博士，在他的一本影响巨大的书中，阐述了维生素 D 及其代谢产物对几种疾病的影响，以及人体细胞的反应机制。与此同时，这位国际著名的营养学家，令人信服地把"晒太阳"和"补充维生素 D"联系在一起。他解释说，"阳光中的紫外线能将皮肤中的维生素 D 前体物转化成维生素 D"，输送到肝脏里，被某种酶转化为一种维生素 D 代谢产物。此后，在一个相当关键的步骤中，肝脏存储形式的维生素 D 被输入肾脏，并在肾脏中被另一种酶转化为维生素 D 的活化代谢物，叫作钙三醇。然后，我们便得到了真正需要的东西：钙三醇形式的维生素 D。它"可以遏制健康组织向病态组织的转变"。（详见 T. 柯林·坎贝尔、托马斯·M. 坎贝尔所著《中国健康调查报告》，吉林文史出版社，2006 年 9 月第 1 版）

我猜想，缺乏维生素 D 不会是导致疾病的唯一因素，但是，维生素 D 的重要性也是可信的。此外还有一件事应当搞清楚：我们中国人血液中维生素 D 的整体水平远远低于正常标准，而以中老年人群更甚。根据中科院上海生命科学研究院营养科学研究所的一项研究，我国中老年人群中，有 93.6% 的人体内维生素 D 低于正常值（其中 69.2% 缺乏维生素 D，另外 24.4% 则属于"不足"），而维生素 D 充足的个体仅占 6.4%。

我怎么也没料到会看到这样一种局面，于是迫切地想知道自己体内维生素 D 的水平。我开始寻找医院，希望能够做一次检查。令人惊讶的是，北京的几家大医院居然都没有这项检查。我托朋友到上海去打听，竟也没有。万般无奈，我只好自己来做大致的估算。回想自己的生活习惯，虽然喜欢吃鱼，却是淡水鱼多，深海鱼少；虽然喜欢运动，却是室内运动多，户外运动少。看来，用不着去做什么检查了。我应当属于"维生素 D 低于正常值"的那 93.6%。

接下来的问题是，我能从哪里获得维生素 D 呢？

坏消息是，我们很难通过食物直接获得足够的维生素 D。因为维生素 D 主要存在于深海鱼类中，这在我们中国人的食物中并不多见。而我们经常吃的东西里面，比如谷物、蔬菜和肉类，含维生素 D 不多。

好消息是，阳光中的紫外线能在皮肤中合成维生素 D。所以，只要能够多晒太阳，就能获得身体对维生素 D 需求量的 90% 以上。

"如果你想知道到底通过充分的阳光来获得维生素 D 好，还是通过食品来补充维生素 D 好，"坎贝尔博士写道，"那么我告诉你，晒太阳绝对更有价值。"

为了证明自己不是信口胡说，他列举出一项覆盖全球 120 个国家的调查，结果表明，很多慢性病的发病率，比如糖尿病、关节炎、骨质疏松症、癌症，会随着纬度的升高而升高——越是接近北极和南极也就越常见，因为那里属于日照较少的地区。

我不禁想到，今天人们体内维生素 D 的匮乏，除了地理位置之外，一定还和他们的现代生活方式有关。一年四季，我们有意无意地把自己关在室内，终日不见阳光。这会不会也成为癌症发病率不断升高的一个原因呢？

我猜想，在远古时代，原始人是不会缺少维生素 D 的。他们终日风餐露宿，日晒雨淋，连一件能完全遮挡身体的衣服也没有。后来，人们开始为自己搭建茅屋栖息，但仍然要在烈日下劳作——无论是狩猎还是农耕。逐渐地，由狩猎而游牧，由农耕而工业，人们给自己盖的房子越来越坚固，越来越舒适，不仅夜晚居有定所，而且白天工作也在室内。但是，至少他们从住所到工作场所的路上还是要露天行走的。直到有一天，人类又为自己发明了"行走的房子"——汽车。到如今这个时代，人们不论是睡觉还是工作、饮食还是行走、娱乐还是运动，全都躲在房子里，远离阳光。就连偶尔为之的户外散步，也要涂上厚厚的防晒霜，再撑上一把遮阳伞。

这样看来，我有必要让自己的每一天有一段时间回归原始人的生活方式——晒太阳。

既然我打算把"晒太阳"作为治疗的一部分——就像大多数癌症患者

通常经历的化疗和放疗一样，那么，就应当把这件事做得更加严谨和有规律性。所以，我让自己平均每天接触阳光的时间不少于 40 分钟，同时还须把皮肤 50% 以上的部分裸露在外。

事实上，即使在高楼林立的都市里，只要你愿意，也有足够的机会享受阳光。季节的转换会让日照的强度和时间发生变化，所以我也会对自己的作息时间稍做改变。一般来说，春秋季节的日照为最佳。每逢此时，我便长时间地让自己走在阳光里。盛夏骄阳似火，但是如果我在早晨 9 点以前和下午 5 点之后来到户外，就会发现阳光变得柔和可人。即使是在三九寒冬，阳光也总是比我们想象的更充沛、更温暖。当你赤身露体站到窗前，沐浴在和煦的阳光里，你会觉得好像是春天来了。

每一次走在阳光里，都是一种身体的享受，同时也是精神的净化。我的户外作息随着阳光的变化而改变，而完全不在乎人世间的冷暖悲欢。我在这中间渐渐意识到自己的生活是多么舒适。我的体力逐渐恢复，皮肤也禁得起日晒风吹了。有人觉得光天化日之下赤身露体有失体统，有人说晒多了太阳会让人显得更加苍老，还有人提醒我过多的紫外线会诱发疾病，比如皮肤癌。我很难反驳他们，但仍然每天走在阳光里。"有失体统"也罢，"更加苍老"也罢，"诱发疾病"也罢，我都不在乎了。自从生病以来，我还从没有感觉这样良好过。

毫无疑问，这时候，治疗已经成了我的一种享受，我的生命再次被阳光照亮，生机和活力不知不觉重新回到我的身上。就算太阳并不能助我除掉肿瘤细胞，维生素 D 的功效也没有那么神奇，我也知足了。

深呼吸

清晨的湖面升起团团水汽，缥缈明净，如梦如烟。我走在这如画的风景里，好像是在云中漫步。走累了就坐在湖畔的亭子里歇息，一缕薄雾飘进来，在我身边轻盈地绕一个圈，又飘出去。我深深地吸一口气，就好像吸进一片白云和蓝天。到了第四天，我五个月不能遏制的咳嗽，居然好了。真是奇了！

我已体会到阳光对我的康复大有裨益。其实，在有关维生素 D 的代谢理论中，我还学到了更多的东西。

仅仅晒太阳还不够，还须依靠自己体内的代谢机制、免疫机制和自我修复机制联合起来产生作用。换句话说，如果自己的身体不能完成维生素 D 的代谢过程，那么无论晒多久太阳，无论吃下多少维生素 D，都是白搭。

这也从另一个方面证明了，肿瘤患者康复路上最重要的事，是恢复和强化自己肌体抵御疾病的能力，而不是损害这种能力。

于是我为自己确立了治疗疾病的几个最基本的依据，用来应对形形色色的治疗手段和药物。

这些依据是——

不能确认有好处，而能够确认有坏处的办法，坚决不用；

能够确认有好处，也能确认有坏处的办法，尽量不用；

不能确认有好处，能够确认没有坏处的办法，可以试用；

能够确认有好处，也能确认没有坏处的办法，尽量多用。

事实上，如果我们把"治疗"的天地敞开，就可以想象，对自己有好处而没坏处的方法实在有很多。"吃喝拉撒睡"是，"晒太阳"是，"散步"也是。现在再说一个：深呼吸。

记得有一位医生告诉我，癌细胞惧怕氧气。不知道这是否经过了科学的证明。不过，我相信这是真的！至少用我自己的感受能够印证。

当初接受开胸手术，瞬间失去左肺上叶，五脏六腑牵拉撕扯，痛彻全身，上气不接下气。幸亏病房配有输氧设备，由一根塑料管连接着，伸到我的床头，管头喷嘴不间断地咝咝作响。只要把它对准自己的鼻孔，轻轻一吸，就有一股清凉湿润进入胸腔，周身舒适。这是一种医用氧气，人工制成，通过一个无色透明的玻璃瓶子不分昼夜地冒出气泡，就算你闭目不见，也能清晰地感觉到它的存在。尽管我对所有人工制品心存忌惮，但还是把它当作救命稻草，每天大部分时间把它塞在鼻中，就这样度过了那段难熬的时光。

出院回家以后，刀口愈合很快，胸腔里的疼痛也逐渐减轻，可是剧烈的咳嗽总是无法停止，让我白天不能安卧，夜晚无法入睡。医生告诉我，这是手术后的正常反应，持续时间则因病人不同而长短不一，也许几周，也许几年。

我就这样挨过了整个夏天，一边庆幸手术成功，一边又沮丧地想：这后遗症会不会伴我终生？

秋天到来的时候，一个朋友打来电话，邀我去他的家乡住一段时间。"江南的气候好，"他对我说，"对你的肺有好处。"他是苏南人，住在苏州。我知道那里温暖湿润，空气新鲜，又有充足的阳光，与我们北方干燥、混浊、寒冷的冬季形成对照。印象中总是听人说起，北方的肺病患者喜欢到南方去过冬，就像候鸟一样，一直等到春暖花开时节才会北上归巢。

于是我决定听从朋友的劝告，去江南疗养。

朋友把我安顿在苏州郊外金鸡湖畔的一处宅子里。这里远离城市中心，远离交通干道。房子被一片宽阔的草坪和鲜花簇拥着，郁郁葱葱，风景宜人。一条小路穿过树林和芦苇丛，通向湖边。极目远眺，水天相连，碧波荡漾，成了阻隔闹市喧嚣的天然屏障。

清晨的湖面升起团团水汽，缥缈明净，如梦如烟。我走在这如画的风景里，好像是在云中漫步，走累了就坐在湖畔的亭子里歇息，耳边传来绵绵不绝的鸟鸣。一缕薄雾飘进来，在我身边轻盈地绕一个圈，又飘出去。我深深地吸一口气，就好像吸进一片白云和蓝天。

出乎意料的是，第二天，我的胸闷和咳嗽的症状减轻了。第三天更加好些，夜里竟能安然入睡。到了第四天，我五个月不能遏制的咳嗽，居然好了。

真是奇了！我没有经过任何治疗，也没有服用任何药物啊！

我仔细品味这地方比我家多了什么好处，想来想去，其实只不过多了三样东西：阳光、雨露和干净的空气。

在我长期生活的那座大城市里，人们被"埋葬"在钢筋水泥和玻璃幕墙的丛林里，绿色植物少得可怜。大街小巷从早到晚熙熙攘攘，车水马龙，到了深夜也不得安静。空气中的有害成分越来越多，有益成分越来少。电视里每天发布空气质量报告，告诉人们空气中污染物有多少，但是谁来告诉我们，空气中有益成分的含量究竟是多少？比如数十人甚至上百人挤在一个大商场或者办公室里，密不透风。人人吸进氧气，呼出二氧化碳，这时候空气的含氧量会不会降低呢？负氧离子之类的好东西会不会减少呢？又比如上千万人、数百万辆汽车、数十万台锅炉拥挤在一起，争相吞噬氧气，排出二氧化碳，这时候空气中的有益成分又会有什么变化？这些都没人告诉我们。不过只要我们想想"氧吧"的出现，也就可以猜到，我们吸进的优质氧气一定是越来越少，而劣质氧气一定是越来越多。

有一些官方调查证明，终日在街头执勤的交通警察，血液中的含铅量会明显高于正常人。这说明，尽管我们周围空气的恶化看不见也摸不着，但是它的确可以直接侵袭人的肌体。人人皆知，吸入有害气体会对人体造成伤害。可是如果吸不到足够的有益气体，会不会对人体造成伤害呢？没有人告诉我们。不过，我能够实实在在地体会到，一旦走进一座公园，或者哪怕是一小片街头绿地，立刻就会觉得神清气爽。我猜想，那一定是因为空气新鲜、湿润、富含氧气的缘故。

而现在，苏州郊外这片山清水秀的湿地，对我来说就是一个辽阔无比的自然保护区。在这里，阳光、雨露和空气的结合是如此完美，把大自然的生机传递到我的体内。这种作用是潜移默化的，效用却相当明显。

从苏州回来之后，我开始对空气敏感起来。渐渐地，这种敏感变得越来越强烈，也更细微，甚至有些神经质。厨房的油烟、街头的汽车尾气、墙角的垃圾箱、公共场所的二手烟……这些味道会立即在我心里引起强烈抵触。路边窨井盖的透气孔泛出的阴沟味儿，本来不会引起我的注意，现在也变得异常刺鼻。

我知道自己的这种感受没有什么科学依据，同时还能猜到，如果对医学专家们说起此事，他们一定会笑我神经过敏。

事实上，我的确对医生说起过。

有一天我告诉一位神经科的医生，我一坐在绿荫下就觉得头脑舒适，疼痛也会减轻。她是一个值得信任的医生，对自己的病人充满热忱，总是报以一种全神贯注的神情，让我感觉到自己是被尊重、被理解的。那一次，她很认真地倾听我的叙述，这给了我鼓励，继续倾诉我对户外新鲜空气的好感，不料她笑起来，说我是"心理作用"。

"室内空气就算不好，也不至于差那么多。"她说。

但我还是相信自己的感觉。不管是心理作用还是实际效果，也不论"癌细胞怕氧气"的说法是否得到了医学证明，我觉得这样做全身都很舒服，而且这感觉很清晰。所以，在以后的日子里，我还是尽可能地走到绿色树丛中。

在建立起对新鲜空气的信任之后，"深呼吸"便成了我日常生活中必不可少的一部分。

呼吸一定要深，这是为什么呢？

我们都知道肺是用来呼吸的，但是很多人忘记了，我们一生中只是使用肺活量的很小一部分！肺的内部充满气泡，看上去有点像一栋楼房，一个气泡就是一个房间。我们大多数人，总是让这栋楼的大部分房间关着，一辈子都不会打开。"深呼吸"的好处首先就在于，它能促使我们打开更多的房间；其次，当我们深呼吸的时候，特别是采用"腹式呼吸法"时，我们不仅吸入更多的新鲜空气，排出更多的废气，同时还能推动内脏器官更大幅度地运动。

很多人会提到气功对人体的神妙作用，其实在我看来，如果排除其中种种神秘色彩和灵修部分，气功在本质上就是在一个好的环境里，以一种正确的身体姿势和方法来练习"呼吸"。这同一般意义上的"深呼吸"并无明显区别。

我的"深呼吸"，每天持续大约 30 分钟。这时候我会有意识地把呼吸拉长。"呼"的时候，以一种缓慢均匀的节奏吐尽腹内所有废气，"吸"的时候，以同样的节奏让整个胸腔全部充满新鲜空气（在腹式呼吸中是鼓足腹腔）。我将这整个过程叫作"呼尽吸足"。

很多人在调理呼吸时注重吸入，而不大注意呼出。我过去也是这样，可是我渐渐地感到，在每一轮高质量的"深呼吸"中，"呼尽"比"吸足"更重要。这是因为，只有把胸腹内所有的废气排尽，新鲜的空气才能很顺畅地进入每一个角落。

我的"深呼吸"在大多数时候是和散步一同完成的。

有一位专家在电视上鼓励大家多散步，这引起了我的共鸣。他同时还主张散步时邀一二好友或者家人，边走边聊。他的意思是，这样能够帮助你保持步伐的节奏，不至于太快或者太慢。这话听上去有些道理，但是我不想仿效。与亲友聊天当然能够让你精神愉悦，但是它不可避免地影响了你的呼吸节奏。所以，这种方式也许适于一个正常人的保健需求，对于一个渴望康复的癌症患者来说，就不一定适当。

我在散步时从来不和别人东拉西扯。我希望把精神专注于自己的体内，而"深呼吸"有助于精神专注。

伴随步子的节奏，缓慢深沉地呼吸，让我感觉到体内器官的扩张和收缩，感觉到血液在加速流淌，全身的活力跃动起来。我猜这正是全身血液输氧的最好时机，所以"深呼吸"的效果也会特别明显。

当我把"深呼吸"作为生活中的一部分时，要解决的第一个问题就是周围的空气质量是好还是坏。由于现在城市严重的空气污染，在诸如北京这样的地方，想要呼吸一口新鲜、纯净、湿润的空气，是越来越难了，所以这个问题就显得更加重要。

最简单也最便捷的方法，就是每天关注当地电视台的空气质量预报。事实上，我确实很注意空气质量报告，以便决定第二天我要在室外待更长时间还是少待一会儿，就像按照天气预报来决定该穿什么衣服一样。

可惜现在我们所能看到的空气质量预报还不精确，尤其不够严格，甚至在某些方面还有可能人为地降低标准。所以，我们最好还是学会依靠自己。

尽管空气这种东西无色无味看不见摸不着，我们还是有很多种直观的办法来判断空气质量，而无须使用仪器。如果空气中飘浮着污染物，蓝天会显得暗淡压抑，阳光苍白无力，云彩混浊不清。如果空气特别纯净，早晨的阳光就会清晰有力，傍晚则会染上一层金色。天空高远通透，白云在湛蓝色背景下熠熠生辉，层次丰富，边缘清晰，就好像是大洋深处的万顷波浪。

我还特意选择了周围几处固定的建筑和远处起伏不定的山峦作为参照，每天从窗户看去，山的轮廓是否清晰、建筑物的层次是否丰富，都可以帮助我观察空气的通透度。有时候，山峦隐没在一片混沌中，踪影全无。每逢这时，如果不是因为冷暖气流交汇而生成了重重雾气，就必然是空气中飘浮了太多的尘埃。

我们容易忽视的最重要的一件事是，室内的空气质量通常不如室外，所以更有必要小心谨慎地观察和维护。在室内，我能找到观察空气质量的最好方法，就是在阳光倾斜进来时，逆着光线看过去，可以清晰地看到空气是否纯净，以及有多少尘埃在四处飞扬。此外还有一种更为苛刻的检验办法，就是伸手在床上、沙发垫子或者座椅靠背上拍打一下，看看有多少尘埃在瞬间弥漫开来。如果你对室内卫生特别仔细，每天清扫所有的角落，甚至连床底下也不放过，那么飘浮在室内的尘埃数量定会明显减少。

空气中的尘埃有个正式说法，叫作"可吸入颗粒物"。它肯定可以成为病菌和污染物质的载体。这东西如果经常大量地进入你的肺里，你能想象结果会有多糟。

所以，我想提醒所有癌症患者的家人，让病人居住的房间窗明几净，一尘不染，其实比给他吃一大堆营养补药更重要。

身心合一

心灵有可能成为肉体最完美的守护者，也有可能成为肉体最直接的摧残者。

我有一次去北京医院李金大夫那里复查。那时我经历肺癌切除手术还不到半年，可以说是刚刚度过最艰难的阶段。这位善解人意的老大夫，一边对我的"脑瘤"莫名其妙的逆转惊喜不已，一边又对我的"肺癌"流露着全身心的关怀。她絮絮叨叨地告诫我，要想康复，精神状态至关重要。说着说着，她忽然话锋一转，询问我是否需要一些抗抑郁的药。

"抗抑郁？"我从没想过这件事，以为她在开玩笑。

"这药不是骗人的。"她说，"很有效。"

"我还用得着抗吗？"我仍然觉得这是一个玩笑。

"不开玩笑。"她满脸严肃，"很多病人在生病半年一年后，都会出现这种症状。"

看我还是满脸懵懂，她又说："一个很能干的人，一下子什么也不能干了，很容易心情郁闷，所以，保持乐观豁达很重要。你可以想象吧？"

我不敢再笑。一种药物居然真的能对人的精神状态产生作用，这给我留下深刻印象。尽管没有接受这种药，但我还是意识到一件事——第一次意识到，癌症患者的麻烦，也许不只是切除肿瘤病灶那么简单。

事实上，我们还不得不面对一些"精神的""情绪的"，或者叫作"心理的"问题。

精神对肉体的影响力究竟有多大，一直以来都是科学家感兴趣的问题。大多数医生都会认可，不良的甚至负面的精神状态，与生理疾病存在关联。中医有所谓"病由心生"的说法，而西方现代医学的一些研究则证实，人类的疾病 60% 由精神因素造成。

有一位医生曾给我讲了一些"病由心生"的案例，其中最典型的就是胃溃疡。我自己就是一个有着 20 多年病史的胃溃疡患者，所以很容易理解其中含义。

而在恶性肿瘤值得注意的病因中，精神因素始终是一个重要方面。

有一项调查证实，上海市的癌症病人中，大约 30% 同时患有抑郁症。到了每年入冬前后，这个数字还会增至 50% 以上。

抑郁症本是一种心理疾病，但是医生们发现，抑郁症与癌症患者的死亡率存在着密切关联。从理论上说，不良的精神状态会削弱心理免疫力，进而增加肿瘤复发转移的机会。临床研究则进一步证实，有抑郁症的肿瘤病人与没有抑郁症的病人相比，死亡率高两倍。

癌症患者更容易患心理疾病，有了心理疾病的癌症患者更难抵御病情恶化。这是一个恶性循环。所以，在上海的那些大医院里，每年冬至前后，不仅是癌症病人患抑郁症的激增期，同时也是癌症病人死亡的高峰期。因而在医生口中流传着一个说法，"冬至"是癌症病人的"鬼门关"。（详见《五成癌症病人秋冬患上忧郁症》，2007 年 11 月 4 日 "39 健康网"）

在面对死神的这一段特殊日子里，最要紧的，是让自己拥有一种健康积极的精神状态，而这正是癌症患者最缺少的。尽管如此，肿瘤治疗领域里还是普遍地忽视精神因素。这也难怪，现代解剖学能够让人看清人体器官，甚至细胞结构，却不能证明精神的存在，更何况还有种种商业利益在背后纠结。

与此对应的是另外一种理论，即"精神万能"。这种理论主张，"完全依靠心理力量就可以将久病之躯变成健康之身"。一个名叫拉尔夫·沃尔多·川恩（Ralph Waldo Trine）的美国人，是这种理论最有影响力的阐述者。他的著作被译成20多种文字出版，行销全世界。他本人则被认为是成就最大的"灵修大师"。我在阅读他的一些著作时，始终不能赞同其中"精神决定一切"的理论。不过，对于他所说的"快乐的心情是世界上最好的药物"，我深有同感。

我不是有神论者，也不大相信"灵魂不灭"之说，可是我相信每个人都存在"身、心、灵"的不同境界。人的生命是由肉体和精神共同组成的。这用不着复杂的科学实证，只需我们的直观感受就能证明，所以，用"身心合一"来引导我的康复之路，似乎更加符合生命的本质。

每个人都需要一种积极的生活态度，病人尤其应当如此。过分责怪医生的缺点和医院的缺陷，是没有意义的。因为换了我们去做医生或者医院院长，也没有把握做得更好。我们所能做的最好的一件事，就是去创造一种让自己满意的生活。

手术后的第一个春天，我决定躲开北方的风沙和干燥，去南方的朋友家住一段时间。

朋友家坐落在深圳东郊山海相连的地方，房间不大，陈设简约优雅，桌上有个台历，翻开的一页上留着淡淡的一行字：

"每一天，推开窗，心情向阳。"

我默念两遍，若有所思。推开窗，满眼重峦叠翠，水天一色，若有若无。我不禁心情大好。通过手术已经成功切除体内的肿瘤，可是对于疾病的治疗，既是物质的，也是精神的；既是药物的，也是情感的；既是外科手术的过程，也是内心修炼的过程。对付癌症尤其如此。从今往后，我第一要紧的事，是让自己找回那种旺盛的活力和从容的心态。

此后几个星期，我在这里过起了隐居生活。晚上在空寂的山谷中睡去，清晨在鸟儿的鸣叫声中醒来。白天和朋友一起，漫步在海边沙滩，或者在山间拾级而上。

那是一条群山环抱中的小路，百草丛生，万木葱郁。山路越来越陡。我遥望半山腰的一座小亭，似乎远在天边，心说凭我这老弱病残之躯，实在是可望而不可即了。这样一想，渐渐觉得脚下发软，气也不够用了，开始大口喘息，不免更加沮丧。

朋友对我的状态好像浑然不觉，只顾引我向上攀登。不知不觉已达山腰，小亭赫然就在眼前。凭栏处，隔着山谷极目远眺，云淡风轻，海阔天空，屋顶星星点点，精巧如园林盆景。低头又见脚下立一小牌，写着"海拔 207.8 米"——这是我生病以来到达的最高点，而我竟不觉得累。

我大乐，满腔沮丧乖戾之气一扫而光。

我们仔细品味大自然的恩赐，谈论过去几年病榻上的日子，慨叹生死悲欢，即使在最绝望的时候也没有放弃希望。不过，人生有很多东西看上去重要，到头来全都可以放下。我已放下种种功名利禄，放下种种欲望焦虑，可是竟没有想到，就连疾病本身，也是可以放下的。

事实上，癌症患者想要拥有乐观宽广的胸怀，是很不容易的。想要保持一种持续不变的乐观，就更加不易。很多事情说说容易，做到很难。即使一时一事想明白了，也不能做到时时事事都想明白。我们遭遇从天而降的打击，面对死亡的恐惧，面对病痛的折磨，面对种种绝望和希望的纠缠。每一次求医问药、每一次住院治疗、每一次接受或者拒绝医生的建议、每一次目睹或者耳闻病友的逝去，都像经历一场精神的炼狱。好不容易度过最困难的日子，病情稳定下来，心情也稍感平复，然而事情还没有完。我们似乎永远不能成为精神上的强者，因为有一把"达摩克利斯之剑"，无时无刻不悬在我们头顶上。

过去几年，我没完没了地应付全身上下的复查。少则两三个月，多则半年，就要来上一轮：X光扫描、CT扫描、核磁共振扫描、PET扫描、骨扫描、B超扫描、癌胚抗原检查、血液常规检查，大大小小的胶片和检查报告塞满了一大箱子。每一次复查都会排除老问题，同时又会发现新问题：可疑的病灶从后脑跑到前脑，从左肺跑到右肺，后来又出现在胆囊和脚踝骨，此起彼伏。也可以说，要是光看胶片影像，此人从头到脚都是"肿瘤"。这恰恰应了肺癌最常见的恶化趋势：不是"脑转移"，就是"骨转移"。

我就这样一直生活在"复发"和"转移"的悬念之中。悬念不是事实，却像一片阴云，隐约盘踞在内心深处，挥之不去。每次走进医院都是怀揣忐忑不安的心思，出来的时候又强装一脸满不在乎的样子。人前谈笑风生，插科打诨，可是一个人静下来，就会被这些吉凶未卜的悬念搅扰得心绪不宁。

是啊，我太注重自己的病了。我的身体正在康复起来，我的精神却还没有达到正常人的水平，所以在潜意识里还是把自己当个病人，好多事情都还没有做。我还没有到大海中去游泳，还没有身负全副滑雪器具重返雪山之巅。我一直梦想着去探寻世界上那些人迹罕至的地方，一直梦想着到一个与世隔绝的小山村、像个真正的山里人一样过上一年，却都不敢成行。我已经如愿吃到了最棒的清蒸鲥鱼，可是我敞开肚皮吃上一顿涮羊肉的念头，却因中医的劝阻而耽搁至今……

我开始问自己：我能把疾病也放下吗？

山间一派清新，带着树叶和泥土的味道，烟雨蒙蒙，丝丝入心。就在这悠远宁静的山海之间，我感觉到一种精神力量正在渗入肉体，渐渐清晰。我明白了人为什么可以一动不动地坐上几小时、几天甚至几年，只是怔怔地凝望着空中的白云或者繁星。

快乐源于单纯，健康也是如此。所有事实都在证明，心灵有可能成为肉体最完美的守护者，也有可能成为肉体最直接的摧残者。

身心合一。它让我的精神力量变得强大，也让我的生命变得快乐和富有生机。

我们歇息片刻，继续攀登，转眼间顶峰已在脚下。回首浮云低，意犹未尽，于是，我在这山巅之上，踏着薄云，披着浓雾，做了 20 个俯卧撑。从这时开始，我有了一种感觉：自己在肉体和精神方面都已是正常人了。

重返雪山

愉快的心情常常起因于生活中有一些令人愉快的事。和自己喜欢的人在一起，做自己喜欢的事。用快乐把我们的生活填满，让美好的东西进入我们的内心。这样，我们体内的"自愈机制"和"免疫系统"就有更多机会获取新的生命力。

自从疾病猝然降临，我就再也没有见过雪山。我喜欢高山滑雪。这种野性十足和富有刺激性的运动，即使对于身强体健的人也会险象环生，可我对它一直念念不忘。每到冰封雪舞的季节，眼见雪友们来来往往，欢天喜地如过年一样，我便渴望着重返雪山之巅。

现在，我竟真的又站在这里了。

这是一处狭小的山梁，孤独地矗立在群峰之上。皑皑冰雪覆盖了重峦叠嶂，雪山和天空彼此映照，绵延起伏，明暗对比强烈，随着阳光的移动变化万千。这是一个蓝色和白色绘成的世界，是一片最原始的家园，不曾被污染，也不曾被扭曲，你可以在这里体验最单纯、最快乐的自己。

恍惚中，我仿佛身处睡梦中的天堂，轻咬一下舌头，才相信一切都是真的。

天气很冷，还刮着风。也不知是因为周围美丽的景色，还是因为空气清新，或者是因为梦想成真而兴奋不已，我只觉得神清气爽。

晓东站在我身边，一袭白色滑雪服，一顶鲜红头盔，眼睛从雪镜里看着我，满含期待，又有几分担心。

我告诉她，感觉好极了，头不痛，胸不闷。接着大喊一声"我去也"，飞身滑下陡坡。

眼底千堆雪，耳边百丈风，心中无限空寂，脚下卷起一片雪雾，甩到身后远远的地方。

忽见山脚有一个身影，迎着我向山上奔来，两臂高举，使劲摇晃。

"太——棒——啦！"我听到他在大喊大叫，"奇——迹！奇——迹！"

我辨认出那是安东，我的朋友，也是我的滑雪教练。几年前他有一天来看我，本想与我相约来这里滑雪的，可叹我竟病入膏肓，连站起来都不能了。那一晚他坐在我的床头，安慰我说："没关系，我们还有机会。"我使劲笑笑，对他说："你去吧，替我多滑两趟。别忘了拍几张照片拿回来给我看。"我当时以为，这种快乐只有来世可期了，就把自己的渴望寄托在朋友身上。谁能料到，今生我居然还能圆梦！

转瞬间我已来到山下，停下来大口喘息，感觉两腿发软，同时意识到刚才的滑降动作全走了样，一定很难看。可是我这位严格的教练毫不介意，他一头冲过来，把我抱住，说他看见我从山上下来，忽然非常非常激动。还说我创造了一个伟大的奇迹。

那天分手后，他意犹未尽，给我发来短信，说他滑雪已有 18 年了，这是让他最感动的一次。

我回答他："今生一个梦，圆了。"

当晚回到营地，我和晓东依然兴奋不已，忍不住给那些关心我的朋友发出一条短信：

"号外：凌志军重返滑雪场。"

此前我已提到人体内的"免疫系统"和"自愈机制"，还提到精神有可能成为肉体最直接的摧残者，也有可能成为肉体最完美的守护者，其间差别，全在于我们的内心是否快乐、是否充满阳光。

我也曾提到，保有乐观心态是多么重要，又是多么难。在通常的情形中，劝一个癌症病人打起精神，就像对一个垂死的人说："今天太阳真好啊！"癌症病人的生活充满了恐惧和绝望，抵抗身心的痛苦已耗尽了我们的精力，所以再也没有心思去做别的。

我们不是不明白乐观的心态很重要，问题是，我们怎样才能乐观起来呢？

愉快的心情常常起因于生活中有一些令人愉快的事。和自己喜欢的人在一起，做自己喜欢的事。专注于美好的事物，专注于美丽的景象，用快乐把我们的生活填满，让美好的东西进入我们的内心。我们体内的"自愈机制"和"免疫系统"，就有更多机会获取新的生命力，疾病所造成的伤害也就更有可能被驱逐出来。

冥想、忏悔、心灵的静修，都可以让人的精神净化和升华，可惜灵魂的世界是那么神秘缥缈，不是我辈凡人俗物能够追寻的。所以，我们最好回到现实中来，在自己身边寻求快乐之道。唱歌、跳舞、养花、种菜、旅游、摄影、绘画、游泳，练一套太极、听一曲音乐、看一场电影、读一本新书、寻访一个老友、动手做一道爱吃的菜……随便什么事，只要你喜欢。你肯定能在其中找到那种让你欣喜若狂的感觉，甚至会把自己的疾病忘得干干净净。

我说过我习惯了无所事事，其实那是因为我学会了没事找事——自己喜欢的事。即使在死到临头的时刻，我还写下"最想做的 10 件事"，当时想的是，"哪怕能做一件也好啊"。不久，我惊喜地发现，10 件事中居然已经实现 9 件，只剩下"重返滑雪场"这最后一个心愿了。我一直梦想着能有这么一天，可还是没有想到，它的到来竟会如此激动人心。我在精神上的满足感，远远超过经受住一次体能考验的成功感。

　　就像心理康复一样，癌症病人的体能恢复也是一个相当漫长的过程，我根本不会奢望毕其功于一役。这一天我在山上滑了还不到一小时，已经觉得浑身酸软无力，上气不接下气，胸口还有点闷。看来，我的体能距离一个健康人还差得很远，只不过经过这次体验，我已可以确信，疾病正在离我远去。只要睡个好觉，就能聚集起新的力量。

　　第二天清晨，我和晓东收拾行囊，背起滑雪板，迎着朝阳，再次登上雪山……

　　2012 年 3 月 15 日下午，家里笑声不断。我们不断说着一些开心的话题，彼此觉得心情异常轻松。有好长时间，我们都没意识到有什么变化，直到晚饭时，才发现原来是因为这天上午刚刚完成新一轮复查，结果出乎意料地好：颅内病灶几乎完全消失，肺部和腹部未见新的异常，癌胚抗原指标回归正常，脚踝骨的阴影正在淡化，手术后幸存的那片肺叶竟也生长壮大起来，把空荡荡的左边胸腔差不多都充满了。这意味着，肺癌切除手术后失去的部分肺功能，已经在很大程度上得到补偿。

　　"这是五年来第一次！"晓东不住地说，"这是五年来第一次！"

　　这是真的！五年来第一次，医生在我全身上下没有发现任何新问题。

　　医生笑眯眯地对我说："不要再把自己当作病人啦！"

　　这天晚上，我俩说了很多。过去五年，我们经历了平生最艰难的一段日子，实在不能想象，我们居然熬过来了。

　　我们开始念叨那些朋友、同事，还有读者。没有他们的关心、帮助和鼓励，我们无法渡过难关。我在心里感谢他们，同时默默历数他们的名字，数到后来，竟是数不清了。其实有很多人我并不熟悉，甚至从未谋面。他们只不过是听说我病了，就在遥远的地方表达自己的祝愿——发来一条短信，写下一篇博文，送来一本《圣经》，或者点上一炷香，默默为我祈福。

　　我还想到我曾寻访过的所有医生护士，由衷地感谢他们给予我的诊断和治疗，也感谢他们用自己的经验、学识、德行和智慧引导着我的康复之路。他们帮助我认识了这种疾病，懂得了自己的身体，就连他们的弱点和过失也让我学到很多。

　　我也暗自庆幸自己的这番经历。

　　如果不曾与死神如此接近，我永远也不会了解自己精神中最脆弱的一面，也永远不会明白，我还有那么多的东西可以学习，还有那么好的境界可以修炼。

　　在经历了与死神的对话之后，我开始理解生命的真谛。我的人生更加丰富多彩，茶余饭后也增添了更多的话题和笑声。很多曾被我忽视了的东西，如今在我的生活中放射出迷人的光彩。我们——我、我的家人和友人——学会了一起面对生命中的坎坷，互相嘘寒问暖，相濡以沫。除了能和相知相爱的家人相依为命、能和情真意笃的友人风雨同舟，我不知道人生最后一段旅途上还能有什么更美好的事。

　　我知道未来的康复之路并非万事大吉，复发和转移的危险还没有彻底消除。然而，我再也不会谈癌色变。对于死亡，我也不再恐惧。

　　死神是天堂里的最后一位天使，是上帝给予人类的最后一个礼物。

爱的力量

——一个癌症患者妻子的心声

　　今年三月，志军按照癌症患者的例行常规做了一次全面复查。让我们惊喜的是，这次复查结果完全正常，这是他五年来在体检中第一次没有留下任何疑点，以至于他的主治医生对他宣布：你已经不再是病人了！

　　我们立即把这个好消息分享给一直关注志军健康的所有亲朋好友。有朋友问，志军可以开始写书了吧？他们所期待的书，不是志军以往致力于撰写的时评著作，而是他这五年来在癌症康复之路上的亲身经历。因为这些亲人与朋友，在这五年里一直与我们共同分担所有的痛苦与欢乐。志军的"起死回生"，被所有了解事件始终的人视为奇迹。早在志军幸运地逃过开颅手术并且度过医生宣布的三个月"死期"时，他就半开玩笑地说，等我真的活过来，我就写一本书，名字就叫《别让医生吓死你》，当时大家都被这话逗笑了，若有所思。因为在病魔突如其来的前期，我们和所有的亲人与朋友，的确被医生的诊断和预言吓得够呛。

　　作为志军的妻子和职业编辑，我是他每一本书的第一读者。这一次当然更不例外，因为我和他一样，也是这本书所述故事的亲历者。当志军轻描淡写地告诉我，他的书已经写好了，我有些惊讶。我只注意到在最近的半年里，志军每天下午会在他的电脑前工作一两个小时。我以为他又恢复了以往写笔记的习惯，没想到，他真的默默实践着自己的诺言，把这五年的经历与思考写成了一本书。不过，这本书的内容已经远远超越了他当年的题目。

这是第一次，在他让我作为第一读者阅读初稿时，我没有迫不及待地开始阅读。过去足足两周后，我才鼓起勇气来读这本书。正如我所担心的，志军的书让我在第一时间打开泪水的闸门，痛哭不止。我被自己如此激烈的反应吓了一跳，也由此了解到，在陪伴志军走过的这五年中，我在心理上承受了怎样的压力。如果不是亲历，很多人很难了解，癌症患者的家属在某种情况下，比癌症患者本人承受的精神压力和痛苦还要大。可以说，在中国有多少癌症病人，就有多少生活在恐惧、惶惑与悲痛中的妻子（丈夫）、儿女，还有他们的父母。作为癌症患者身边最亲近的人，他们能否战胜种种消极情绪，以积极理性的心态辅助病人的治疗与护理，特别是在精神层面给病人以最大的鼓励与安慰，对癌症患者的康复至关重要。正因此，我萌生了写下这篇后记的想法，想与所有和我有同样境遇的癌症患者的家属，分享我的一些经历和想法，希望对大家有所帮助。

"癌症"在中国，是一个让人恐惧的词。（在西方一些发达国家，公众意识已经把"癌症"看作一种慢性病。我也是在志军生病很久以后，才从来自美国的一位英语老师那里接受这种观念）。如果一个人被医生确诊为癌症，特别是癌症晚期，几乎就等于宣判"缓期执行"的死刑——三个月或者半年，是医生最通常的说法。而这个"死刑判决书"的第一受众，往往是患者家属。这就是许多和我一样的癌症患者家属面临的第一道难关：你要不要告诉自己最爱的人这个残酷的消息？你自己又能否承受住突如其来的打击？

许多人选择隐瞒。隐瞒是出于保护病人的好心，但是它会使未来与病人的精神交流变得非常困难，也更容易让治疗走入误区，同时让患者家属自身的问题和压力倍增。事实上，在癌症治疗过程中，自始至终对病人隐瞒实情几乎是不可能的。因此，隐瞒病情几乎不可避免地让事情复杂化，对病人的治疗与康复有极大的副作用。

但是，"癌症"毕竟是带给病人太大冲击力的坏消息。是在第一时间就告诉病人，还是等一段时间？是告诉病人医生全部的话，还是告诉一半？这都是需要斟酌的。

我是幸运的，因为志军的理性与冷静。他从一开始就与我达成默契：不要对他隐瞒任何病情。话虽这样说，实际做起来却不那么容易。在求诊的前期，志军由于脑部的问题行走困难，大部分时间都是我一个人奔走在北京和上海的各大医院，与会诊专家们讨论志军的病情，而专家们最初的结论都非常悲观。我往往不忍心在第一时间就告诉志军会诊的结果，也尽量在他面前压抑住悲伤的情绪，强颜欢笑（事实上并不成功，看了志军的书稿我才知道）。在最初的一个月里，求诊的过程是最折磨人的，我的心情也是最糟糕的。因为希望一个接一个地破灭，北京和上海的专家一致认为志军是"肺癌脑转移晚期"，而且如果不对脑子里的"肿瘤"及时手术，很可能活不过三个月了……

那是 2007 年的春节，我一个人带着沉重的病例口袋和绝望的心情从上海乘飞机回北京，一路默默流泪。志军单位的领导已经为他联系了上海最好的医院和最好的医生，等待我接他到上海住院。但是住院后的结果如何，谁也无法确定。这个春节假期，志军和我本来计划和好友一起去滑雪；这一年的八月，我们准备庆祝 25 周年的银婚纪念日。没想到忽然间所有美好的事情似乎已经与我们无缘，看着周围的景致和过往的路人，我甚至有一种奇怪的疏离感觉，好像我们两个人已经被抛出了正常生活的轨道。一切仿佛是噩梦，我无法理解，为什么这种厄运会发生在自己的生活里？……

但是在我心中，似乎还有一种更强大的力量，不让我被这种消极悲观的情绪淹没。家人与朋友都在给我鼓气：你要挺住，志军就靠你了！我知道，这就是自己决不能被悲伤压垮的唯一理由。我清楚地记得那一刻，当我带着所有的坏消息从上海回到家里，正是傍晚的掌灯时分。志军正和儿子坐在餐桌边聊天。看到我，他眼中满含期待："好像情况没有那么糟吧？"他期待的眼神和家里温馨的情景，与我在上海医院看到的洁白而又冰冷的病房气氛形成强烈的反差。我在那一刻下了决心：这个春节我们不去住院，我要让他在这个温暖的家里和亲人一起度过。

那一次我们最终决定不去医院。在那几天里，我们认真地讨论了志军的病情，医生的意见，以及我们该怎么办。在这种情况下，让志军知道所有实情是至关重要的，只是我会选择比较委婉的方式，而不像医生对我说话那样直白。无论怎样，志军很明白，我们这一次讨论的不仅是手术问题，也是生死问题。关于生命，我们有一个共识，那就是更重视生命的质量而不是长度。如果生命的延续只意味着无休止的痛苦治疗和苟延残喘，那么不如丢弃这种生不如死的折磨，从容迎接死亡。大概正是基于这样的生命理念，我们能够在是否做开颅手术的几乎是生死赌注的问题上，选择平静地观察与等待。

志军脑子里的病灶开始奇迹般地缩小后，很多朋友对我们说，太佩服你们的镇定自若和明智选择了，如果当初听了医生的话做开颅手术，后果不堪设想！现在想来，我们只能感谢医生们并没有给我们太多的生存希望，这反而让我们有了"背水一战"的勇气。事情有时就是这样奇妙，如果你能够达观地看待与接受死亡，它反而会在特定情况下渐渐离你远去。

在这个过程中，志军自始至终知道自己的病情，我和他可以在任何层面交流，包括讨论生死话题。这样一种彼此信赖、毫无保留地沟通想法的状态，帮助我们共同挺过了最困难的时刻。

虽然志军逃过了开颅一劫，他肺部的阴影却不让人乐观。那个从一开始就被医生怀疑是"始作俑者"的直径一厘米的小东西，似乎没有很快长大，但也不是一成不变。这种模棱两可的状态，再加上志军脑部病灶的逐渐缩小，使大部分原来持"肺癌脑转移晚期"的专家改变了看法，倾向于定期观察。那时候，我在北京拿着每两个月或三个月拍的脑片和胸片，至少跑四家医院，咨询不同专家的意见。当时，大部分专家倾向于这个小东西不是恶性肿瘤，只有一位专家给出相反的意见，认为肺癌的可能性很大，建议我们立即手术，以免贻误最佳治疗时机。这是我们经历的第二个困难选择。在没有完全确诊的情况下，是否冒险动手术？毕竟开胸手术会使病人大伤元气，而当时我们刚刚从"脑瘤"的阴影中走出，志军的体质还很弱，更何况大多数专家不认同肺部阴影是癌症，所以我对立即手术是很抵触的。但是志军决定手术，我最终还是尊重他的选择。

志军动手术那天，我与家人等在病人家属守候区。在漫长的等候中，我一直祈祷，希望命运再一次眷顾他。但是这一次我们的运气没有那么好，病理切片出来的结果，是肺癌。值得庆幸的是，由于果断地决定手术，我们把握住了治疗的机会，这意味着生存的概率大大增加。在陪护志军的那些夜晚，我的心情是非常复杂的。我悲伤，志军终究没有逃脱癌症的厄运，眼下正在忍受肉体和心灵的双重痛苦；我自责，在手术这件事上我一直拖后腿，如果更早一些下决心手术，是不是结果会更好一些呢？我也担心，志军会不会在这件事上埋怨我……

这是癌症患者家属通常会遇到的第二个比较大的困扰：在癌症患者的治疗阶段，在诸多专家意见和不同医疗手段的选择中，我们究竟应该充当什么角色？是积极参与，还是消极服从？抑或越俎代庖替病人决定治疗方案？如果治疗过程中出现失误，我们如何走出内疚的心理阴影？从我的经历看，最好的办法还是开诚布公。在志军出院后身体好转时，我把自己的顾虑告诉他，他很快就排解了我的担心，说我们并没有贻误手术时机，而且我在整个观察和会诊的过程中，把各方面的不同意见如实地传递给他，对他的最终决定非常有帮助。

我很感谢志军的理解，也体会到在癌症患者的整个治疗方案的选择中，患者家属的角色，应该是患者的延伸的"眼睛"和"耳朵"，是各种医疗信息的搜集者和传递者，也是患者最重要的参谋者，但绝不是决定者。选择哪位医生、什么治疗方法，最终决定权应该掌握在患者自己手里。这是对病人独立人格的尊重。

在这里我还想补充一点，由于癌症的特殊性，至今也没有可以治愈的特效药或者一劳永逸的手术方法。不过，"新方法"或昂贵的"新药"层出不穷。每次我去医院，都会有人送上一沓介绍治癌新方法的小报。热心的朋友们也经常介绍一些途径，让我们去看名医或者尝试新药，有些药甚至是免费赠送的。有时候我不禁动心，想让志军尝试一下听上去比较靠谱的新方法。这就是通常病人家属会走入的"过度治疗"或者"盲目治疗"的误区。因为为亲人治病心切，容易病急乱投医，不惜倾家荡产也要挽救亲人的性命，但是有时适得其反。对此，志军在这本书里已经给出了一些有用的忠告，我就不赘述了。只是希望所有和我一样的患者家属，在帮助病人治疗和康复的路上，做出更理智的选择，避免因感情用事而导致过度治疗或者延误治疗。

癌症患者的治疗与康复，是一个漫长的充满心理冲击与肉体痛苦的过程（大多数病人既要经历开刀之苦，又要承受化疗折磨）。如果说这个过程对于癌症病人是一种精神考验，那么对于和病人朝夕相处的家属就是一种感情煎熬。这种煎熬有可能腐蚀你的意志，伤害你的身体，让你无法承受照顾病人的重负。所以为了你爱的人，你必须学会在这个过程中自我拯救，自我解脱。这是我要与大家分享的最后一个也是最重要的体会。因为只有我们自己拥有健康的身心，才能更好地陪伴病人走向康复之路。

在志军突然发病的那些凶险的日子里，我的心就像浸泡在泪水里，几乎终日以泪洗面。虽然在理智上我会尽力克制自己，不在志军面前流泪，告诉自己应该坚强，但是在感情上我永远是脆弱的。我害怕志军在治疗过程中太痛苦，更害怕志军会离我而去。在最痛苦的时候，我曾经在志军的哥哥面前哭了足足两个小时而无法止住眼泪。有一个夜晚，我再也压抑不住悲痛的情绪，抱着志军失声痛哭，并且不停地对他说："你一定要好好地活着，不要丢下我！如果没有你，我也活不下去了！"那时的志军，头脑还昏昏沉沉，但他仍然用男子汉的臂膀把我紧紧搂住。我从他坚实的拥抱中感受到力量，也希望自己的泪水和悲伤能够唤起他更强烈的求生欲望，不仅为他自己，也为爱他的人。

现在想来，适度的宣泄与坚强、理性并不矛盾。在一个人无法承受的时候，我们需要对身边的爱人或者亲人、友人倾诉并汲取精神力量。我听到过这样的事，癌症病人的家属因为过度掩饰和压抑自己的情绪，导致各种致命疾病，甚至因此先于亲人而去，撇下患者无人照顾……我不希望这样的悲剧发生在我和志军之间，我们彼此都不掩饰自己的软弱，这使我们更有力量互相安慰、互相鼓励，共同面对死亡阴影的挑战。

不过，要真正走出悲伤与恐惧，仅仅依靠眼泪的宣泄和他人的慰藉是不够的。只有源自内心的省悟才会帮助你与命运达成和解，重新发现生命的快乐。在护理志军的日子里，对于突然降临的厄运，我慢慢学会了自我消化和坦然接受。当我从最初的震惊与悲痛中走出来，开始注意到那个特殊的人群，那些和我们一样奔走在各个医院的癌症患者及其家属，其中也有我们的朋友或者同事。有些人幸运地活下来，有些人已经撒手人世。身边的朋友也开始与我们分享他们或他们亲友的故事，其中有些人和志军一样，也曾经历过惊险的"死里逃生"……这些人和这些事，教我懂得，厄运随时随地可能降临到每一个人身上，志军和我也不例外，我们没有任何理由怨天尤人；同时我们看到身边许多癌症患者，都在默默承受手术或者化疗的痛苦，仍旧积极乐观地生活。他们成为我心目中的英雄。我学会像他们一样达观地看待生命，感念生活给予我们的，享受正在度过的每一天，而绝不让自己沉浸在无谓的对于不可知未来的忧虑中。

在志军最困难的头九个月，我暂时告别了自己的职业生涯，全身心与他待在一起。每天所做的事情，就是熬汤、煎药、榨果汁，还有陪着志军一起散步、听相声。我们常常开怀大笑，忘记了头顶上悬挂的"达摩克利斯之剑"。不知不觉中，我们看到了生命的曙光。当志军的病情有了明显好转时，他的好朋友们来探望，总会由衷地对我说："这些日子你真不容易，志军多亏了你的照顾，你救了他的命！"我说，我怎么觉得是在救自己的命呀！这是我的真实感受：当志军病得最重的时候，我觉得自己的生命也在枯竭；而当志军好起来的时候，我也重新焕发了活力。

我想，这就是爱的力量吧。当你把自己的生命与另一个人的生命紧紧连在一起的时候，产生的能量与效应往往是无法估量的。在志军的康复之路上，这种爱的力量不仅源自爱情，还源自家人的亲情与朋友的友情，他们的爱、关心以及无私的帮助，一直温暖着我们，增强了我们的信心与勇气。志军的康复，当然首先归功于医学的手段，但是我一直坚信，爱情、亲情和友情的力量，同样会让我们的生命出现奇迹。即使它无法起死回生，仍可以让我们超越肉体的痛苦，达到心灵的安宁。

回首五年来走过的路，我和志军深深地感谢命运，感谢生活。虽然疾病让我们失去了一些东西，但生活回馈给我们的更多。志军不但和我一起走过了银婚，还和我一起返回了我们热爱的滑雪场；两年前，我们的孙子小新出生，我们幸福地做了爷爷奶奶，感受到生命延续的美好；对于生命与死亡，我们有了更加豁达的看法。这种生命感悟，会让我们更加乐观满足地生活在当下，也让我们更加从容平和地面对未来。

志军的这本书，初衷是写给与他有同样命运的癌症患者以及与他们有最密切关系的家属的，希望通过自己的亲身经历与观察，帮助更多的癌症患者及其家人，在寻求康复的路上走出误区，减少伤害与痛苦。我以为，这本书不仅仅是写给这个特定人群的。我们几乎每个人都会在自己的人生路上，此时或彼时，遭遇到病痛的袭击甚至死亡的威胁，即便不是我们自己，也可能是身边最爱的人。生命的无常与突发灾难，会使每个人在任何阶段都可能遇到志军和我所遇到的困惑和考验。所以，这本书也可以说是写给所有遇到生命困境时，渴望对自己的命运有更多了解和把握的人的。像志军一样，我也希望这本书能够给读它的人们带来一些有益的启发和慰藉。

赵晓东

2012 年 7 月于北京

读者评论及微博互动

1. 值得推荐

父亲今年 10 月份突然生病，动过手术，并且结合化疗。经人推荐买了这书，今天一来父亲就开始看，他本人看得入迷，而且还和我探讨了书中的例子，觉得非常实用。

当当网读者·飞小辣

2. 治疗的主角应该是你自己

这本书扭转了我的一个错误的观念。很多病人和家属认为花的钱越多，治疗手段越先进，就是对疾病越重视，于是治病任务就完全交给了医院医生，孰不知病是你得的，治病的主角也应该是你自己。

当当网读者·fh 很常见

3. 活出一番新境界

很有幸能够在健康的时候读到它，让我对于生命和人生有了更为清晰的认识。全心全力去做真正有价值的事吧，对于你而言——生命只有一次！不管你是谁，都无法改变，只能加倍珍惜拥有！！！

当当网读者·梅里看雪山

4. 好书

书写得很好！看过此书，能感觉到与癌症共生存的作者，是一个集智慧与坚强于一身的人，又具备优秀记者和作家的职业能力。作者的书中以汇集择取信息，辩证分析取舍，善于判断总结以及文笔简练畅快，富有哲理而令人折服。作者面对生死的心态和活在当下的智慧给与我们深刻启迪。

当当网无昵称用户

5. 对盲目寻医的癌症患者有很好的参考价值

看了这本书，从慌张的情绪中暂且平静些，客观的事实、客观的声音，给了不小的精神支持和指导。极力推荐。

京东网读者·dongdong11692

6. 既然不能永生，重生弥足珍贵

该书作者以真实经历，淡然笔触，书写出一段令人唏嘘的经历。每个人都会面对困境甚至绝境，什么能够帮助我们获得重生？我想，这比该书作为一本医学参考书对于很多人的意义更大。推荐。

亚马逊网读者·冯玥

7. 非常值得推荐

一本非常值得看的书，我也是一个癌症患者的家属，求医的部分非常感同身受。希望对医疗制度有所触动！

里面透露的对待癌症的态度也是值得大家关注的。是不是癌不重

要，因为它就在那里，重要的是你如何对待它！

亚马逊网读者·莲心

8. 凌老师，今天在《生命时报》看到您抗癌的历程，于是找到了《重生手记》，一口气看完很是感动，我与你一样于2007年12月被查出肺腺癌脑转移，您书中写的很多章节我如身临其境。我现在也是一切病灶都远离了，五年的路程真的很累，但也是很开心的，我们都是坚强的人。阳光总在风雨之后，也庆幸癌症救了我，让我懂得了珍惜生命。以前我也是个对待工作积极认真的人，终于明白了很多事情，光环总有退去的一天，只有健康的身体才是最重要的。很感激您能把这些写下来让世人分享，你让我更加信心百倍对待癌症。

新浪博客网友匿名评论

9. 我走的路与你走的几乎相同。我主张智慧抗癌。我去年的抗癌之战是我和我先生一起打的仗。要总结的很多。很感激你的《重生手记》，昨天网上买到，一直在看。你的路比我难得多，尽管我们都是被判"晚期"。中国的治疗问题太多，抗癌知识太贫乏。这是最难解决的问题。所以你的书很重要。谢谢你的贡献。也是晚期生存者，我很明了你所写的每一阶段的想法。

新浪博客网友·哈维小波

10. 推荐 @凌志军 的微博和新书，更推荐他勇敢冷静理智的人生观，克服了癌症病魔！

看完 @凌志军 的《重生手记》，深深觉得我多年彻底错了，中国社会最大的问题不是教育，而是医疗。强烈推荐癌症患者仔细阅读 @凌志军 的书，看看他如何用自己的智慧找到了几位好医生，并治愈的自己的重病。

新浪微博·@李开复

11. 凌志军先生作为媒体前辈，在写中国非虚构作品方面具有开山性质；而他的新作《重生手记》更是一部用生命与灵知写就的非虚构作品，文笔朴实生动，也以自媒体的方式亲历了晚期癌症患者的复活。他的这本书会挽救很多人。建议与于娟临终所写的《此生未完成》对比看，便能识透人生。

新浪微博·@赳赳

12. 凌老师，买了本您写的《重生手记》，每晚待孩子入睡后就开始捧读，还只看到一半，您的惨痛病史和曲折的求医经历，以及其中所反映的医患关系等，让人很揪心。希望您的书不只是能让病人和普通老百姓受益，还能让医生读了之后学会换位思考，促进医患关系的改善。

新浪微博·@李阳和 1205

13. 带着一种责任感看完 @凌志军 的《重生手记》，叹服于作者及家人悲痛中坚守自我判断力的大智慧。一生中我们很可能会不幸地为自己或家人做上一次生死攸关的抉择，懂得自救的人从不听天由命也不会"任人宰割"。他人的苦难再次提醒我，让自己和所爱的人健健康康地活着，才是生活中重中之重迫在眉睫的事业！

新浪微博·@captainZW

14. @凌志军:【凌志军：别让医生吓死你】1. 请看一个数字：如果让中国的癌症治疗达到世界水平，每年死去的 200 万癌症患者中，就会有 30~100 万人命不该绝——每天至少 1000 人！ 2. 请记住一件事：很多癌症患者不是死于疾病，而是死于恐惧和恐惧造成的错误治疗。只要我们不恐惧，不犯错误，就有了 60% 以上的机会远离死亡。

@茉莉笑笑 7：我爸爸去年得了肺癌，现在被确诊为脑转移。我爸爸是个非常乐观坚强的人，乐观坚强到就连医生都不相信他会是个病人，看起来很强壮。可是现在我爸爸知道了自己是脑转移，他的心态发生了很大的变化，我们全家人都好担心好难过，可是爸爸会默默地偷偷地掉眼泪，我们想让爸爸坚强起来，比以前更乐观。

@茉莉笑笑 7：我希望爸爸可以像您一样，战胜病魔，恢复往日的神采，因为爸爸是我们全家的希望，是我们全家的支撑，妈妈和爸爸的感情非常非常好，结婚 20 多年从没吵过架，我和弟弟都很爱他，我们不能失去他。我看能不能从网上买您的书，十一带给爸爸看，希望他能好好的，好好的好好的好好的好好的！

@凌志军：回复 @茉莉笑笑 7：和你一同祝福你的爸爸！也为你爸爸有你们这些亲人而高兴！如果没有亲人的关爱，我真不知道怎么度过那一段艰难的日子。所以，我知道你们对爸爸来说太重要了。

15. @凌志军：【凌志军：导致治疗失败的思维模式】1. 癌症是不治之症，我的日子已经不多了；2. 我与癌细胞不共戴天，必须干净彻底消灭之；3. 医生比我懂，我必须听医生的；4. 越大牌的医生越可靠；5. 越新奇越昂贵的药就越好；6. 高营养的食物越多越好；7. 我很坚强很勇敢，治疗带来的痛苦再大我也能扛；……

@lumi- 露媚：请问为什么二和七是错误的？自我鼓励不是很好吗？

@ 凌志军 回复 @lumi- 露媚：每个人都会产生癌细胞（包括健康人），人为的斩尽杀绝是不可能的，硬要这么做，必然损害病人的正常机

能；盲目的勇敢坚强，总是成为过度治疗的帮凶。有时候拒绝治疗需要
更大的勇气。

16. @凌志军：美国哈佛医学院和公共卫生学院的一项研究：经
过手术的早期肺癌患者，维生素 D 摄入高的患者，五年存活率提高 12
个百分点。更多研究证实，晒太阳绝对是最好的摄取维生素 D 的办法。

@沈牛妞：凌老师，我爸爸肺癌发现时是早期，做了手术，现在 3
年后出现了骨转移，可惜的是他很怕晒太阳，对光过敏。

@凌志军 回复 @沈牛妞：我最初因为颅内病变，畏光。屋里灯光
眼睛都受不了，就戴个很浓的墨镜出去晒。中午光太强，就日出日落时。

17. @触手天堂：回复 @凌志军：我想问您，其实最初的时候应
该也挣扎过的吧。就像为什么就是我得？

@凌志军 回复 @触手天堂：是的！那是所有癌症患者都经历过
的，非外人所能想象。也是我写这书的原因。

18. @整装重新出发：看完了 @凌志军的《重生手记》，最大的体
会是他是用他自己的人生观价值观判断力实现的自我救赎，很多人在
当时的情境下很难做出他那样的决定，很难敢于承受如此巨大的风险，
这需要内心强大的力量和勇气，看淡生死的大气，极强的分析事物辨
析是非做出抉择的能力。一个人的思维、内心力量在这个时候拯救了
自己。

@凌志军：谢谢 @整装重新出发 提醒了我一件事：价值观对于正
确判断选择有很大意义——我这样做了却还没能说出来。比如我信奉
诚实，信奉自知之明，信奉尊重他人。所以对于自吹自擂、草率和自
以为是、只把病人当病例的医生总是抱有疑问。这可能会让我失去一

些好的治疗机会，但可以最大限度地避免我犯错误。

19. @凌志军：有网友问如何"去伪存真"？ 1. 针对你感兴趣的内容延伸搜索相关信息；2. 仔细调查信息来源的权威性和可靠性；3. 特别注意寻找反面的意见加以比照；4. 拿你自己的常识和体验去印证；5. 拿周围病友的经验教训去对照；6. 一有机会就和医生讨论。前三条充分利用网络，后三条充分使用脑子。

@一切都会变好的－是吗：您好，我妈妈46岁，肺癌晚期，不能手术。我现在想问一下，当年你查出癌症后选择了放化疗还是什么别的方法啊？家里人都很着急，不知道该怎么办啊？

@凌志军 回复@一切都会变好的－是吗：我做了手术。没做化疗放疗。现在你最重要的是不要慌。建议你多看几个医生。仅仅靠影像片子诊断不是绝对的。

20. @凌志军：一位肿瘤医生看我个案后说"交流心理历程和抗癌信心很有价值，传授抗癌方法没有什么意义"。我想，患者交流信心有价值，分享思考方法更有价值。治疗方法因人而异。对。也是我很少说具体方法的原因。但这不意味交流方法没意义。只要懂得因人而异，我们从别人的方法中仍可学到很多。最后感谢专家参与讨论。

@海上花1974：凌老师，我觉得您给了我新的疾病观，这才是最重要的！癌细胞每天都产生，我们要好好和它们共存；得了癌症恰恰是宝贵的人生契机，没有死哪有生，以后我会更加热爱生活，珍视人生的意义，活得更加通透！

@凌志军 回复@海上花1974：很高兴你能这样理解我的书。

21. @凌志军：我的书引起大家发表一些对医生的看法，大家感同身受，同病相怜，都是差不多的体验。不过，我真的不希望病友中间弥漫起对医生的抱怨甚至恨。这种气场无论对人对己，都是有害无益。就算是对医生有意见，也应当是理性、有根据和善意的。情绪性地骂医生恨医生，我们自己在康复之路的起点就先输了一着。

@淘宝轻瑶：凌老师你好。我今年25岁，是癌症患者，希望能够从你这里吸取到更多的正能量~~~最近正在看您的书啦~~^_^

@凌志军 回复 @淘宝轻瑶：短短一行字，看到一种从容乐观的心境。25岁，了不起！为你祈福！

22. @午后的秋风阳光：凌老师，您好。看了您的《重生手记》感觉很感动，为您内心的强大和理性。现有些问题请教：天坛医院的专家因为态度傲慢，言辞讥讽而让您很反感，导致您对他们无法信任。而后来的石木兰和刘向阳大夫对待病人的态度也是很强硬，言语也不暖心，却让您产生无比的信任，这是为什么呢？

@凌志军：谢谢你的两问题：1.我在乎的是医者之心，脸色言语只是到达心灵的桥梁。中国古代哲学一派教人温而不愠，我理解这也说的是心不是脸。2.我并不信任你说的那位"大夫"，但这并不妨碍我从他那里学到一些东西（如书中所写）。我不会因不喜欢一个人就全盘拒绝，也不会因喜欢一个人就盲目跟从。

23. @finney阚：@凌志军 您好！我想问一下，您在复查不断发现新问题的时候，真的什么医学手段都没采用么？没有进行全身治疗，这样大胆的选择是基于什么？

@凌志军 回复：每次发现新问题，就按医嘱过三月后再复查，结果总是原来问题没有了又冒出新的。就这么一次次过来，直到今年复查才第一次彻底清白。开始看到新问题时我也紧张，后来经历多了，就会想，嗨！先痛快过三个月再说！

24. @finney 阚：昨天和癌症的第一场战斗打响了，转移的病人就是晚期，对化疗放疗不敏感的癌症就只有做靶向。医生说别对治疗希望过高，可我们信心满满，肾可以拿，骨质破坏可以射频消熔［融］，骨水泥修补，物理的方案先消灭大病灶，我们首先身体不能垮！除肾以外的器官，我们要让它们保持健康！我们能做到！ @凌志军

@凌志军 回复：有信心，有理智，有毅力。我们成功的可能性就会大大提高！祈福！新年就要来了！

25. @丹猫姐：@凌志军 老师你好，生病后全家都拜读了您的《重生手记》，给我们带来了很多鼓励和帮助。我 25 岁，低分化腺胃癌，伴有腹腔网膜转移有积液暂时不能动手术。现以化疗三次后积液明显减少。但还是不能手术。肿瘤科建议带瘤生存，外科说有机会还是要把胃切除。现在陷入迷茫，希望得到你的回复，谢谢老师。

@凌志军 回复：带瘤生存和手术切除是两个完全不同的方向，都有成功的也都有不成功的。我母亲是低分化胃癌淋巴转移，手术切除，医生当时认为过不了一年，现在 11 年了。但手术的确需有先决条件。建议你再多咨询几家医院，同时多寻访一些病友经验。

@凌志军 回复：上午回复后想来想去，觉得还有一个疑问：为什么同一家医院不同科室给的建议差别如此大，指向两个完全不同的方向？如果我遇到这情况，一定要去别的医院看一看。

（以上摘自网络，订正了个别文字和标点错误，基本保留原貌）

图书在版编目（CIP）数据

重生手记/凌志军著．—修订本．—长沙：湖南文艺出版社，2016.4
ISBN 978-7-5404-7499-7

Ⅰ．①重…　Ⅱ．①凌…　Ⅲ．①报告文学—中国—当代
Ⅳ．① I25

中国版本图书馆 CIP 数据核字（2016）第 047460 号

上架建议：康复保健 / 人生励志

CHONGSHENG SHOUJI

重生手记（修订本）

作　　者：凌志军
出 版 人：刘清华
责任编辑：薛　健　刘诗哲
监　　制：于向勇　马占国
策划编辑：楚　静
营销编辑：刘晓晨　刘　健　罗　昕
装帧设计：李　洁
内文排版：百朗文化
出版发行：湖南文艺出版社
　　　　　（长沙市雨花区东二环一段 508 号　邮编：410014）
网　　址：www.hnwy.net
印　　刷：北京嘉业印刷厂
经　　销：新华书店
开　　本：700mm×1000mm　1/16
字　　数：240 千字
印　　张：20
版　　次：2016 年 6 月第 1 版
印　　次：2016 年 6 月第 1 次印刷
书　　号：ISBN 978-7-5404-7499-7
定　　价：39.00 元

质量监督电话：010-59096394
团购电话：010-59320018